U0092026

炊妞巧手改運 2

風文創 962

白折枝 著

目錄

第二十六章

吃過早飯後，唐柒文便跟著葉小玖和唐昔言一同去了食樓。

「姑娘，這是唐記送來的請柬。」三人一進食樓，在櫃檯做帳的呂樂便給了葉小玖一張精緻的請柬。

葉小玖打開來看，裡面內容是唐記要重新開張，屆時請他們前去捧場，一家人坐在一起吃頓飯，也好解開前陣子的誤會。

看唐堯文將之前的事稱為誤會，唐昔言不禁撇了撇嘴。她真是不知道她這堂哥是哪來的臉皮說出這句話的。

「來人可還說什麼話？」唐柒文拿過看了看，問呂樂。

「那人說開張那日唐家老爺子也會去，屆時希望夫人也可以參加。」

夫人，自然指的是唐母。

唐柒文垂下眼眸，再次將紙遞給了葉小玖，然後一言不發地去了後院。

唐柒文很少有如此落寞的時候，葉小玖看著他的背影，頓時心頭一緊，將請柬順手丟在唐昔言懷裡追了上去。

跟著他進了屋，葉小玖關好門走到他跟前。「你怎麼了？」

見他只是盯著桌上的茶壺不說話，葉小玖坐到他對面又道：「有什麼事說出來我們一起承擔，憋在心裡總歸不太好，你說是不是啊柒柒？」

聽見葉小玖叫他的乳名，唐柒文不禁抬頭看了她一眼。

葉小玖展顏一笑，露出八顆大白牙。「是嬸子告訴我的，說你乳名叫柒柒，聽著還滿可愛的！」

葉小玖的調侃讓唐柒文耳朵微微泛紅，但他還是很正經地對葉小玖說：「我比妳長了兩歲，按道理妳該叫我一聲哥哥。」

「好，柒文哥哥、柒哥哥，現在你總該告訴我，你到底怎麼了吧？」葉小玖順著他的話說。

方才的沈重心情在葉小玖的一番調笑下顯得輕鬆不少，唐柒文感激地看了她一眼，然後將事情娓娓道來。

「只是忽然想起當年之事罷了……」唐柒文嘆了口氣。

雖然時間已經過去四年了，但他還是久久無法釋懷。

他不明白，明明父親在時都兄友弟恭，父慈子孝，那些人怎麼會在父親去世，屍骨未寒的情況下瞬間翻臉無情，大晚上毫無轉圜餘地，將他們一家三口強行趕出唐府。

甚至怕他們再次纏上唐家，竟連夜去官府給當時的縣令塞銀子，強行做公證，與他們斷絕關係。

唐家的事情葉小玖當然清楚，在原著裡，唐堯文可是在成為皇商之後，將這事修改一番當作笑話講給了上京城的權貴聽，以至於縱使後來唐柒文位居高官，在那些人眼裡他也低人一等，畢竟他曾經是被掃地出門的人。

可能是想到了傷心的地方，唐柒文低著頭一言不發，如同被人遺棄的狗狗一般，葉小玖著實心疼，起身將他攬進了懷中。

女子特有的馨香溫暖了唐柒文冰冷的心，讓他極為眷戀。大手一伸將她攬到跟前，他緊了緊摟著她腰的雙手，將臉深深地埋進她的懷裡。

看著懷中之人的小動作，葉小玖微微一笑。

縱使平日裡表現得再成熟、再穩重，他也不過才十八歲而已啊！

摩挲著他那頭烏黑濃密的長髮，葉小玖溫聲道：「沒關係，你現在有母親、有昔言、有朋友……還有我。我們會一直陪著你，陪很久。」

唐柒文這情緒來得快、去得也快，不到一炷香的時間，他便又成了那個溫文爾雅的翩翩公子哥兒了。

「姑娘、公子，沐姑娘來了！」門外，店小二輕聲道。

「先帶她去雪松閣，我們稍後就到。」

葉小玖順著銅鏡整理了下自己的妝容，唐柒文便在屋子裡胡亂轉著。說實話，這還是他第一次如此仔細地看這屋子，平日裡都是葉小玖在住。

「這畫是誰畫的？」唐柒文指著東邊牆上的那幅畫問她。
「婉兒畫的，你沒看見下面還有提名嗎？」
這是她和沐婉兒兩人去辣椒地玩耍回來後沐婉兒畫的。畫中她穿著一襲粉色長裙，站在田埂上巧笑嫣然。沐婉兒將這神情畫得極其自然，她很喜歡所以便掛在了牆上。
「怎麼了，不好看嗎？」葉小玖問。
「沒有。」唐柒文眼眸深了深。「我就隨便問問。」
待二人到雪松閣的時候，沐婉兒正端著一碗涼皮吃得過癮，桌上還放著一碗涼粉，而她的對面，竟然坐著一個意想不到的人。
「楚兄，你不是回家去了嗎？怎麼在這裡？」唐柒文顯得十分詫異。
聽到唐柒文問話，楚雲青放下筷子，尷尬一笑。「反正我家裡沒人，我回去也是一個人，所以我便來涼淮縣遊山玩水。」
「嗯，我可以作證。」沐婉兒點頭。「他在食樓門口探頭探腦、鬼鬼祟祟的，確實看著像是來遊山玩水的。」
經沐婉兒一說，楚雲青更尷尬了，他瞪了她一眼，然後一臉討好地看著葉小玖。「小玖，妳這麼善良，一定不會容許我露宿街頭的對不對？」
楚雲青知道，凡是葉小玖點頭的事唐柒文幾乎不會反對，所以他便跳過他直接問了葉小玖。

「這事你得問他，我畢竟只是他家的租客。」葉小玖知道楚雲青說露宿街頭就是個賣慘的藉口，畢竟他一個王爺，縱使不受寵，但有這個頭銜在，注定餓不著他。而且她敢篤定，這人追來涼淮縣絕對是因為他的口腹之慾，遊山玩水肯定是個幌子。

這事葉小玖還真猜對了，楚雲青今天剛到涼淮縣就聽街上的人討論一家食樓裡新出的涼粉，說那色澤亮白如雪，口感冰涼滑爽，入口即化，加上蒜末、辣椒、鹽和香醋，既能果腹又能過嘴癮，著實好吃。

他趕路本就沒怎麼吃東西，頓時聽得他是口水直流，結果他一來就看見唐柒文他們在店裡，原本打算在外面胡亂轉悠等他們離開再來吃，誰知竟然碰上了沐婉兒，然後他就被逮了來。

「你想住就住，但是我家不留吃白飯的人，你要在我家幹活，以工抵債。」因為葉小玖說自己只是租客，唐柒文心裡不太開心，可他在葉小玖面前不能表現出來，便只能拿楚雲青開刀。

「好，保證完成任務。」楚雲青說完，將空了的涼皮碗一推，端過一旁的新品涼粉大快朵頤。

往日總是大門緊閉的唐府，今日居然門戶大開，主母與當家人都站在外面，身後烏壓壓的跟了一大堆的家丁、侍女，如果仔細看，還能看見唐府的兩位老人也在其中。

而他們一個個那翹首引領的姿態，明顯是在等人。

少頃，一輛馬車從街口處駛來，唐靖伸著脖子看了老久，卻沒見第二輛馬車的影子，頓時眼中閃過失望。

「祖父、祖母，爹、娘！」唐堯文踩著車凳下車後，率先喊了他們一聲。然後看著這一大群的人，他皺了皺眉。

唐靖點了點頭，看著阿力將馬車拉去後院，他急忙問道：「堯文，你不是說……」

「爹！」唐堯文急急打斷他的話，並朝他使了個眼色。「此處人多嘴雜，我們進去說。」

待五人進了大廳，唐父屏退了左右，還不等唐堯文喝口水，他就著急開口。「兒啊，你不是說邵大人此次與你一同來嗎？怎麼沒見著人？」

他走到唐堯文對面的椅子上坐下。「你那日來信說邵大人要來參宴，讓我早些訂好開張的日子。為父風聲都放出去了，若是邵大人不來，這不是自打嘴巴嗎？」

「誰說他不來了？」唐堯文皺眉。他十分看不慣父親這一驚一乍的樣子，成大事者，怎能如此沈不住氣？

「邵大人公務纏身，暫時不能與我一起回來，但他答應開張那日定會趕來，所以你就好好籌備你的謝客宴即可。」唐堯文不耐煩地解釋。

知道兒子煩自己，唐父也不惱，依舊臉上帶笑地問：「那邵大人為何要我們關店重新開張？他可對此次的謝客宴有什麼要求？」

「這些你看著辦就行。這次主要是要讓涼淮縣的人都知道，我們唐府與上京城的人有來往，而且關係匪淺。」

「兒啊，那邵大人若是真的想幫我們，何苦如此？」劉茹慶不解。「請了這麼多人，到時候宴席又是一筆不小的開銷，若最終沒起到結果，那這錢豈不是白花了？」

「你們這兩個蠢貨！」唐老爺子坐在最上首的太師椅上，聽著兒子、媳婦的發問，枴杖在地上敲著，咚咚作響。

要不是大兒子去得早，他是真不放心將唐家這麼大的家業交給老二這個沒腦子的。好在他的大孫子為人精明，是個經商的料，不然到時候他就是死，都無顏面對唐家的列祖列宗。

唐父聽見父親發了脾氣，連忙上前去安撫他，卻被老爺子一枴杖指了過去。

「你說，我和你娘怎麼生了你這麼個沒腦子的？明明你大哥就聰明得很！」他拿著枴杖指著唐靖的鼻子說：「還有三個月便是三年一度的竹林宴，邵大人讓我們重新開張，明顯是要為我們酒樓造勢，好拿到主辦資格，好為將來成為皇商墊基礎。你這豬腦子，連這麼點小事都想不清楚，前些年在你大哥那兒學的東西都丟到怡紅樓去了？」

聽父親又拿自己跟個死人比，唐靖肚子裡的火是直往上冒，可這是他父親，他就算再生氣也不能表現得過於明顯，只能用手指死死摳著自己的掌心。

「那一家食樓呢？」劉茹慶又問了個蠢問題。「一家食樓近半月來生意相當好，想必到時候呼聲也很高，我們這次壞了名聲，怎麼與它爭？」

「妳這個蠢貨！」唐父可算是找到了發洩的出口，他狠狠地瞪了劉茹慶一眼，吼道：「有邵大人給我們做後臺，那些商戶是腦子進水了，不選我們選一個毫無背景的黃毛丫頭？妳這腦子不知是怎麼長的，這麼點小事都想不清！」

唐父戳著她的腦袋，一字一頓地說。

聽了父親的話，唐堯文勾了勾唇角。只要這一次能拿到竹林宴的主辦資格，邵大人便會推舉他們成為皇商，到時候，什麼沐府，什麼一家食樓，在他眼裡都是螻蟻。想必以後就算是他們想爭，也翻不起什麼浪花來。

唐家老宅裡，正飄著一朵朵刨花。

「柒文兄，你確定這個大傢伙不用風也能將秕穀、麥殼吹出來？」胡萊看著唐柒文那初具模型的風鼓機，心存懷疑。

「不是不用風，小玖說是要自製風，用跟風車一樣的東西吹出風。」楚雲青拿著另一個刨子，坐在唐柒文對面吃力地將木頭刨平。

小玖說了，中午要做好吃的豬腳飯，所以他要多做一點，省得到時候想多吃一點都沒有理由。

他吸了吸鼻子，似乎又聞到了從廚房裡時不時散發出來的肉香味。聽著裡面葉小玖與沐婉兒的笑聲，他真的是想進去瞧瞧她們在笑什麼。

葉小玖在笑什麼？自然是笑女兒家的一些私事了。

「哎婉兒，我說真的，這豬腳燉黃豆真的可以豐胸的！」

葉小玖瞅著沐婉兒的波濤洶湧，又看了自己的小饅頭一眼，頓時閉上了嘴。

她那動作自是沒有逃過沐婉兒的眼睛，看著她眼裡的羨慕，沐婉兒展顏一笑。「我就算了吧，我看妳比較需要。我聽說木瓜燉牛奶也能豐胸，妳不妨一同試一試，不然要是成親那日撐不起喜服，怕是妳的唐哥……算了，不想提他！」

提到唐柒文，沐婉兒驟然噤了口，翻了個白眼又開始生悶氣。

葉小玖看她這樣子，只能無奈搖了搖頭。

她是真的不知道唐柒文是那根筋搭錯了，竟然悄悄地將她掛在食樓後院房間的那張沐婉兒送她的畫像給換了，換成了他自己親手畫的那幅她喝醉酒後，捧著臉坐在院中的臺階上看星星的畫像。

雖然她承認唐柒文的那幅畫畫得特別好，就像是帶著濾鏡畫的，將她描繪得風情萬種。可她之前掛的那幅畫是沐婉兒親手畫的，據流雲說，那是沐婉兒這麼多年來第一次繪人像，就連沐老爺都嫉妒。

結果畫被換了，沐婉兒肯定不開心，就找唐柒文理論，為了避免傷及自己，葉小玖這個當事人便只能裝鵪鶉。最終，這場沒有硝煙的戰爭以唐柒文一句，「我的心上人，自然是要掛我畫的畫」讓沐婉兒徹底敗下陣來，毫無還擊的餘地。

「我就沒見過這麼小氣的男人！」沐婉兒嘴噘得幾乎可以掛個油瓶。那可是她真正意義上送葉小玖的第一件禮物，居然就這麼被唐柒文給強行雪藏了。而葉小玖這個重色輕友的傢伙，還一點都不向著自己。

「阿玖，那張圖紙妳放到何處去了？」唐柒文站在門外，朝葉小玖喊道。

因為胡萊從小看著父親打農具，所以對這些東西也頗有研究，這會兒聽唐柒文介紹風鼓機，他總覺得有些不對勁，可一時又說不上來哪裡不對勁，所以便想瞧瞧圖紙再說。

「在我屋裡呢，我走不開你自己進去拿。」從廚房裡探出頭來，葉小玖見胡萊也在院中，便笑著朝他打了個招呼。

寒暄了幾句葉小玖正欲轉身進去，猛然想起她居然讓唐柒文去她的閨房。

喊了沐婉兒看著鍋，葉小玖奪門而出，快步跑回了自己的房間，但已然來不及了。她一進房門，就看見唐柒文站在桌子旁，手裡正拿著她上了顏色的那兩個木雕娃娃。

葉小玖假裝沒看見，撓了撓頭很是尷尬地說：「嗯……那個……你找著圖紙了嗎？」

唐柒文轉身，看著葉小玖的眼裡盛滿星光。「想不到，阿玖居然如此盼著嫁給我。」

看著唐柒文手裡那穿著大紅喜服的木偶，葉小玖只覺得臉上燒得慌。

「你聽我狡……呸……你聽我解釋！」

唐柒文笑著挑了挑眉，等著葉小玖的下文。

「我說這是我上錯色了，你信不？」葉小玖試圖蒙混過關。堅決不說是她上錯色後刻意費了一番心力，讓沐婉兒幫她將衣服的顏色給換成了紅色，而且還是正紅色。

唐柒文也不說話，而是將木偶調轉了方向，露出了上面那個金黃的「囍」字。

見葉小玖窘迫得想找個老鼠洞鑽進去的樣子，唐柒文微微一笑，上前兩步將嬌羞的人擁入了懷中。

「我也想早日娶妳過門，可是妳還小，我便想等一年再完婚。」至少等他考中狀元，風風光光地將妳迎進門。

葉小玖這會兒在唐柒文懷裡，被他懷中那溫熱的好聞氣息和低沈的磁性嗓音撩得頭腦發暈，這會兒一聽唐柒文說小，便不由得想起沐婉兒說的那句「唐哥哥嫌棄」。她一下退出唐柒文的懷抱，收腹抬頭，使勁挺胸。

「什麼還小，人家大著呢！」

唐柒文先是被她這突如其來的動作搞得莫名其妙，隨即在聽了她那番話，頓時明白了過來，霎時臉紅得跟什麼似的。

葉小玖也是在看見唐柒文那爆紅的耳尖後，才回味過來她說了什麼，可這關乎她身為女子的資本，她一點都不害羞，這樣想著，她又悄悄站挺了幾分。

「難道不是嗎？」

見她這可愛的樣子，唐柒文只覺得心癢難耐，也忘了方才的羞澀，只想噙住她那時常語出驚人的嬌嫩紅唇好好品味一番。

將手中的木偶放在桌子上，他上前一步，剛想拉過葉小玖，卻聽見門外沐婉兒的聲音從外頭傳來。

「玖兒，妳的豬腳要糊啦！」

聞言，葉小玖著急慌忙地跑到廚房，就看見鍋裡燉著的豬腳正「咕嚕」冒泡，一點都不像沒水燒焦的樣子，再一想沐婉兒與唐柒文這幾日僵持的關係，她瞬間明白過來。

而在葉小玖的院子裡，沐婉兒見唐柒文那惱怒的樣子，朝著他露出了一個得逞的笑容。

哼，敢把她送的畫給換了，就要接受她憤怒的報復！

第二十七章

因為豬蹄燉煮需要時間，葉小玖便趁著這段時間，做碗冰粉給大家解解暑。

做冰粉的冰粉籽是她前幾日上山時無意間發現的，冰粉籽又叫假酸漿，有一定的藥用價值，還有鎮靜、祛痰、清熱解毒的效果，是不錯的夏日甜點。

從灶洞裡挖出些草木灰拿水泡上，葉小玖在她的小灶上煮糖水。

「玖兒，妳說的這個假酸漿到底要搓到什麼時候啊？」沐婉兒坐在一旁的木凳上，袖子挽得高高的，正使勁地搓著那裝在紗布袋裡的酸漿籽，光潔的額頭上都滲出了薄汗，手也痠得不行。

「搓到酸漿籽不再出漿，手感粗糙為止。」葉小玖對她的可憐不為所動，嘴角微翹。

撇了撇嘴，沐婉兒低下頭繼續做她的苦力。她完全有理由相信，這重色輕友的女人絕對是因為她破壞了她和唐柒文的好事，所以故意報復她。

看著葉小玖心情頗好的哼著歌準備著其他的佐料，沐婉兒的眼神暗了暗，想起那些美食，最後無奈地噘了噘嘴。

罷了罷了，以後還是不惹這腹黑又好色的傢伙了！

待沐婉兒將冰粉搓好，葉小玖將裡面的冰粉籽進行過濾後，把已經靜置好的草木灰水倒進冰粉水裡。待冰粉與灰水攪拌均勻後，她便將其放在一旁靜置。

「玖兒，它好像凝結在一起了！」沐婉兒站在小木盆旁，觀看著這神奇的一幕。

「嗯。」葉小玖點頭。「其實和製作豆腐差不多，草灰水是關鍵。」

挑了一個家裡最薄的勺子，葉小玖將成型的冰粉一勺一勺的舀到碗裡，加上從冰窖裡剛拿出來，還冒著寒氣的紅糖水，又在上面鋪上了她準備好的葡萄乾、花生碎、芝麻和應季的水果丁。

沐婉兒早被冰粉繽紛的品相給吸引了，不等葉小玖全部做好，她就已經迫不及待的端了一碗吃了起來。

這冰粉外表晶瑩剔透，口感軟彈，配上紅糖水和各種水果丁十分涼滑清甜，一口下去，入夏以來渾身的燥熱難受都消失了一大半，整個人清爽起來。

「嗯，好吃！」沐婉兒眼睛睜得大大，一臉驚奇。

被她那驚訝的表情逗笑，葉小玖無聲笑了笑，寵溺地又給沐婉兒裝了一碗後，她便端著托盤去了外面。

有著家學底子，胡萊的建議還是很中肯，他看了葉小玖畫的圖紙，立刻找出了這圖紙的缺點並且做了改正。才一會兒的工夫，風鼓機已經有了個大致的樣子。

「我覺得這搖風的把手還是用鐵比較好，木頭的承受力不強，容易壞。」

比對著葉小玖的圖紙，胡萊記下了幾個數據，準備回去讓他爹幫忙打一個。

葉小玖端著托盤出來，就看見三個人圍著那機器討論得熱火朝天，此時的太陽已然曬到了他們那裡，他們也不知道熱。

葉小玖勾了勾唇將托盤放到院裡樹下的石桌上，道：「先別忙了，過來吃點東西吧！」一聽到有吃的，楚雲青兩眼發光衝過來。「小玖，妳又做了什麼好吃的？」

楚雲青看著那鋪著各色水果的碗，果斷挑了一個他看著比較多的碗。

「冰粉，你先嚐嚐看好不好吃。」說完，她便朝另外兩個沈迷工作無法自拔的人走去，拉了拉唐柒文的袖子。「好了，別忙了，過去吃點東西再說。」

胡萊自是知道二人的關係，所以朝葉小玖點了個頭，便自己去楚雲青那邊坐著乘涼。

看唐柒文還坐在凳子上不動，葉小玖又拽了拽他的袖子。「別鬧脾氣了，走吧！」

聽到葉小玖說他鬧脾氣，唐柒文抬起頭瞅她，那幽怨的小眼神瞅得葉小玖心裡發虛，又帶著一絲新奇。

之前看書的時候，書中對這個深情男配的描寫雖篇幅不算太多，但出場大都是溫文儒雅、深情，且又有一身正氣的謙謙公子形象，使她浮想聯翩。所以對她來說，唐柒文宛如白月光般無瑕，以至於看到最後知他死了，她會感到黯然傷心。

沒承想，脫離書中劇情，唐柒文竟然還有這樣的一面，有些小傲嬌、小腹黑，還會對她撒嬌，就像此時，看起來像個軟乎乎的生氣包。

「好了別生氣了，我剛才真不是故意的。」葉小玖拿手指戳了戳他氣鼓鼓的臉頰。

方才沐婉兒說豬腳糊了，她一個著急就將剛靠近她的唐柒文給推了開來，要不是有桌子擋著，以當時唐柒文的不設防，那個趔趄過後他肯定會摔倒在地。

見他不理，她只得走到石桌前拿了碗冰粉過來，然後福身十分認真地遞給他。「方才都是小女子的錯，還望公子大人有大量，吃了這碗冰粉就不要生氣了吧？」

本就因葉小玖對自己動手動腳心中喜悅的唐柒文，這下是徹底憋不住了，「噗哧」一下笑出了聲，看著葉小玖那調皮的笑臉，拿手指輕輕點了下葉小玖的額頭。

葉小玖哪能不知道他是故意逗她才佯裝生氣的，這會兒見他笑了，她露出八顆大白牙，獻寶似地將冰粉捧到他面前。

「初次嘗試，還望公子賞臉品鑒。」葉小玖玩上癮了。

將長凳上的木屑一把掃下去，唐柒文將凳子移到陰涼處，又拿布巾擦了擦，示意葉小玖坐。

冰粉在露天處放了一會兒，早已沒有剛開始的冰涼，可唐柒文還是覺得這東西冰冰涼涼的，順著喉嚨一路甜到了心裡。

「味道不錯。」唐柒文點頭，「甜而不膩，晶瑩涼滑，著實是夏日解暑祛熱的佳品。」

因為此時院中都是年紀相仿的人，唐柒文平素雖是個翩翩君子，但在這不拘束的場合，少年人骨子裡的輕狂風流沒了拘謹，所以此刻看著葉小玖笑咪咪地盯著自己，唐柒文心思一轉，便舀了一勺遞到她嘴邊。

葉小玖作為現代人，自然沒有古代人的禮法觀念，只想著是自己男朋友餵的，就很開心地張嘴去接。

嗯，果然很甜！

兩個人你一口、我一口的吃得開心，把在樹下乘涼的三人看得目瞪口呆，就連最重口腹之慾的楚雲青，都覺得此刻碗裡的冰粉不但不甜了，還微微發酸。

沐婉兒看著和她一樣石化的二人，艱難地開口。

「他們倆是不是忘了還有我們的存在了……」

有胡萊的指導，唐柒文的精明再加上村長和林大叔時不時地出點子，不過兩天，這風鼓機初代便已成型，可是經過實驗，唐柒文發現這風鼓機風力過小，即使轉到了最快的速度，也只能吹出麥子裡面較輕的麥殼和麥秸，秕穀是一點都吹不出來。雖然初次實驗失敗了，不過這也說明，葉小玖這風鼓機的想法和原理是對的，只要稍加改造便可。

葉小玖這幾日除了去食樓外，就是將自己關在屋子裡畫圖。前幾日她忽然想起來，一種可以在田裡移動的工具叫拌桶。雖然印象模糊了，但既然唐柒文他們能將風鼓機做出來，稍微和他們說一些概念，做出拌桶自然不在話下。

因為離大規模收麥、收稻還有四、五天時間，唐柒文他們便全身心地投入到這兩樣農具的製作中，而唐府的開張宴也近在眼前。

按唐柒文的話來說，他是絕對不會允許唐母去參加那闔家宴，白白受那邊欺辱。而葉小玖也知道，唐府這宴席對他們來說是謝客宴、闔家宴，可是對唐柒文來說更像是鴻門宴。

聽說參加的賓客裡還有從上京城來的高官，她生怕唐府的人到時候刻意侮辱唐柒文，逼他做出什麼不理智的事來影響他的仕途，所以她不贊同唐母去外，也堅決不讓唐柒文前去赴宴，決定由她來送禮。

唐柒文本來不肯，他好歹是個男人，怎麼會允許葉小玖一個弱女子擋在他的前面為他遮風擋雨？可葉小玖有她不可撼動的堅持，所以這幾天兩人一度為了這事冷戰，搞得氣氛低沈不已。

最後還是沐婉兒拍著胸口保證和葉小玖同進退，一再保證不會讓她受一點委屈的情況下，唐柒文才勉勉強強答應了。

畢竟這幾天，他一直看著葉小玖巧笑嫣然，獨獨對他繃著臉橫眉冷對，那抓耳撓腮的感受著實不好受，所以他終究還是放下堅持，輸給了她。

雖然跟唐家不對付，但該有的禮數還是不能少。趁著今日空閒，葉小玖便拉著沐婉兒去準備給唐府的賀禮。

沐婉兒身為大戶人家的小姐，對送禮一事的規矩自然是一清二楚，按照她的指示買了東西，葉小玖拉著她正欲出書畫店的門，卻不小心撞上了進門的一個中年男人。

「他娘的，妳眼瞎了嗎？著急忙慌地趕著投……」那人抬頭欲破口大罵，結果一看沐婉兒的穿著和後面跟著的幾個壯漢家丁，立刻就像是鵪鶉，一句話也不敢說了。

畢竟是自己撞到了人，葉小玖也不在意他方才的粗話，連聲道歉。

那人這會兒哪敢多言？忙擺手說沒事，不必介懷。

只是門外這番聲響驚動了店裡看畫的一位紫衣男子，那人回過頭來，只看見了葉小玖的一個側影一閃而過。

那是……

紫衣男子雙眸微瞇，快步走到門前卻只看見街上人來人往，那個淡紫色的清麗身影早已消失不見。

「小二，方才來這裡買畫的姑娘你可認識？」

店小二看他的穿著就知道此人定是個有身分的，連忙狗腿道：「剛才來買畫的是沐府的大小姐沐婉兒，來買了幅福祿圖。」

沐小姐。

紫衣男子瞇了瞇眼睛，那裡面滿是懷疑和不解。為什麼他總覺得，那人給他的感覺，更像是他的那位故人呢？

唐家酒樓開張的場面，自然是比葉小玖食樓開張那日不知道熱鬧了多少，那裝修一新的酒樓最上面，赫然掛著唐記奢華的大匾額，紮著紅花、掛著紅綢，雖然紅布遮住了匾額上的字，但眾人也知道，依照唐府注重門面的慣例，肯定還是那紅底燙金的大字。

酒樓的兩邊，有兩個專門的小廝負責放鞭炮，跟不要錢似地一串接著一串，噼哩啪啦的震天響，而那熱鬧的舞獅大隊，也是吸引了不少行人駐足觀看。

此時時辰尚早，但已有不少賓客提著賀禮前來，對著門前穿著喜氣的唐氏父子又是賀喜、又是祝福，看著關係好似不一般。可只有他們自己心裡才清楚，此次他們都是為了那個京城的貴人來的，不然，誰願意親自來理會手段如此骯髒的兩父子啊？

葉小玖隔得遠遠的就聽見了鞭炮聲，這會兒看著門前那敲鑼打鼓舞獅子的場面，驚訝不已，看來此次唐記是想藉此一舉翻身了。

攜著賀禮與沐婉兒一起，葉小玖臉上帶笑地說了幾句吉祥話。

「今日是唐府的大日子，柒文賢姪和我大嫂怎麼沒來啊？」唐靖笑得眼睛都沒了，很是和善地問葉小玖，好像他有多想見他們似的。

此時門口站的都是涼淮縣的士紳大賈，自然知道葉小玖與唐柒文都是一家食樓的東家，也知道葉小玖就住在唐柒文家裡，所以並不覺得唐靖的問話有什麼不妥。

「他們可是還不願意原諒父親當時一時糊塗犯下的錯？」唐靖小心翼翼地說。

葉小玖知道他這是想引戰，想讓眾人覺得唐柒文母子小氣、不敬長輩。畢竟在世人眼裡，這世上只有不是的兒女，沒有不是的父母。

見再場眾人都在竊竊私語咬耳朵，葉小玖笑了笑道：「怎麼會呢？唐老爺你多心了。只是這幾日農事纏身，他們著實是脫不開身前來，所以便央我向你們賠個不是，還望唐老爺見諒。」

「當然，當然！唐某這幾日事務多，都忘了現在是農忙時刻。」唐靖一臉懊惱。「若是大嫂有什麼需要我唐府幫忙的就說一聲，我定然義不容辭。」

「是，是，是！」葉小玖連連點頭。「不過孀子家裡田地不多，那些活孀子他們也早已習慣了，想必只能枉費唐老爺的好意了。」

此事雖是實話，對唐靖來說就是極大的諷刺。曾經的唐家當家主母和大少爺已經成了一個習慣從事農活的鄉野之人，而且田地不多，這是多大的笑話？而這一切，都是當時唐府的無情無義給逼出來的。裡面唐靖的功勞可不小，可他此時卻想裝好人，假惺惺的說什麼原諒、幫助，哪來的臉？

唐父原想著葉小玖一個黃毛丫頭，應該十分容易對付，卻不想說來說去竟把自己給套進去了，看著周圍人談論當年之事，唐靖只能將目光求助般地投向了自己的兒子。

此時的唐堯文是滿肚子的火，他原本想著有邵遠給他撐腰，沐封怎麼說都要親自到場，卻不想他竟然只是派了個丫頭片子和沐陽那條沐府的狗一起過來。

雖然現在傳聞說沐封正在培養沐婉兒成為接班人，可他此舉未免有些太自高、自傲了吧？

唐堯文此時滿肚子都想著將來當了皇商後該怎麼把沐封踩在腳下，所以一點都沒有注意唐靖做出的蠢事，更沒看見他的求助。

唐靖無奈，只好打著哈哈將葉小玖她們請進去，然後拽了拽唐堯文的袖子。

「兒啊，這邵大人怎麼還不露面？他不會是反悔了吧？」

明明他們留在上京城的眼線說，邵遠前幾日便啟程來了涼淮縣，可為何這麼多日他都沒露面呢？那可是唐家一半的家產啊！若是就這樣打了水漂，他可是連響聲都沒聽到。

「時間不還沒到嗎，你著急什麼？」唐堯文厭惡地瞪了他爹一眼。心急吃不了熱豆腐，反正邵遠收了他的錢若是不辦事，將他惹急了，就別怪他用極端的手段辦事了。

因為這次唐堯文放出風聲說會有上京城的貴客來，所以前來的幾乎都是各家的當家人，葉小玖與沐婉兒兩個女子在其中顯得有些尷尬，待開張儀式過後，葉小玖與沐婉兒便尋了個理由溜了。

既然唐柒文他們沒來，唐堯文這專門為他準備的大戲自然是唱不起來，所以葉小玖說有事要走，他並未多做阻攔，而沐婉兒身邊還有一個沐陽留下，自是更容易離席。

因為唐記酒樓開張讓利五成，所以此時大廳裡是人山人海，葉小玖與沐婉兒好不容易才擠出來，嬉笑著往一家食樓的方向走去。

她沒看到此時唐記酒樓的門口，一名華服男子負手而立，望著她遠去的身影久久不語。

「主子，咱們該進去了。」下屬見邵遠出神，恭敬提醒道。

「羅宇。」邵遠忽然回頭朝下屬道：「你去縣衙查查方才那個粉衣女子的身分。」

「這……」羅宇看著那遠去的背影，艱難開口。「主子，這要怎麼查？那姑娘連名字……」

「一家食樓，葉小玖。」邵遠眼神一凜。「去查！」

第二十八章

看著唐記酒樓裡面熙熙攘攘，邵遠不自覺地皺了皺眉，而一直在樓梯口張望的唐堯文見他站在門外，眼裡一喜，隨即硬生生地讓店裡的小二開出來一條路，迎著他上了樓。

原在二樓坐著的賓客已是等得不耐煩了，以為唐府是為了誆騙他們來，故意放出假風聲。就在他們想要起身離開的時候，只見唐堯文帶著一個大概二十幾歲的男子走了進來。

來人一襲絳紫色衣袍，上面用黑色的金線繡著十分複雜的圖案，金絲腰封上掛著一塊上好的羊脂白玉，玉上鑲著的紅寶石在陽光下熠熠生輝，展現著主人的矜貴與不俗。

這個年輕人，就是從京城來的貴客？

唐堯文領著人進了門，忙讓一旁的店小二撤了桌子重新上了一桌新菜。看那人絲毫沒有猶豫地坐了上位，眾人頓時心中了然。

看著他們眼中的疑惑與肯定，唐靖得意一笑，隨即大聲道：「這是戶部左侍郎邵遠邵大人，乃是犬子好友，今日知酒樓開業，特來賀喜。」

眾人聽聞，一個個變得拘謹起來，畢竟這左侍郎可是正二品的官，與他們相距甚遠。不過唐府居然能勾搭上他，也不知是走了什麼狗屎運。

邵遠聽聞唐家人對他的介紹，眼中的嫌棄一閃而過，但他還是站起身來，朝著眾人微微一笑道：「今日唐兄開張，這裡便沒有什麼邵大人，只有一個晚輩罷了，還望各位不要拘束。」

見他這麼隨和謙讓，眾人稍稍鬆了口氣，氣氛輕鬆起來，只有沐陽看著邵遠那明顯的虛假笑容，沈了沈眼眸。

因為唐記酒樓今日打折又加上大人物出席，不少人都去那兒吃飯了，一家食樓這會兒冷冷清清，葉小玖見沒什麼可忙的，便和沐婉兒、唐昔言一同回家。

呂樂經過這幾個月跟著谷城學習，已經完全出師了，谷城便讓呂樂來頂替他的位置。

這事葉小玖沒什麼意見，只要營運沒問題便可。況且呂樂年紀輕，腦子又靈活，所以她不在店裡的時候，都是呂樂和金陽二人在管理的，從來沒有出過錯。

三人回到家裡剛好是午飯時間，唐母今日空閒，所以特意做了一大桌子好吃的來犒勞三個「木匠」，就算是加上葉小玖她們三人也是足夠吃的。

奈何今日是風鼓機公開調試的日子，唐柒文他們是興奮又緊張，哪有心情坐下來吃飯？只是胡亂地扒了幾口飯，便到穀場上去了。

村長也是激動不已，通知了村民後便早早地和林大叔到穀場上守著，唐柒文他們趕到時，他正和研究著風鼓機的村民說著其中的原理。

「村長叔，林叔。」唐柒文他們朝著眾人點頭。

「柒文啊，你們可算來了！」村長興奮道：「人都到齊了，來來來，你這個秀才公，第一個給咱們試。」

村長提起半袋麥子放在了風鼓機上。

唐柒文覺得，這風鼓機是葉小玖的想法，所以便示意她來，卻見她一個勁兒地搖頭。無奈，他便只能自己動手。將混合著麥殼和秕穀的麥子倒進入料口，唐柒文一手搖著搖柄，隨即那木質的原型「大肚子」裡發出了風葉轉動的聲音，隨著麥子一點一點被吃進去，那大漏斗果然開始出麥。

眾人睜大眼睛一看，出來的麥子極其乾淨，一點秕穀雜物都沒有，而從那側面小漏斗裡出來的都是秕穀，至於其他麥殼和秸稈，早順著尾部被吹出去了。

本來他們對這新農具還是持懷疑態度的，現在是完全信服了。

一時間，眾人的歡呼聲、吵鬧聲充斥在穀場上，那場面比過年還要熱鬧。更有甚者是喜極而泣，尤其是哪些半截身子已然入土的老人，從事了一輩子的農事，到死了終於看見可以有個省力的方法了，能不開心嗎？

聽著眾人對他們的歡呼聲與一句句的感謝，楚雲青只感覺鼻子發酸，心裡更是脹脹的。

他在皇宮裡看過父皇賜封地、授官位，也經歷過皇兄賞金銀、賜美人，可沒有哪一個場面是如此的開心、狂歡。在這鄉野山間，他卻看見了一群最質樸的人，他們會因為一點小事就對別人心懷感激、湧泉相報；會放肆地表達自己的喜怒哀樂，不用壓抑著自己做違心的事與說違心的話。

他回頭望著在場的每一個人，他們都眼含淚水，就連一向在外人面前情緒相對內斂的唐柒文也沒有避免。他勾了勾唇，默默將這畫面刻在了心底。

「小玖啊，真是謝謝妳啊，妳簡直就是我們村的福星啊！」一個老太太拉著葉小玖的手，神色激動。而她身邊的人更是連連點頭，表示認同。

七嘴八舌的一頓誇讚讓葉小玖有些飄飄然，但她還是用自己殘存的理智謙虛道：「我就是說了說想法，主要還是村長叔起了帶頭作用，和林大叔一同指導我們幾個。」

這話葉小玖還真沒作假，做這風鼓機，有些木頭太脆不合適，可是花費了村長他們兩人好大的氣力才尋到了適合做扇葉的木材。此時村長眼睛都笑沒了，那黝黑的臉上還浮現出了一抹紅色，似乎是被眾人誇得不好意思了。

「什麼事這麼熱鬧啊？」

一道慈祥又威嚴的聲音從眾人的歡呼聲中傳來，顯得特別清晰，葉小玖他們循聲望去，見來人居然是劉縣令。

劉縣令原本是聽戶房的人報告，說今日有人來查葉小玖的身分，還亮出了戶部的令牌，所以特意來找葉小玖問清楚，她是不是犯了什麼事或者惹了什麼大人？結果一進村子就聽見這邊的歡呼聲震天響，好奇心驅使下便過來這邊看看。

因為辣椒的事情，劉縣令現在在村裡已然算是熟人了，而且眾人也知道這人看著威嚴其實相當隨性，所以見他來都笑著打了招呼，並不覺得拘謹。

劉縣令見眾人都圍著一個大東西，眼睛裡流露出好奇。「這東西是做什麼的？」

「這是揚場用的！」一旁的老人開口道。

「當真？」劉縣令繞著風鼓機走了一圈也沒看出個什麼，只見地上放著的簸箕裡，一個盛著麥子，一個盛著秕穀，其他什麼都看不出來。

村長哈哈一笑，準備親自演示一遍，卻被村子裡兩個十來歲的男孩叫住了。「村長伯伯，我們想試試！」

「好，你們試試。」村長豪氣地退了幾步，拉著劉縣令站在旁邊。

因為這東西操作簡單，方才唐柒文做了一遍後他們都看會了。將地上的麥子袋提起放在入料口，他們一個搖動木柄，一個小心地將麥子倒出來。

隨著「喀喀喀喀」的聲音，劉縣令瞪大了雙眼。

「這是……這是……你們造出來了！」他語氣顫抖，眼含淚花。原來他還想著村長他們那時只是說說，卻不想他們竟然將機器給造了出來。這要是用在農事上，可是能省下不少時間啊！

葉小玖看劉縣令那激動的樣子，也微微地笑了笑。她初次見這人，只覺得他生得凶巴巴的，倒是沒想到，他在略顯冷酷的外表下，還有一顆愛民如子的心，真是個好官。

劉縣令見這機器對揚場有奇效，便想花重金將圖紙給買下來，趁著割麥收稻的幾天批量製造，好順勢運用到農事中去。

但是這東西是葉小玖的想法，村長便把話語權給了她。葉小玖他們之前就商議過要將這機器圖紙免費捐給官府，因此劉縣令的重金他們自然不要，只是說出了個條件，就是讓官府不能以此牟利。

說實話，葉小玖家底並不豐厚，唐家亦然，兩家也就只有那間食樓罷了，若是他們待價而沽，抑或者自己開個農具店鋪專門賣這個，那就是暴利。可是他們偏偏選了另一條路，這讓劉縣令頓時對唐柒文他們幾個年輕人另眼相看。

因為圖紙還在唐家，待眾人散場後，劉縣令便和村長他們一同去唐家取，可他一進門，就看見唐家的院子裡還放著一個四四方方、像斗一般的東西。直覺告訴他，這多半也是個農具。

村長自是看出了縣令的疑問，笑著解釋道：「這東西叫拌桶，玖丫頭說可以運到地上去收稻，到時候只須一邊割、一邊將稻米通過摔打進行脫粒，只是現在手邊沒有稻米，故而沒法演示。」

大鄴的氣候比較濕潤，尤其是華陽府這一片，一到秋收季節便多雨，地裡濕潤，如果不及時將割下來的稻子拉回家，便會在田裡發霉。有了這拌桶，就可以將收割、脫粒一體化，大大減少人力、提高效率。

看著那拌桶，縣令動了動嘴，始終不好意思再要這拌桶的圖紙，只能用渴望的眼神一直瞧著葉小玖。

縣令那灼熱的眼神讓唐柒文雙眸一沈，往前走兩步將和沐婉兒咬耳朵的葉小玖擋在了身後。

葉小玖忽然感覺眼前一黑，一個高大的身影便堵到了自己前頭。劉縣令也曉得自己直直地盯著姑娘有些失禮了，假意咳了一聲，他轉頭看向了村長。

唐母見家裡來了客人，忙出來迎接，順便將人請到屋裡去喝水，而唐柒文則是去了書房拿圖紙。此間劉縣令的話鋒是轉了又轉，可終究還是沒有把那句話給說出口。

「唐秀才，這是……」劉縣令看著手裡那用炭筆繪出來的，明確地標好尺寸和部件作用的兩張圖紙，震驚得說不出話來。

「這是阿玖的意思。」唐柒文將話頭轉到了葉小玖身上，然後微微一笑道：「希望縣令大人能信守承諾。」

劉縣令自是連連稱是，發誓他們擔心的事絕不會發生。小坐了一會兒，他便起身告辭，走到門口，他才回想起今日來找葉小玖的真正原因。

「丫頭，妳最近是不是惹到什麼人了？」見葉小玖一臉疑惑地看他，他索性道：「今日有上京城的人來調查妳的身分，而且還是戶部的。」

劉縣令十分擔心葉小玖會不會是戶籍造假，甚至之前來縣衙拿的路引也是假的。若是如此，在大鄴戶籍造假可是大罪，發現是要被抓去坐牢的，若是嚴重，還有可能被砍頭，所以他今日才會特意來找葉小玖問個清楚。

「上京城戶部？」葉小玖思索了一會兒。「可是戶部左侍郎，邵大人的人？」

「妳怎麼知道？那人拿的令牌確實是戶部侍郎的，但是不是姓邵我就不曉得了。」

聽他這麼說，再一聯想之前唐府口口聲聲說的上京城貴客，葉小玖心中頓時了然。不過，令她疑惑的是，在書中男主邵遠和唐堯文應該是在竹林宴上勾搭到一起的，為什麼此時卻生生提前了三個月，難道……和她穿越有關？

穿越之初，她只希望能遠離邵遠，好好過日子，現在則是希望能跟唐柒文一輩子在一起，如今唐堯文既然已經跟邵遠搭上線，那麼之後恐怕……

見劉縣令還在等她的答案，葉小玖連忙道：「沒事，故人罷了，我心裡有數。」

聞言，劉縣令不再多言，拿著兩張圖紙歡快地回了縣衙，準備找工房的人好好研究。

唐柒文看葉小玖那滿腹心思的樣子，便開口問她發生了何事，卻只得了她一句無事。知她不願意說，他也不多勉強，只是用他的大手扶著葉小玖的肩膀，無聲地給予她力量和支持，告訴她無論發生什麼，他都在她回頭就能看見的地方。葉小玖回頭，柔柔地朝他笑了笑。

緊接著，涼淮縣便進入了忙碌的秋收，楚雲青雖是個王爺，卻不擺王爺的架子，每日跟著唐柒文去地裡蹓躂，日出而作，日落而息。幾天下來，那原本圓圓的臉變尖了，常年養尊處優養出來的白皙皮膚也曬黑了，頓時成了個精神小夥子。就連沐婉兒都說他有了些男子漢的氣概，不像之前看起來像個軟趴趴的小白臉，氣得楚雲青直拿麥穗戳她的臉。

農活葉小玖幫不上忙，於是她也不逞強，便在他們的飲食上下工夫，無論是早晚的正餐還是田裡吃的，她都準備得十分豐盛美味。

多年來，田家一直是和唐家搭伙一起秋收，今年自然也不例外。為了趕在雨水來臨之際將糧食收回家，所以家家戶戶中午都不回家，只會帶些饅頭、餅子、鹹菜之類的充饑。但這些東西沒啥營養，一場秋收下來，著實能累得人脫層皮。

葉小玖和沐婉兒她們提著大食盒到地裡的時候，唐柒文他們還在麥田裡奮鬥，找了個大樹下陰涼的地方將東西放下，葉小玖扯著嗓子喊他們過來吃飯。

因為湯湯水水的東西不好拿，就是拿到這裡來這麼長時間也都冷了，所以葉小玖便做了肉夾饃，烤得酥脆的餅子裡夾上滷香味十足的肉和清爽的青椒碎，再配上清甜解暑的綠豆湯，好吃又管飽。

見眾人都來齊了，葉小玖便先倒了碗薄荷檸檬水給他們潤潤喉。

「小貴哥，喝口水潤潤嗓子。」葉小玖將水遞給了正擦汗的田小貴。

「謝、謝謝！」看著葉小玖笑得那麼好看，田小貴有些羞澀，尤其是剛才得知他娘之前還想把她說給他做媳婦來著。將手在布巾上胡亂地擦了下，他伸手剛想端碗，卻被一隻修長的手給搶了先。

「我好渴，我先喝。」唐柒文說著，拿過葉小玖手裡的碗一飲而盡。

葉小玖無奈，只得又拿了一個碗，倒滿水剛想遞給田小貴，唐柒文卻又一次擋在她前面，俯著身子就著葉小玖的手，讓她餵著再次喝完了水。

「你幹麼？」葉小玖微惱。

「我渴了。」唐柒文被葉小玖吼，有些可憐兮兮地說。

在一旁幫忙的唐母，哪能不知道兒子存著什麼心思？恐怕是方才她們聊起田嫂子想讓田小貴娶小玖，所以這小子生氣了，這會兒看小玖先給田小貴水所以吃飛醋了，什麼渴了都是藉口罷了。

笑著搖了搖頭，唐母將手中的那碗水遞給在一旁有些不知所措的田小貴。葉小玖見這次唐柒文沒再阻攔，瞬間明白了他方才就是故意的。

看著他那掛著孩子氣的得逞笑容，葉小玖很是無奈。罷了，自己選的人，生氣也要寵著。

胡萊和唐柒文是同窗亦是好友，所以今年放忙假閒著，他便前來幫忙，而此時，唐昔言正站在他跟前，又是遞擦汗布巾、又是給倒水的，場面十分和諧。另一邊，楚雲青正與沐婉兒拌嘴，嘰嘰喳喳笑個不停。

「你有本事站住，看我不打死你！」也不知楚雲青說了什麼，沐婉兒追在他後面扯著嗓子惱怒地說。

「看什麼呀？」唐柒文拿著碗過來，站在她身邊朝著她的視線看去。

「你說這兩人是不是看對眼了？」唐昔言和胡萊是官配，但這兩個人是啥時候有一腿的？

「沒有吧，妳看他們天天吵架。」唐柒文道。

「你不懂，俗話說打是情、罵是愛，他們倆這相處氛圍，絕對是有那個苗頭。」

葉小玖看著田裡奔跑的兩個人自顧自地說，然後她的額頭上就落下了記彈指。

「小笨蛋！」唐柒文那低沈的聲音在葉小玖耳邊響起。

彈指倒是不疼，但葉小玖被他那聲音撩得渾身一酥，瞬間一股熱氣直沖頭頂，葉小玖覺得她此刻的臉定然是紅了。

為了掩飾自己的羞澀，她故作惱怒道：「姓唐的你居然敢搞家暴！」

說著她回身抬手就想彈他腦門，結果轉頭就看見唐柒文挑眉看她，臉上掛著笑。「玖兒說得對，果然打是情、罵是愛。」

第二十九章

得了圖紙的劉縣令回到縣衙後也沒閒著，與工房的人仔細研究了一番後，叫來了涼淮縣各個村莊的村長和木匠，連同工房的工匠一起，打算為每個村子都至少打造出一個風鼓機和拌桶，所以那幾天，縣衙後院人來人往，格外熱鬧。

各村的村人本來還對這些木頭疙瘩心存懷疑，結果當這東西運用到農事上，並且大有成效時，可把他們給高興壞了，個個喜極而泣，高呼劉縣令以示感激。

劉縣令雖享受著眾人對他的誇獎與恭維，但還是實話實說，將這東西的最大功勞都歸功於葉小玖。而這一下，葉小玖的名字可謂是傳遍了大半個涼淮縣。

有了機器的輔助，秋收算是事半功倍，往年秋收從收割一直到糧食入倉，足足需要一個多月近兩個月的時間，若是雨季提前，那更是要推遲的，但今年卻只用了二十天左右，他們再也不用每日看天氣行事了。

如今，往年秋收完需要好一段時間休整的村民今年十分的精神抖擻，看著糧倉裡黃澄澄的小麥和白花花的大米，笑得十分燦爛。

因為葉小玖與唐昔言都在田地幫忙，鮮少去食樓，所以這段時間，食樓的情況都是由呂樂隔幾日前來匯報一次。

唐記因為上次的謝客宴有邵大人撐場子可是聲名大噪、紅極一時，成了不少富商大賈談事情的首選之地。

上次萬旭的事情讓唐記酒樓栽了跟頭，所以這一次唐堯文從上京城聘請來一位廚藝了得而且對吃食頗有想法的名廚坐鎮，再加上折扣多，竟生生將葉小玖食樓一半的客人都搶過去，那生意好得就跟一家食樓剛剛推出涼皮那幾日一般，而且隱隱還有超過的勢頭。

這可高興壞了唐靖夫妻，眼看著竹林宴選拔在即，按照唐記酒樓現在受歡迎的程度，拿下涼淮縣候選承辦的資格根本不在話下，看來這一半家產確實沒白花，邵大人找來的人確實可靠。

「姑娘，這可怎麼辦？」呂樂這幾日幾乎是想禿了頭，唐記酒樓總是大酬賓，飯菜從讓利七成到讓利六成，客人都被吸引到那裡去了，食樓這幾日的進項著實不多，他想了不少辦法，可最終卻於事無補。

姑娘信任他，才將食樓囑託給他看管，可他著實是有負所託啊！

「不急，讓我想想看。」葉小玖安慰著看起來很是憔悴的呂樂。

唐記酒樓讓利，一家食樓自然可以跟著效仿，可這終究不是長久之計，一家食樓沒有唐記那樣充足的底氣，打不起持久戰。若想在這樣刻意打壓下翻身，著實需要她好好謀劃。

因為下午下了點雨無法下地，葉小玖便待在唐柒文的書房，霸占了他的書案，拿著一根自製炭筆在紙上寫寫畫畫。

看著她時而嘆息，時而抓耳撓腮地捶著腦袋，在一旁與楚雲青溫書的唐柒文放下手中的書，起身走到她身後，伸手幫她揉著太陽穴。

「想不出來便算了，大不了以後我養妳。」先生說了，此次秋闈，他拿到前三甲幾乎是板上釘釘的事，而他也有把握通過會試和殿試。到時候，他就可以接她們去上京城過好日子了。

修長的手指抵在葉小玖太陽穴上輕緩地繞圈圈，適中的力道讓葉小玖舒服地喟嘆了一聲，全身放鬆地靠在椅背上，囈語道：「已經完成得差不多了。」

楚雲青也走過來，假裝沒看見二人的親密，好奇問道：「這大鄴女子大多希望嫁一個好人家，過相夫教子、衣食無憂的生活，妳倒是與別人不同，莫不是天生的勞碌命？」

葉小玖笑了笑。「你不懂，這是我從小的夢想。」

從小她便有開店的願望，只是爸爸覺得對她一個女孩子來說開店太辛苦了，便一直不同意。她之所以做美食影片教別人做菜，一是算換了一種方式圓夢，二是想藉此自己掙錢開店。

眼看著資金已經存夠了，她卻莫名其妙來到了這個地方。所以現在好不容易有自己的店，她著實不想半途而廢。

看著她眼中的堅定，唐柒文抿了抿唇，嘆了口氣用手輕撫著她嬌嫩的臉頰。「好，如果累了，妳還有我。」

「嗯。」葉小玖拉著他的大掌，笑得開懷。「若是真的到那一步，你可不許反悔。」

「君子一言。」唐柒文認真道。

他真的是愛死了她這樣的認真與驕傲，可同時，他又常常因為這些讓自己很是無奈。有時候看她如此辛苦，他真的很希望自己像唐堯文一樣從小經商，能夠在她困難的時候施以援手，可偏偏他只是一個書生，行商這塊，他實在不擅長。

看著二人黏黏糊糊，楚雲青不由得抖了抖身上的雞皮疙瘩，轉身出了門。

葉小玖的計劃其實已經初步成型了，只是有些細節還需要調整一下。今年因為閏了三月，所以現在名為七月但其實已經時值八月，雖已算是夏末秋初，但天氣還是炎熱，於是她便推出了清涼一下的計劃。

這半個月雖然秋收緊張，但她還是收集了不少假酸漿籽，正好現在派上了用場。因為決定將此次的受眾主要定位在女性身上，因此她便做了許多精緻好看又好吃的消暑小吃。

水果冰粉、冰粉布丁等一經推出就獲得了女子的喜愛，畢竟在這炎炎夏日，吃上一份清爽涼滑，又精緻漂亮的甜品，是何等樂事。

當然，這裡面少不了沐婉兒和柳若凝在涼淮縣各個貴女圈之間巧妙宣傳的作用。所以不到三日時間，冰粉便已然風靡縣城，成為各家貴女、貴婦人的心頭寶，就算不能時時出門親自來吃，也要派丫鬟、小廝帶一份回去。

這個結果是葉小玖預料到的，畢竟古代沒有冰淇淋之類的消暑佳品，只能靠著過了涼水的西瓜解暑。冰粉裡面的糖水是冷凍過的，再加上本就口感涼滑的冰粉，就連吃遍大鄴的楚雲青都連連誇讚，更遑論是那些常居高牆大院的深閨婦人。

唐堯文知道葉小玖在這種情況下居然還能翻起水花來，著實驚奇了一番。可當他在他小妾那裡嚐到葉小玖做的冰粉布丁後，他瞬間明白了，終是自己家的廚子技不如人。但這一次，他卻出奇的沒有生氣，還由衷的誇獎了葉小玖幾句，可把那個侍妾給震驚壞了。

一屋子人裡，只有一直跟著唐堯文的阿力明白原因。畢竟等唐記酒樓拿下竹林宴的最終承辦權，唐府順勢在邵大人的舉薦下成為皇商，到時候這小小食樓在少爺面前，還不是如螻蟻一般。所以唐堯文不生氣，不過就是已經瞧不上葉小玖那居於一隅的小格局罷了。

眼看時間到了七月中旬，唐柒文的農忙假也到了盡頭。因為還有一月便是秋闈，所以唐柒文他們便提早兩日回去書院，準備稍作休整後更快的進入學習狀態。

與此同時，葉小玖也接到了縣衙送來了關於參加竹林宴選拔的邀請函。

大鄴朝竹林宴與鄉試一樣，三年舉辦一次，地點定在華陽府祁雲山，屆時會邀請各府鄉試頭名、文豪士紳以及朝堂要員前來參宴。

所以，每一屆竹林宴的承辦方花落誰家，便成了各大酒樓爭搶的重頭戲。華陽府共三個州十二個縣，食樓、酒樓自然是數不勝數，為了減少競爭成本，府令便下令讓每個縣推舉一間參賽。

所以劉縣令遞的這個邀請函，目的就是為了確定葉小玖有沒有興趣參加縣裡的推舉。

想著這是一個為食樓揚名的好機會，葉小玖毫不猶豫地在邀請函上寫上了食樓的名字，讓呂樂送去了縣衙。

因為此次唐記有邵大人做後盾來勢洶洶，所以許多酒樓都選擇坐山觀虎鬥、明哲保身，以至於到了最後，這場涼淮縣所有酒樓、食樓都可參加的推舉，竟變成了葉小玖與唐堯文二人的爭鬥。

「兒啊，想必這一次竹林宴的承辦資格，定是花落我們唐記了！」唐靖聽著小廝說著坊間種種推舉唐記的傳聞，開心地說。

「那是自然。」唐堯文抿了口茶，微微勾了勾唇，眼中滿是志在必得。

唐記為了得到這次承辦機會可是花了不少心思，自從重新開張的一個多月來，是飯菜讓利、日日施齋，那綠豆湯從來沒斷過。再加上之前邵遠來捧場的威勢，不少人都暗中準備推舉唐記酒樓參加竹林宴的最終選拔。

「不過……」那小廝忽然收了笑，猶豫不決地看了看唐靖。

「不過什麼！」唐靖見事情可能有變數，臉色一沈。

「坊間一家食樓的呼聲也很高，說一家食樓的女東家心思靈巧，善於創新，這樣的人才更能代表我們涼淮縣的臉面與水準。」那小廝一邊說、一邊偷偷看唐堯文，生怕對方一個心裡不如意就抬腳踹他。

「呵，果然不出所料。」唐堯文轉著指頭上的玉扳指。

「那個女人還真是我唐記的絆腳石，事事都少不了她橫插一腳！」唐靖氣得鼻孔冒煙。

「兒啊，這可怎麼辦？」

見唐堯文瞇眼盯著那小廝看，唐靖擺了擺手示意他先下去。

「爹，你說那些商戶選擇舉薦唐記的最根本原因，是什麼？」唐堯文不疾不徐地問。

「還能是什麼？還不是想著討好我們，最終好仰仗邵大人！」唐靖嗤之以鼻。自古商人重利，他們這麼做，不過是想給自己帶來更多的好處罷了。

「那若是我們放出風聲，就說這唐記，其實已經是邵大人的產業，你說那些猶豫觀望或者支持葉小玖的人，會不會反過來支持我們呢？」唐堯文又問。

「這……」唐靖沈思了下。

邵遠是正二品官，那些人必會覺得華陽府巡撫、府令為了討好邵遠便會內定唐記為承辦方，這樣一來，無論他們支持或不支持，最後這名額都是唐記的，倒不如順勢而為，為自己在邵大人面前博一番好感。

「此計甚妙！」唐靖雙眼發亮，似乎已經看見唐府成為皇商，榮耀門楣的那一刻了。

「阿力。」唐堯文喚著站在身旁的人。

「是，少爺！」不用唐堯文明說，阿力已然會意，行禮後便退了出去。

因為阿力大量找人在坊間散布傳聞，而且還說得信誓旦旦、有模有樣，那些原本還選擇觀望的人瞬間定了心意，紛紛轉而支持唐記。一時間風向急轉，支持一家食樓的聲音微乎其微。

每次一到竹林宴推舉，涼淮縣各個賭坊、茶樓、酒館等等會開始就推舉名額最終花落誰家進行押寶，今年自然也不例外，自縣令大人宣布了參選酒樓之日起，這些地方就變得人來人往格外熱鬧。

只是與以往不同的是，往年總是四、五家酒樓的較勁，今年卻只有一家食樓和唐記酒樓兩個選擇。隨著這幾日一家食樓的舉薦聲音越來越小，押一家食樓的人自然也越來越少，那賠率竟然已經達到了一賠十。

沐婉兒這幾天急得直往葉小玖那兒跑，而葉小玖這個當事人卻氣定神閒跟個沒事人一樣悠哉。

「喂，葉小玖，妳能不能有點參賽者該有的樣子？」沐婉兒看著躺在躺椅上，一邊吃西瓜、一邊搖扇子的某人，有些怒其不爭的提醒。「唐記都快踩到妳頭上來了，妳還有心情在這裡納涼?!妳知道嗎？現在賭坊的賠率已經跌到谷底了。之前買妳贏的人，現在各個怨聲載道，腸子都悔青了，恨不得堵在妳家食樓門口管妳要銀子。」

沐婉兒搶過葉小玖手裡的扇子，坐在一旁的凳子上，扇子搧得「啪啪」作響。

看她額頭上的細汗，應當是趕著過來的，葉小玖起身，倒了杯涼茶遞給她。「別急，這不是還有支持我的人嗎？說不定到時候我就反敗為勝了呢？」

「反敗為勝？」沐婉兒喝了口水。「就妳現在這態度，別說反敗為勝了，就怕到時候輸得太慘丟面子啊！要不，我讓我爹也去上京城給妳找個大腿抱，將食樓掛在他名下，說不定能贏回一局，就算贏不回來，也不至於輸得太慘。」

看著沐婉兒大有一種只要她點頭就隨即動身的想法，葉小玖心裡著實感激，能在異世交到沐婉兒這樣的摯交好友，她倒是不虛此行了。只是此事說來容易做起來難，邵遠是正二品的官，他岳父文霆章是當朝左相，官居一品，後臺著實強大。若是她們要找大腿抱，恐怕得找個皇親國戚才夠。

唐柒文前幾日來信說在越州聽到了些風聲，問她到底出了何事，信中楚雲青也委婉地提過若是需要幫忙，他可以兩肋插刀。

在眾人面前，楚雲青只是個家住上京城，家底頗豐的貴公子，可葉小玖知道，他乃當朝皇帝同父異母的弟弟，身分尊貴的瑞王殿下。若是他出面施壓，定是事半功倍，可皇帝向來疑心深重，竹林宴最後的赴宴者又大多是朝中要員，若是他因此引得皇帝猜忌，倒是不值得。

這種大腿中的大腿，不到萬不得已之時，她不會輕易請他幫忙。

就在食樓眾人都一籌莫展，押葉小玖贏的賭徒都自認倒楣的時候，事情卻出現了新的轉機——涼淮縣上千村民連名上書縣衙，要推舉葉小玖代表涼淮縣去參加竹林宴的最終比賽，而且言詞之懇切，理由之充分，著實很有引導性。

唐堯文本來還悠閒地在家等著推舉時間一過，便順理成章的當選，卻不想被這突如其來的變故給了當頭一棒，大晚上就讓阿力去查到底是出了何事。

經過阿力一番查探，唐堯文才知道，這些多年來如同鋸嘴葫蘆一樣的泥腿子忽然支持葉小玖，是因為她研究出來的農具大大提高了他們秋收的效率，所以他們才會一門心思的擁護她。

「哼，一群泥腿子，果然不知所謂！」唐靖氣得吹鬍子瞪眼，完全忘了他家從他這輩往前推兩代，其實也是泥腿子起家的。

「就是，這食樓間的實力較勁，豈能算在農事上？」劉茹慶順著自家丈夫的話往下說。

「堯文，那現在怎麼辦？」唐靖一遇事，除了發脾氣，就只會問這話。

「不急，等明天看看情況再說。」若只是上千農民支持，倒也不足為懼，畢竟少量的人還是無法撼動最終結果。

唐堯文原想著故技重施，讓阿力再次找人傳謠，說農事貢獻不能與酒樓實力相提並論，好將這千人的言論打壓下去。可還不等他有動作，第二日的新消息就打了他個措手不及。

涼淮縣近上萬農人以村為單位連名上書，推舉一家食樓，還將他們按了手印、畫了押的推舉狀貼得城裡城外到處都是。

這下，就是他們想打壓也沒有機會了，此事已經人盡皆知，賭坊的賠率兩家已經持平，甚至一家食樓還有反超的趨勢。

劉縣令聽聞此事，人都傻了。自他上任四年來，這算是他第二次主持涼淮縣的竹林宴推舉，可如此興師動眾、聲勢浩大的情況，他卻連聽都沒有聽過。畢竟推舉雖名為全民推舉，但本來大多數參加的都是縣裡的商人以及離縣城比較近的農人，那些較遠的村鎮消息閉塞，向來是不參與的。

這可讓他為難了，名額只有一個，唐、葉兩家卻持平，著實讓他難選。

「師爺，你說這事該怎麼辦？」劉縣令企圖讓他幫忙拿個主意。

「老爺，現在是兩邊都不好惹啊！」師爺也搖頭，一副無能為力的樣子。

「唉！」劉縣令長嘆一口氣，癱坐在椅子上。

這事確實難辦，若是他偏向唐堯文，那那些民眾並不好惹，若他們不服上府城告狀，他這烏紗帽大概是保不住了；可若是他偏向葉小玖，惹得唐堯文背後之人發怒，別說烏紗帽了，恐怕小命都難保。

何況他私心其實是想推舉一家食樓的，若是昧著良心選唐記，他又過意不去。

劉縣令為官這麼多年，第一次覺得做官實在太難了。

第三十章

唐堯文原本看這大勢，若是靠推舉，那唐記贏得名額的概率微乎其微。畢竟士農工商，商人排在最末尾，劉縣令又跟葉小玖他們走得極近，若是他以推舉唐記的都是商人這方面來做文章，那他肯定是輸。

可坐以待斃向來不是他的風格，所以他當即寫了封信，讓小廝快馬加鞭送去上京城，交給邵遠，想讓他直接給府衙那邊施壓，內定唐記。

問題是時間都過去快三、四天了，跑去送信的人既沒回來，也沒送回來任何消息，著實把唐府一家子人急得夠嗆。

「那邵遠是幹麼吃的？連這點小事都搞不定嗎？」唐堯文將桌上的東西一掃而下，嚇得跪在一旁的小妾瑟瑟發抖。

其實，邵遠不是不管，也不是沒能力管，而是因為他後院起火，根本就沒顧得上管。

自上次邵遠在參加唐記的謝客宴時看見葉小玖，並讓羅宇去查了後，回到上京城，就時常精神恍惚，總是拿著一個破舊的絡子發呆。這可把文潔給著急壞了，以為他是染上什麼不乾淨的東西魔怔了，又去寺廟求符、又是請道士作法，好不容易才將他給治好。

可不想沒過幾日，邵遠便從外面帶回來一個農家女子，說是她家境可憐，父母雙亡，想要納她做小妾。

男子三妻四妾本就是常事，文潔雖心中不痛快，但想著自己跟邵遠成親也有四年，他從未在外面亂來過，所以便答應下來。

況且，他雖然納了那女子，卻從未去她房裡睡過，因此文潔並未放在心裡。

不想只隔了幾日，他不知又從哪兒尋來了一個眉眼與那小妾格外相似的女子，這讓文潔長了個心眼，趁著他說晚上去戶部辦公不回來，便悄悄跟了上去。

不跟不知道、一跟嚇一跳。原本對自己關懷備至的丈夫，竟然在外面養了外室，不僅如此，兩人的兒子都已經兩歲了。

回到家後，文潔便大發了一通脾氣，又是砸東西、又是罰下人，還把邵遠新納的兩個小妾打得不成人樣，然後收拾了東西便回娘家住了。所以，邵遠這幾天都待在左相府哄媳婦，根本就不住在邵府，故而唐堯文送去的信，他壓根兒沒看到。

劉縣令知道此事難辦，便親自去府衙請教了府令。

府令在華陽府任職已近二十年，這一個縣裡出來兩個推舉名額的事他也沒遇到過。

聽完劉縣令敘述前因後果後，他立即派人去查了具體情況，隨即大手一揮，決定讓唐、葉兩家同時參賽。

原因無他，一是惹不起邵遠，二是怕眾怒難犯。

接到這個消息，葉小玖是震驚的，原本她以為此次的入選者必然會是唐記，畢竟在原著裡，唐記最後是拿下了竹林宴承辦方資格的。所以，她答應邀請只想打個廣告，並沒有過於上心，畢竟她也想避開邵遠，不想這麼早與那人直接碰上。

「玖丫頭，妳這次可要好好發揮，爭取讓此次的承辦權花落我們涼淮縣！」劉縣令笑咪咪地說。

「這次的參賽者是從各個縣選出來的，想必都是廚藝界的翹楚，我一個初出茅廬的小女子，如何與他們一爭高低？」葉小玖認真道。

這是葉小玖的心裡話，劉縣令卻只當她是謙虛，笑著拍了拍她的肩膀。「妳這丫頭鬼點子多，我相信妳可以。」

事已至此，葉小玖調整了心態，準備應戰。

因為七日後首輪比賽才要開始，所以趁著這段時間，她便將父親曾經教過、記憶模糊的東西再次拾起，仔細回憶，順便加以實驗，算是為此次的比賽做充足的準備，免得到時候初賽便被刷下來，那就太丟人了。

相對於葉小玖的認真，唐記那邊就顯得很是敷衍了。唐堯文覺得，邵遠舉薦的廚子乃是上京城名廚，廚藝自是比那些居於一隅的鄉巴佬好上不知多少倍，而唯一一個值得讓他當作對手的葉小玖還是個女人，到時候他只需要藉著邵遠的勢給評審團稍微施壓，她自然便會被淘汰。所以這竹林宴的承辦資格，幾乎就是他唐記的囊中之物，他何必煩惱？

有唐堯文這麼可靠的老闆，作為為唐記出戰的主廚劉寅，自然也是悠然自得，一副胸有成竹的樣子，花樓照逛、花酒照喝。

涼淮縣離府城比較遠，故而葉小玖一行人需要提前一日動身。唐母要照看家裡去不成，她便帶上了唐昔言和呂樂，打算讓他們去府城見見世面。

葉小玖說要帶走呂樂，谷城舉雙手雙腳贊成，覺得呂樂一個男孩子，還是要多出去看看，所以便自告奮勇提出這幾日幫葉小玖管帳，於是乎葉小玖便安心地將食樓交給了金陽和楊師傅，自己毫無後顧之憂的去了府城。

因為到達府城後要先去府衙報到，葉小玖怕時間趕不上，一大早天還沒亮便與呂樂他們從食樓出發，由田小富駕著馬車，直到下午酉時一刻才趕到府衙。

雖是初次來府城，但有劉縣令派了領路人二成帶路，便沒因此失了方向。

各縣之前已經將參賽者的名字以及代表的食樓報了上去，所以葉小玖只須拿出名帖，待府衙門口的官差核對無誤，便可進入。

「妳就是葉小玖？」那高個子官差粗著嗓子，看了眼葉小玖的名帖，又看了眼葉小玖，眼中還帶著一絲不可置信。

「正是。」葉小玖坦蕩地點頭。

那人又看了眼她身後跟著的一行人，隨即道：「妳進去吧，讓他們在外面等著。」

知道府衙不是什麼人都能進的，葉小玖便叮囑唐昔言他們先去之前拐彎的時候看見的那間飯館等她，順便吃點東西，等她出來後再一起去劉縣令提早幫他們訂好的客棧歇息。

「哎哎哎，幹麼磨磨蹭蹭的？還想不想參加比賽了？」旁邊一個絡腮鬍官差不耐煩地叫嚷著。

「玖姑娘，妳快些進去吧，我們都曉得了。」二成認真道：「妳別誤了時辰。」

看著他們上馬車，葉小玖才轉身往裡面走，卻聽見那絡腮鬍官差咕噥。

「一個女人家家的，不好好在家洗衣、做飯、奶孩子，偏偏要與一群大老爺們混在一起爭什麼承辦方，簡直不自量力。」

他旁邊那個高個子官差撞了撞他的胳膊，示意他葉小玖還沒進去別亂說話，那人轉身看了她一眼，卻沒有絲毫說人壞話被發現的心虛之意，眼中嘲諷之意甚濃。

葉小玖正想發作，準備衝上去問問他憑什麼看不起女人，卻正好被前來迎她進去的侍女給打斷了，無奈，她只好狠狠地瞪了那人一眼，隨著侍女進了門。

「你今日怎麼回事，人家還沒進門就背後叨叨人家？」那高個子顯然比絡腮鬍年紀大，一副長輩指導小輩的樣子。

「我的話不對嗎？」絡腮鬍嗆聲。「竹林宴推舉向來是一縣一人，那女人所在的涼淮縣卻一下出了兩個。看那女人的姿色，想必是與什麼高官有不正當的關係，府令老爺才會允了她參賽。她一個女子，不好好在家安分守己，跑出來拋頭露面，像什麼樣子？」

跟著侍女走過幾個小門，葉小玖才看見長廊那頭的涼亭裡萬頭攢動，一群中年男人在裡面說話，旁邊還有一個打扮斯文的年輕男子人坐在石椅上寫著什麼。

侍女帶著她走近便退下了，年輕男子無意抬頭看見了葉小玖，似是驚訝於她的美麗，薄唇微啟愣神，半晌才問道：「不知姑娘到此地來有何貴幹？」

今日葉小玖穿了一身粉色的襦裙，柳葉彎眉，櫻桃小口，一雙琉璃眸子如同會說話一樣，看得在場的眾人有些失神。

年輕男人自詡已經看盡了天下所有美麗的事物，卻第一次因為一個女子而失了神，他定了定心問道：「可是走錯了路？」

葉小玖搖了搖頭，走上前道：「我是來參賽的，涼淮縣，葉小玖。」

說著她便將名帖遞給了他。

此話一出，方才那些以欣賞的眼光看她的人，眼中立刻帶上了蔑視，不斷地打量著她。

葉小玖知道，原因無他，只是因為她是個女子。

她之前聽呂欣說過，在大鄴，女子向來是不被允許學廚的。世人皆認為女子的使命就是洗衣、做飯、相夫、教子。而行醫經商都是男子的事，所以女子學廚、拋頭露面都是不守婦道的表現。

但因為涼淮縣乃是大鄴朝的門戶，經濟發達，往來的人種眾多，所以眾人的思想也相對開放，以至於她在那裡半年，並沒有感受到太多異樣的眼光。卻不想來此地不過一個時辰，就兩次被人蔑視。

深知解釋無用，葉小玖便也隨他們去，反正只是幾個眼神而已，又不會把她怎麼樣，再者有些事情，做比說打臉的效果要好，那她何必多嘴？

年輕男人的神色倒是沒有多大變化，只是又看了她一眼，然後低頭核對信息，隨即將一張寫了字的紙遞給她。「妳看一下，若是沒問題便簽字畫押。」

紙上是一封承諾書，大意就是，比賽期間，凡事都以判官說的為準，不許質疑判官的決定，且不得無故詆毀判官。

葉小玖迅速瀏覽了一眼，見沒啥問題，便在紙上寫了自己的名字，按了指印。

「妳這字寫得不錯，很有大家風範！」年輕男人由衷地誇了一句。

葉小玖聞言，呵呵一笑，並未多話。

這字還是之前唐柒文嫌她寫的簽名醜，手把手教她的，所以除了葉小玖這三個字，其他字都是一寫就破功。

不過想起那人趁著教她寫字的工夫頻繁吃她豆腐，葉小玖的臉上忽然染上了一抹桃花色。眼前佳人忽然展現的笑顏，讓年輕男人不禁一陣心神蕩漾，很想開口問問她是想起了什麼開心事，最終因為自己沒有立場，只得抿了抿嘴唇低下了頭。

不久，年輕男人宣布了明日參賽的地點與注意事項，隨即便叮囑眾人好好休息，為明天做充足的準備。

出了府衙門，葉小玖一眼就看見唐昔言幾人等在那裡，而馬車被田小富牽到遠處的大樹下。

「不是讓你們在飯館等我嗎？怎麼出來了？」

「那飯館人滿了，我們也不是太餓，便想著在這裡等妳出來，再一同回客棧吃。」唐昔言笑著道。

葉小玖讓劉縣令幫忙訂了三間房，葉小玖只須報上名字便可入住，上去看了眼房間，葉小玖便讓二成單獨住一間，呂樂和田小富一間，自己則和唐昔言住一間。

趕了一天的路確實辛苦，再加上時間也不早了，葉小玖給他們點了一桌好菜，自己則是胡亂搭配著吃了半碗米飯後，上床睡覺了。

第二日，葉小玖起了個大早，好好收拾一番，吃過早飯，便在二成的帶領下去了比賽地點——柳園。

柳園是前朝的一位王爺遺留下來的府邸，聽說是那王爺為博愛妻歡心特意建的，因為他妻子姓柳，便取名為柳園。

後來前朝覆滅，柳園卻因為景色宜人，被新皇允許留了下來，現在已然成為騷人墨客散心抒情的首選之地。

此時時間雖早，柳園門外卻已經有不少圍觀者，一個個伸著脖子往裡瞅，要不是有官兵凶神惡煞的堵在入口處，他們肯定已經闖進去提早占地方了。

葉小玖作為參賽者，自然有自己的入口，她跟著二成到側門，遞上昨日得到的令牌，那官差便放了行。

柳園向來以景色優美著稱，此時雖已是初秋時節，那園裡的花卻開得正豔。葉小玖不知那些花是什麼品種，只覺得好看，配著這綠瓦紅牆，格外相得益彰。

繞過長長的迴廊，她一眼就看到了已經布置好的比賽場地。在一個十分空曠類似廣場的地方，以「L」形擺著兩灶的爐子和放著菜刀、砧板的桌子，兩個兩個一組，上面還搭了遮陽的小棚子。

而那「L」形的中間，放著一張長桌子，桌子上面放著各種應季的果蔬和來自外邦的各種奇珍食材，長桌的盡頭，則放著各種調味料。

評審席設在廣場對面的小樓上，二樓剛好是以前舞女練舞的地方，有個頂能遮風避雨，地方十分敞亮，從評審席桌子擺放的那個位置，完全可以看清每一個參賽者的動向。

規定的比賽時間還沒開始，所以參賽者不被允許靠近，葉小玖只好遠遠地看著桌上的食材，好讓自己心裡多少有點數。書中對竹林宴只有隻字片語的描述，所以她並不知道這四場比賽的考題是什麼，故而這一次，她其實與其他人一樣茫然。

比賽時間定在巳時，此時已經辰時三刻，門外的觀眾也開始入場，而那評審席上，也已經坐滿了人。

聽二成給她介紹，那五人中，有三位是退隱的老廚師，分別是宋老、于老、袁老，在華陽府甚至是整個大鄴都家喻戶曉的名廚。其餘的兩位，一是華陽府巡撫顧裡，一是華陽府副都督李有為。

也就是說，這次的評審，有文官、有武將，還有專業人士，從評審團的組合，就足見他們對這比賽的重視性。

這時，一穿藍色衙役服的人拿著一小鑼，輕輕一敲，隨即大聲道：「比賽時間到，請參賽者入場！」

看官差讓開了路，葉小玖正想往裡走，卻被一高大的身軀狠狠地撞了一下，她一個沒站穩，便直直地朝花壇撲了過去，要不是二成眼疾手快地拉住了她的衣服，她今日就算不傷筋動骨，也得被花刺給弄得毀容。

「喂！你急著投胎去啊？沒看見撞到人了！」二成見那人撞了人後沒有絲毫停留，不由得憤慨喝斥。

第三十一章

那人聞言，回頭看了葉小玖一眼，眼中盡是輕視與嘲諷。「大清早的連路都走不穩，莫不是昨晚累壞了？」

那人說完，眼睛還很是無理地打量著葉小玖，一副色胚樣，看著就令人作嘔。

因為三人站的地方是個三岔路口，也是入場的必經之路，這會兒衙役催得緊，所有參賽者都急著入場，葉小玖被擠到路邊沒什麼影響，而那人站在路中央剛好就擋了路。

「要走就走，不走就一邊去，好狗不擋道知道不？」一道略顯暴躁的聲音傳來。

那人聽見身後有人吼他，剛想回頭瞅瞅是誰如此大膽，結果轉身就看見被他擋住的四人中那個穿黑色錦袍的人。

「羅興……羅爺！」那人驚喜道：「快，您請您請！」說著便讓開道，彎著腰做了個請的姿勢。

看著那人點頭哈腰的樣子，眾人心中甚是鄙夷。方才在一個小姑娘面前作威作福、滿口葷話，現在看見羅興又裝得跟個二孫子似的，欺軟怕硬，可見是個沒骨氣的傢伙。

不過羅興連續三屆在竹林宴選拔比賽中拔得頭籌，認識了不少達官顯貴，就連府令大人都要敬他幾分，更何況是這種諂媚之人呢？

那人的討好在羅興面前並未起什麼作用，他依舊冷著一張臉。「早上起來還是多漱漱口，畢竟是代表縣城來的，別失了體面。」

葉小玖趁著大家沒反應過來，開口向羅興道了聲謝，可羅興只是冷冷看了她一眼，便大步入場。留下眾人面面相覷，隨即像是明白了什麼哄堂大笑。

這羅爺明擺著說那人嘴臭呢！

為了顯示比賽的絕對公平，比賽的站位都是由抽籤決定的，葉小玖是第三個抽的，順著竹籤上的數字找到了自己的位置，她剛站定打量燒得旺盛的兩灶爐子，就聽見外圍的群眾一個個交頭接耳、竊竊私語。

「怎麼還有個女的在裡面，女人能做什麼？」

「看她的年歲，應該還很小吧？能爭得過這些漢子嗎？」

「往年不都是十二人嗎？今年怎麼成十三個了？」

「還能是為什麼？肯定是有人走後門了！看這裡面的生面孔也沒有幾個。」那人意有所指地看著葉小玖。

這已經是第三次被人說是用不正當的關係進來、說女人無用了，葉小玖很生氣，拳頭捏得緊緊的。若說之前她參加這比賽只是抱著交流學習的心態來的，那麼現在，她要為自己這個女人的身分而戰。

她要證明給他們看，女人也是可以做廚師的，而且一點也不比男人差！

瞇著眼掃視著下方的眾人，葉小玖剛要收回視線，就看見唐昔言和呂樂他們站在東邊人群的最前面，一個勁兒地對她做動作，要她放輕鬆。

看著二人那蹦蹦跳跳的樣子，葉小玖心裡的氣消了一大半，咧嘴朝他們笑了笑，然後專心準備比賽。

因為比賽是兩人一組，所以注定有人要抽到葉小玖。只是看著那人一步一步地朝這邊走來，葉小玖不由得扯了扯嘴角，暗道聲「冤家路窄」。

那人便是方才撞了她的人，名為劉玉林。

劉玉林沒想到是自己和葉小玖一組，他走上前來，還嬉皮笑臉地朝葉小玖說話，彷彿剛才的事根本沒發生過。

「小娘子，還真是巧啊！」他臉上雖堆著笑，心中卻恨不得將葉小玖給千刀萬剮。

要不是因為這小娘皮，他至於被眾人嘲笑譏諷嗎？原想著比賽結束之後再給她點厲害瞧瞧，卻不想如此巧合，那他就直接給她點顏色瞧瞧！

待眾人站定，作為評審之一的顧裡便起身，站在二樓欄杆處大聲道：「我宣布，選拔比賽第一場正式開始。」

因為此次比賽的目的是要選出負責竹林宴宴席承辦的廚師，所以為了展現出比賽文化底蘊，第一場的主題便是文謅謅的兩句話——菜中有詩，菜中有畫。

而且為了增加難度，每人要抽籤選擇食材，抽到的食材可以用主菜或者配菜的形式出現在自己的菜品中。

這一次葉小玖他們倒是不用移動，會有專人將籤筒送過來。

巧合的是，她和劉玉林兩個人又抽中一樣的，都抽中了豆腐。

一時間，葉小玖的大腦飛速運轉。這主題聽著文雅難懂，但其實就是強調菜要好看。而豆腐色白無味，無論作為主菜還是配菜，都好像起不到太大的點睛作用。

遠遠地看著桌上的食材，在目光轉到那好幾個雞湯盅上的時候，葉小玖心裡有了主意。

以前跟著老爸練習刀功的時候，她曾經做過一道菊花豆腐，主要食材用的就是豆腐。豆腐色白，切成菊花的形狀，再配上清亮的雞湯和一粒紅枸杞，還怕不能與菜中有詩，菜中有畫的主題相契合嗎？

細細地回憶了一遍菊花豆腐所需要的食材，葉小玖靜靜地等待其他人抽完籤。

菊花豆腐所需的材料並不多，只須豆腐、上好的高湯，以及一粒枸杞即可。只不過，菊花豆腐對豆腐的要求比較高，第一，豆腐要細膩，過於粗糙會使得豆腐在切絲的過程中折斷，第二是豆腐一定要選擇比較結實的老豆腐，嫩豆腐水多不太好切，也很易斷。

站在桌邊，抽到豆腐的人都正細細地挑選，卻不想劉玉林忽然擠了過來，順手就拿走了桌上最是方挺好看的兩塊豆腐，對於被撞到的人，連個眼神都沒給。

因為挑選食材只有一炷香的時間，在這段時間裡要拿夠所需要的東西，逾時不候。時間緊迫，葉小玖來不及仔細地挑選，便拿了兩塊質地相對比較細膩的豆腐，又拿了一罐雞湯、菌菇和所需的調味料，最後又去旁邊的案上拿了一個白瓷的小巧湯盅。

雞湯是之前就熬好的，但不出葉小玖所料，這雞湯就是純雞湯，純到連鹽都沒捨得放的那種。

將雞湯倒進鍋裡，葉小玖放了適當的調味料和鹽巴後，再將拿回來的幾種比較提鮮的菌菇放進去熬煮。

選擇兩塊中相對比較老的豆腐，將其切開，細細修出了兩個大小一致的圓柱，看另一個鍋裡的水已經開了，便在水裡加了鹽巴，把修整好的豆腐放進去煮。

這一步的目的，是為了讓豆腐更加結實、容易下刀，若是在現代，倒是可以放進冰箱冷凍一個小時，現在時間有限，又沒有冰，只能麻煩一些了。

將煮好的豆腐用打磨鋒利的刀，細細的橫切再豎切，但底部要留有距離不能切斷，最後再放進裝著清水的碗裡，托著菊花豆腐底部，用指尖輕輕地頂幾下，經過水的淘澄，一朵白菊花便在葉小玖手裡栩栩如生。

菊花豆腐除了切豆腐的刀功，最重要的便是底湯了，所以在切完第二朵花後，葉小玖便靜靜地等著雞湯熬煮入味。趁著這個時間，她一邊清洗自己桌上的東西，一邊看其他參賽者的作品。

此次規定的兩個食材，除了豆腐，另一種是黃瓜，而羅興和劉寅抽到的就是黃瓜。

看羅興正在仔細地對黃瓜進行雕刻，再看桌子一旁放著的內餡，葉小玖猜測，他做的應該是翠竹報春。所謂翠竹報春，就是將黃瓜切段，雕成中空容器狀的竹節形狀，再把黃瓜皮剪出竹子的枝和葉。

竹節容器裡裝的內餡是用玉米、瘦肉丁、胡蘿蔔丁、青豆再加上蒜蓉炒製而成的。黃瓜的清甜包裹著內餡的蒜香鹹鮮，大熱天的開胃又解膩，菜品雖耗時極長但大氣精緻。

果然是三次拿下竹林宴的人啊！葉小玖不由得在心裡感嘆。

劉寅距離葉小玖比較遠，所以葉小玖就只能看見他似乎是在烤鴿子，而桌子上的白瓷盤裡還鋪著一層黃瓜片。

將視線收回，葉小玖將洗好的碗放到一邊，耳邊卻突如其來「啪嚓」一聲將她給嚇了一大跳。她稍稍定了定心神，發現是劉玉林將碗掉在地上打碎了。

看他不慌不忙的樣子似乎並無大事，葉小玖正準備去看她的雞湯，卻被他桌上的那兩塊豆腐給吸引了目光。

看他切的那胡蘿蔔絲與蔥絲的粗細，葉小玖不難猜出他想做的是白玉紅絲湯，也就是現代的淮揚名菜文思豆腐。只是這文思豆腐向來講究用嫩豆腐，可他桌上放的這兩塊，卻是兩塊老豆腐。

葉小玖發現的事劉玉林自然也發現了，他現在雖強裝鎮定其實心裡慌亂不已。他跟葉小玖一樣，都是這比賽的新手，往日在酒樓的時候，他做菜都是有專人為他備好食材的。這白玉紅絲湯乃是他的拿手菜，所以在抽到豆腐食材的時候，他立刻就決定要好好給他們露一手，卻忘了這裡不是酒樓，食材混雜，須得他自己仔細挑選，可他卻急著想著拿兩塊好看的豆腐，忘記挑豆腐的老嫩了。

看著他做那種往豆腐裡拍水的無用功，葉小玖微微搖了搖頭，隨即專注做她自己的菜。

嚐了嚐雞湯，確認鹹淡剛好，她見負責時間的人點上了最後一炷香，便將自己切好的菊花豆腐裝進湯盅裡，舀入清亮的雞湯後，加入一粒她精心挑選的枸杞，然後蓋上蓋子，放進早已沸騰的蒸鍋裡蒸。

最後一炷香燒完，負責人大喊一句時間到，參賽的人便紛紛放下手裡的東西，等著專人將自己的菜品端到二樓請評審席的人品鑒。

菊花豆腐講究湯要滾燙，葉小玖因為位置稍稍靠後，她怕現在將湯盅拿出來涼了，便索性連著籠屜端了出來，用裡面的熱氣暖著湯。

往年參賽者都是十二人，兩兩一組選用相同的食材，採用十二選六的辦法進行評判，今年因為多了個人，所以這老辦法便行不通了。

而且從食材的層面來說，黃瓜的發揮餘地相較豆腐要大一點，占的人數又少一點，所以這次的評判不再是往日的二選一，而是採用評審打分制。

按照所抽食材的不同，將他們十三人分成兩組。敲鑼後很快就有五個打扮嬌俏的綠衫侍女，拿著托盤將以黃瓜為食材的菜品端走。

五道菜依次放在評審席前，因為有綠色的黃瓜做鋪墊，所以菜品的賣相看上去很是不錯，看著就有食慾。

菜品的「色」過關了，五人才拿起筷子品嚐。因怕上一道菜的味道會影響對下一道菜的評定，他們都是品鑒完一道，便漱一回口。葉小玖在下面遙遙瞧著，只見評審們或點頭、或互相交流，其他是什麼都看不出來。

品嚐過後，五人將心中的分數寫在各道菜對應的紙上。

「唐記酒樓，倉庚于飛，過！」

「聚香齋，翠竹報春，過！」

「五味居，綠柳扶風，過！」

葉小玖聽見居然是當場宣布結果，有些驚訝，只是不等她細想，便又有侍女端著托盤朝她這邊走來。

那女子見了葉小玖，朝她柔柔地笑了笑，葉小玖也回以微笑，將蒸籠裡的湯盅拿出來，細細地擦去上面的水漬，然後小心地放到托盤上並告知菜品的名字。

俗話說事不關己高高掛起，現在事關己了，葉小玖心裡也開始緊張，不過相較於她，她旁邊的劉玉林似乎是緊張過頭了。

今日天氣烏雲密布並不太熱，他卻滿頭是汗，手指更是死死地摳著桌子，發出「咯吱咯吱」的聲音，而且看那指痕的顏色，他那手指鐵定是破了。

若是旁人，葉小玖還會勸他別緊張，放輕鬆一點，可對象是這傢伙……算了吧！

八個人的菜依次放在桌子上，除了葉小玖和劉玉林的兩個湯盅，其餘都是一目了然。

「要不，咱們最後再試這兩個？」宋老指著兩個湯盅，略顯蒼老的臉上罕見地出現了一絲玩味。

「好，依你說的！」于老習慣性地由著他，其餘三人則沒有意見。

這六個菜擺盤倒是很不錯，看起來精緻大氣，色澤鮮豔，認真品嚐一番後，眾人心中有了底，隱隱期待還未打開的兩個湯盅。

看了眼湯盅下面押著的名字，他們一致決定先開那個熟悉的白玉紅絲羹。

這白玉紅絲羹乃是白虎縣天香樓的立足之本，天香樓能在一年之內在白虎縣闖出名號，主要靠的就是這道菜。據說這菜極其注重刀功，需要將豆腐切得像頭髮絲一樣細，若是沒個七、八年的刀功，估計是做不出來的。

帶著期待的心情打開湯盅，眾人定睛一看，頓時覺得胃裡翻騰得厲害，一個個向後退了兩步。

只見那盅裡的湯羹此時已然成了一鍋豆腐糊。劉玉林選的豆腐過老，他又試圖往豆腐裡面拍水讓豆腐嫩些，結果破壞了豆腐原有的緊實，這樣的豆腐切成細絲後在熱湯裡一燙，有些地方便融化了，斷成一節一節的，配上裡面用來點綴的青紅椒丁和濃稠的湯汁，頓時讓人有了一種看嘔吐物的感覺。

這主題所謂的詩畫感覺都沒了，味道再好終是頂不住事，所以五人便很心有靈犀地轉而打開了葉小玖的小湯盅。

一打開，映入眼中的便是兩朵怒放的白菊，「花瓣」繁複，粗細均勻，占滿了湯盅底部，上面有一顆色澤鮮紅的枸杞作為點綴，確實瞧著很有感覺。

按一般來說，將豆腐切成這種粗細，這湯自然會是渾濁的，而盅裡的湯卻湯色清亮，沒有一絲雜質，那撲鼻的香氣更是勾引著人的食慾。

這樣的菜品他們倒是第一次見，袁老作為一個廚癡，自然是眼前一亮，率先動了手。

豆腐湯很鮮，帶著一股菌類特有的香氣，綿而不膩，又有絲絲甜味，豆腐鹹香入味，入口即化，沒有絲毫豆腥氣。整道菜品渾然天成，無論是湯、食材還是裝湯的白瓷湯盅都讓他們無可挑剔。

在下面看著評審們，時間越長葉小玖越覺得自己的心都快跳到嗓子眼了，移開目光深吸了口氣，她找尋著在人群中的唐昔言，卻無意間看見有個高大的身影，穿著一襲白衫，清俊的面容在人群中頗吸引目光。

唐柒文見葉小玖看見自己，朝著她笑了笑，然後抬起雙手交叉拍著自己的肩膀，示意她放輕鬆。葉小玖這才發現，自己因為緊張，手居然無意識地把裙子擰得跟梅乾菜一樣，看起來綣巴巴的。

很快，那早前宣布消息的官吏再次站在了欄杆處，大聲道：「現在宣布第二組的入選情況，一家食樓，菊花豆腐，過！雲水樓……」

聽到那個「過」字，葉小玖只覺得心裡的那塊大石頭落了地，扯著笑看著站在人群中也笑逐顏開的唐柒文。要不是場地不合適，她相信她一定會飛奔過去撲到他懷裡。

「哥，哥，玖姊姊贏了！」唐昔言比葉小玖還開心，激動地搖著身邊看著葉小玖那笑靨如花發呆的唐柒文。

後面還過了哪些人，葉小玖是一個都沒聽見，只是看著唐柒文傻笑。而一旁的劉玉林看著葉小玖那樣子，眼神暗了暗，暗自捏緊了拳頭。

待結果宣布完畢，第一場比賽便落下了帷幕，觀看比賽的眾人以及被淘汰的人可提前離場，葉小玖他們幾個獲勝者，自是留下來聽府令他們宣布下一次的比賽時間。

從側門出來，葉小玖一眼就看見唐柒文他們幾個等在門外，心中一喜，她也顧不得禮法，小跑著上前，撲進了唐柒文的懷裡。

「我贏了！」她緊了緊抱著唐柒文的手，聲音有些哽咽。

在這個世界，她是個外來者，沒有親人、沒有朋友，要不是有他們，她連個分享喜悅的人都沒有。

「嗯，我就知道阿玖是最厲害的！」唐柒文輕撫著她的髮絲，溫聲道。

此時側門這條街上人來人往，行人紛紛側目，看著這才子佳人，風花雪月。在一旁捂著唐昔言和呂樂眼睛的楚雲青見他們被圍觀了，不由得扯了扯唐柒文的袖子。「唐兄，有什麼事我們到客棧再說。」

唐柒文點頭，輕輕推了推懷中的葉小玖。從他懷中起身，葉小玖看著站成一圈的人，覺得臉上微微發熱，抬眼看了唐柒文一眼，卻發現他表情冷若冰霜，似乎方才的溫柔只是假象。

嘿，這人在私下裡臉皮薄得跟啥似的，想不到在外面還能裝得如此鎮定自若。葉小玖瞅著他微微發紅的耳根心道。

第三十二章

柳園到客棧有一條捷徑，為了節省時間，二成便領著他們五人從小巷子那邊走。

「哥，你是沒看見，當時整個縣城牆上，都是說支持我們的人，那場面有多壯觀。我還和婉兒姊姊說，這次一定把堂哥的鼻子給氣歪了！」唐昔言給他們說著這次推舉的事，那誇張的表情逗得大家哈哈大笑。

唐柒文一邊聽妹妹說話、一邊噙著笑看著葉小玖，那眼神溫柔似水，似乎要將她給融化了一般。

葉小玖正想提醒他好好走路，忽然聽見後面傳來一陣急促的腳步聲，轉頭她就看見劉玉林拿著一根手臂粗細的大木棒朝這邊疾奔而來。

「小心！」眼看木棒就要落下來，葉小玖將唐柒文他們推到旁邊，然後抬腳，找準角度一腳踢在了劉玉林的肚子上。

劉玉林被踢得踉蹌了幾步，看著自己衣服上的腳印，怒聲道：「妳個臭娘兒們，居然敢打我?!」

看著他又衝了上來，葉小玖是一點都沒心軟，擺好姿勢，對著那只會衝的劉玉林，劈頭蓋臉就是一頓打。

早在今早他撞了自己說葷話的時候，她就想揍他了，只是凡事以大局為重，她不想因為和他發生爭執被退賽所以便忍了，現在他既然自己送上門來，那就別怪她不客氣！

唐柒文被葉小玖推了一把，連帶著和楚雲青他們幾人撞了個正著，待他站穩回過神來，撈起路旁的樹杈就要去幫葉小玖時，卻被楚雲青給拉住了。

「你放開我，我要去幫阿玖！」

「你真的確定，需要幫忙的是小玖？」楚雲青看著地上被葉小玖揍成豬頭的劉玉林，語帶同情地問。

在一旁觀看葉小玖行雲流水打人的過程，楚雲青不由得同情起躺在地上的人了。同時他也很是佩服唐柒文，居然能降得住如此剽悍的女子，著實是勇氣可嘉啊！

看唐柒文終於不激動了，楚雲青放開他，上前幾步看了眼被打得鼻青臉腫的劉玉林。

「嘖嘖嘖，不過是輸了比賽而已，看你這架勢，似乎是想殺人滅口啊？」

「要不是這娘兒們不願意幫忙，我至於輸了比賽嗎？」劉玉林氣憤道。這小娘皮當時手裡明明還有一塊嫩豆腐，卻不願意拿來給他，這才害得他堂堂白虎縣名廚，連第一場比賽都沒過。

想到出來後，他二叔那一頓劈頭蓋臉的辱罵和諷刺，他心中更氣，所以才會想偷襲葉小玖，只是他怎麼也想不到，不過一個女子，不但反應迅速，拳腳功夫還了得。「都是妳這臭娘兒們的錯！」

葉小玖都被他給氣笑了，誰會在比賽的時候給對手幫忙啊？況且他之前還羞辱過自己，莫不是腦子有洞？

「你輸了比賽，那是你自己技不如人，就算是選錯了食材，那也是你自己的失誤，怨不得別人，你現在把過失推到我身上，不過是為了給自己尋求一個安慰，我的話可對？」葉小玖居高臨下地說。

「你若是真的心中不服，大不了此後精修廚藝，等來年再戰，大可不必抱著和我同歸於盡的心態自暴自棄。還有，你之所以這麼恨我，其實就是因為我是個女子，你看不起女子為廚對吧？」

「哼，像妳這種靠關係進來的人，能有多少實力贏得比賽？不過就是靠出賣色相得了個比賽名額罷了！」

「你說什麼？」唐柒文聽他辱罵葉小玖，氣勢洶洶地走上前，就要與他理論。

「算了，柒哥哥，跟這種人沒什麼好說的。」葉小玖拉住他，轉頭看著劉玉林。「那你就睜大眼睛看清楚，我是如何笑到最後的。」

葉小玖說完便和唐柒文他們走了，只留下劉玉林在那空盪盪的巷子裡，為著她最後那句話和那霸氣的背影失神。

在華陽府看見唐柒文，葉小玖一點都不驚訝，因為明日便是秋闈的第一場考試，地點就在華陽府學政司。原本她想著他可能下午才能到，卻不想他居然在比賽的最後趕來了。

「唐兄就是為了看妳比賽，才急急忙忙趕來的。」楚雲青往嘴裡丟了一顆板栗。「妳是不知道，他把那個趕馬的車伕催得都快哭了！要不要來點？」

楚雲青將栗子遞給唐柒文，卻被對方回了個要他多嘴的表情。

呿，喜歡一個人就要說出來，不然人家怎麼知道你暗中做了多少？唐兄真是太不知趣了。楚雲青嚼著滿口留香的栗子，暗暗想。

唐柒文他們雖沒與書院的人一同來，但住的客棧卻是書院提前安排好的，巧得是，他們訂的竹染客舍居然與葉小玖他們的客棧在同一條街上，而且離得很近。

「那正好，下午我閒著，不如做些好吃的，算是提前預祝你們金榜題名。」葉小玖說著，就要找地方去買食材。

他們住的聚來客棧後院有一個閒置的小廚房，裡面的東西一應俱全，說是方便客人自行做飯用的。可這客棧在整個華陽府是頂尖的，入住的人非富即貴，誰會自個兒動手做飯呢？

葉小玖說要做菜，楚雲青是舉雙手贊成，要知道自從吃了葉小玖做的飯，他在書院的這一個月可是度日如年。

這華陽府他熟悉，所以便自告奮勇要帶著葉小玖去買菜，而且還厚著臉皮點了好幾道他喜歡吃的，讓唐柒文直拿眼刀子戳他。

「你點太多了，阿玖今日太累了需要休息。」唐柒文冷著臉說。

「沒關係。」葉小玖看著他柔柔一笑。「也就炒個菜罷了，耗不了多少心力。況且，他點的菜裡，不是有好幾個是你愛吃的嗎？」

聞言，唐柒文不再拒絕，楚雲青見了不由得撇了撇嘴。

不就是點了幾個菜嗎？又不是只給我一個人吃，至於那麼小氣嗎？唉，被愛沖昏頭腦的人實在太可怕了，還是沐家那個丫頭比較有趣。

「小玖，沐婉兒怎麼沒跟妳一起來啊？」她們不是關係很好嗎？這麼重要的比賽怎麼不見她來呢？

「她表姊出嫁，她去瓊州了，怎麼……」葉小玖拿著豬肉挑了挑眉。「你想她啦？」

「哪有，我就隨便問問。」楚雲青說著，裝作無意去看旁邊攤位上賣的紅豆，嘴裡嘟嘟囔囔的。「沒有她我還樂得清靜呢！」

他那發紅的耳尖，卻出賣了主人此時心裡的不平靜和真實想法。

回到客棧，葉小玖便去後院，把那沾了灰的鍋灶給洗乾淨，然後將老闆已經處理乾淨的豬蹄先滷了。

華陽府雖然大，但往來人士不比涼淮縣多元，有的食材在這裡沒能找到。葉小玖趕時間，便也不強求只買了些現下有的。

做好了楚雲青點的幾道菜餚，葉小玖還用羊肉煨了個湯鍋。唐柒文他們原本是想來幫忙的，卻被趕去溫書了。楚雲青臨走的時候還皺著臉，嘴裡嘟嘟囔囔。「溫書多沒意思，我又不靠那個活。」

待葉小玖與唐昔言做好飯菜，已經日落西山。將飯菜端到二樓的客房裡，葉小玖打開窗戶，七個人一邊欣賞著日落，一邊享受著美食，倒是別有一番滋味。

「哎稍等，忘了件重要事了！」葉小玖說著，便疾步下樓，朝著後院走去。

不一會兒，她端來兩碗麵，給了唐柒文和楚雲青一人一碗。「把這個吃了，祝你們明日能金榜題名，名列前茅。」

「玖姊姊，怎麼哥哥有，我沒有……」唐昔言佯裝生氣地噘著嘴，控訴葉小玖。「妳偏心。」

「這麵叫金榜題名麵，是專門給他倆準備的，等妳將來考狀元的時候，我就給妳準備。」葉小玖玩笑道。

「那還是算了吧！」唐昔言擺著手一個勁兒地搖頭，她又不是沒看過哥哥唸書有多辛苦，比起唸書，她還是更喜歡賺錢。

她那避唸書如同豺狼猛獸的樣子逗得眾人哈哈大笑，唐柒文低頭看著自己面前的那碗麵，又看著葉小玖笑顏如花、清澈明朗的樣子，心中感覺脹脹的。

這金榜題名麵其實就是豬腳麵，取豬蹄拌面的「蹄」和「拌」字的諧音，其實就是討個好彩頭，但一般這樣的麵，都是家裡人才會煮的，阿玖這麼做，是不是意味著，她已經將自己當作唐家人了呢？

唐柒文吃著麵，看著葉小玖他們說說笑笑，想入非非。

大鄴朝的秋闈有兩場，每場三天，中間轉場一次。每個考生有自己的號舍，號舍裡面有水缸、小火爐等簡單的生活用具，但飯食得自己準備。

因為怕考生作弊影響考試公平，他們帶進去的東西都要經過官差的重重查驗，若是遇上查得嚴的，就是你帶進去的餅子，他都能撕碎了檢查。

葉小玖怕唐柒文在裡面餓肚子，除了給他烙了幾張包肉餡的大餅外，還特意做了些肉醬，又用爐火烤了些乾麵，讓他們帶進去。現在天熱，肉醬和乾麵不那麼容易壞，而且這東西一眼就能看清楚，也不怕官差查。

目送著唐柒文他們排隊驗明正身，進了考場，葉小玖便帶著唐昔言他們去四處蹓躂，反正她的第二場比賽在後日，準備時間充足。

至於唐柒文的考試，她是一點都不擔心，畢竟小說裡可說過了，唐柒文若是沒有廖婆子告官那件事阻擋他進學，當年的解元鐵定是他了。

與唐昔言他們痛痛快快的玩了兩日後，葉小玖的第二場比試如期而至。

上次總共淘汰了五人，所以第二場的比試，參賽者只剩下八人。

一開始還是老規矩，他們所在的位置由抽籤決定，葉小玖這次很幸運，抽到了第一組的位置。畢竟無論是什麼樣的菜餚，放的時間長了，多多少少都會影響口感和味道，所以葉小玖覺得這個位置是極占便宜的。

和她同組的人葉小玖聽說過，是吳林縣玉華樓的東家關玉華，年紀輕輕白手起家，現在在吳林縣是家喻戶曉的人物，而且還聽說，他曾經承辦過竹林宴。

因為這一次的站位採用的是環形設計，所以除了她身邊的關玉華，她最能直接看見的，就是她另一邊的劉寅。

劉寅偏頭，看了眼葉小玖，微微勾唇，眼裡滿是不屑。「葉東家居然能撐到第二場，還真是可喜可賀啊！」

說著，他便做出了個替葉小玖開心的表情。在他心裡，葉小玖那些在涼淮縣風靡的小吃，全是些上不了席面的東西，投機取巧罷了，根本不足為懼。

葉小玖哪能不知他這是嘲諷，笑著道：「我也沒想到，畢竟我想著有你這樣的高人在，我應該是第一場就淘汰的，但似乎……」

葉小玖不再往後說，只是笑了笑便噤了口。

「妳別太得意！」被暗示他也不怎麼樣後，劉寅維持不住笑臉，咬牙切齒。

葉小玖卻沒有再與他多言。是不是得意，得最後才知道，多說無益。

很快，府令便告訴他們，第二場比賽沒有主題，而是延續往年的慣例，兩人一組抽取相同的食材進行評比。換句話說，就是這一場，八選四。

一下子就過半地砍，這讓眾人都有了些壓力，但抽籤還得接著抽。葉小玖他們是第一組，關玉華看她是女子，示意讓她先抽籤，葉小玖也不扭捏，十分大方地走上前去選了一支，上面赫然寫著——蝦。

隨即，便有專人上來，給了他們一人一小筐蝦。

蝦子十分新鮮，還是活的，在筐子裡亂爬，葉小玖看了看那蝦身上有微藍色的斑點，立即判斷是海蝦。

稍稍思考了一番，葉小玖便決定做雙味生蝦球。海蝦口感鮮嫩，肉質滑嫩，這道菜最能展現它的鮮美。

決定了菜色，葉小玖便趁著這時間看了眼其他人的食材。第二組是雞，羅興那一組是魚翅，而劉寅那一組應該是火腿，因為她看見兩人的桌子上都放著兩個碩大的腿。

接下來的步驟，葉小玖便比較熟悉了，不慌不忙地去挑了食材和器具，她看了看時間，又下去拿了一個紅心蘿蔔。

待鑼響後，葉小玖抓出幾隻蝦，熟練地去頭去尾，剝殼去蝦腸，動作行雲流水，讓一旁的關玉華頓時感覺到了壓力。

將剝好的蝦仁背部開刀，用鹽、胡椒粉，加上雞蛋清等醃製，趁著這個時間，葉小玖將青紅椒和芥蘭切成合適的大小，然後起鍋燒油，將蝦仁滑油後備用。

另起一鍋來煮奶油蘆筍湯。因為這裡沒有黃油，葉小玖便把牛奶稍加調製了一番，經過熬煮，使其有了黃油的香氣。於準備好的奶湯裡下入切得細碎的蘆筍丁，煮到蘆筍斷生，再加入少量的水澱粉。

雙味生蝦球其實就是兩種口味的蝦，一種辣炒屬於鮮辣味，一種用奶油蘆筍湯熬製屬於鹹鮮味，但無論是哪一種，都能很好的展現出食材最好的味道。

此時第二炷香才剛點燃，葉小玖怕太早出菜時間長了會影響口感，所以中間便停了一會兒，打算用紅心蘿蔔雕刻兩朵花當裝飾。

關玉華此時見葉小玖如此悠閒，心裡更是著急，要說海鮮這一類東西在他手裡沒少做過，偏生他沒見過葉小玖這種做法，用牛奶煮湯，那做出來的蝦會是個什麼滋味，他著實好奇。

原本他選的花開富貴是自己的拿手菜，可他看葉小玖的這一道菜品，卻突然覺得贏的機會渺茫。

葉小玖這邊的情況劉寅自然也注意到了，但他此時可沒時間理會，畢竟要把切成細絲的火腿絲，全數塞進空心的豆芽裡不是容易的事，他是一絲一毫都不敢大意。

不過看看旁邊那寒酸的火腿鮮蝦湯，他覺得他的金絲銀芽必然能驚豔全場，無論是從視覺還是味覺。

等到第三炷香點燃的時候，葉小玖才停止摸魚，繼續著手做菜。

往爐灶裡加了些炭後起鍋燒油，將小料炒香後倒入蝦仁，放鹽、胡椒粉和一半配料，待芥蘭斷生後盛出。

奶油蘆筍湯經過一段時間的熬製已經十分濃稠了，葉小玖將剩下的一半蝦仁倒進去，翻炒至所有蝦仁都沾滿湯汁後，再下入配料翻炒均勻。

為了好看，葉小玖這次挑的盤子是白瓷的。她將兩種蝦仁細細地擺好盤，再放上兩朵用紅心蘿蔔雕的小花，看著格外的賞心悅目。

多次給小花調整位置，在葉小玖終於滿意地點頭停手後，那象徵比賽時間到的鑼聲也剛好響起。

既然比賽方式換了，那評審方法自然就跟著變了，由之前的打分制變成了最初的投票制，每個評審跟前都放著一枚玉牌，到時候品鑒過後，他們覺得哪道菜更合他們心意，就會將玉牌放到那道菜前，算做一票。

不一會兒，兩個侍女便端著托盤上來，將兩道菜恭恭敬敬地放在了桌子上。

第三十三章

闞玉華和葉小玖用的都是白瓷盤，只是葉小玖選的瓷盤相較於闞玉華的稍平、稍大。將盤子一分為二，兩邊各放著十來隻蝦，卻呈現出兩種形態。左邊的蝦稍乾，橘黃的顏色配著菱形的青紅辣椒，配色看著就很舒服。而右邊的則是有一種裹了芡汁的感覺，還散發著一股淡淡的奶香味，配上那兩朵栩栩如生的紅蘿蔔花，看起來很是賞心悅目，極有一股清麗之感。

若說葉小玖的菜是小家碧玉，那闞玉華的花開富貴就是雍容華貴。一排排開了背的大蝦下面墊著粉絲，圍著瓷盤擺成一個圓，中間是顏色翠綠的青椒和香菜，鮮紅的湯汁浸潤過每一隻蝦身，紅亮亮的色澤讓整盤菜看起來熠熠生輝，如同一朵怒放的牡丹花，極豔極美。

而且那誘人的蒜香味，此時已經完全掩蓋了雙味生蝦球那淡雅的奶香，直往人鼻子裡鑽，勾得人口水直流。

聞著這味道，袁老不由得嚥了嚥口水。

這玉華樓的花開富貴早已名揚華陽府多年，只是當時他也是華陽府數一數二的名廚，自是拉不下面子前去品嚐一二，後來隱退了，年紀也大了，就不想為了一道菜跑那麼遠的路。

聽說這半年辣椒風靡大鄴後，玉華樓的東家便對這菜做了改良，味道是更好了，所以今日，他定要趁這個機會好好嚐上一嚐。

看袁老動筷了，其餘四人也拿起了筷子。相較於三位老廚師的守舊，喜歡先試舊事物，顧裡和李有為則更對葉小玖那獨特的烹飪方法感興趣，所以他們首先吃的是葉小玖的雙味生蝦球。

兩邊的蝦各呈一色，辣炒的鮮辣入味，蝦肉彈牙，奶湯的鹹鮮可口，軟糯清甜，而且很好地保留了蝦仁的原始口感，無論是哪一種，都讓人挑不出錯來。

細細品嚐過後，二人漱完口，又挾了一隻花開富貴蝦。

為了避免蝦在蒸煮時蜷曲，擺放不直，影響美觀，關玉華在開背去蝦線時就已經將蝦肉用菜刀輕輕拍打過，所以使得蝦肉十分鬆散，可這樣一來，就破壞了蝦那彈糯的口感，但好就好在此蝦十分入味，蒜香味十足，吃一口香辣過癮，著實是喜辣重口之人的首選。

品鑒完畢，五人用帕子擦了擦嘴，開始投票。

顧裡和于老兩人喜好偏重口，覺得花開富貴蝦肉入味、粉絲滑溜爽口，所以便將票投給了關玉華，而宋老和李有為更喜歡葉小玖的雙味生蝦球，為著新穎的做法，為著清甜的口感，於是乎，這至關重要的的一票便落在了袁老手上。

見四人都看他，袁老捋了捋花白的鬍鬚，又仔細地打量了一番桌上的菜，隨即很是鄭重的將玉牌放到了葉小玖的名字旁邊。

「一家食樓，雙味生蝦球，過！」

聽著這聲音葉小玖頓時鬆了口氣，使勁抿著自己忍不住往上翹的嘴唇。

而關玉華則是一副果然如此的表情，不喜不悲地向評審席看了一眼，向葉小玖道了聲恭喜後，便向場外走去。

看著侍女將自己的菜端走，劉寅這才看向葉小玖，不陰不陽道：「恭喜葉東家了，一道菜兩種口味，贏得倒是光明正大。」

「是不是光明正大自有專人論斷，不勞你多費心了。」葉小玖道。

其實這件事她之前也有想過，但她聽客棧的小廝說過，三年前的那場比賽中，羅興就是用一盤鴛鴦蝴蝶贏得了最終的比賽。所以說，這種雙味菜是被允許的，劉寅此時完全是看她一個新人，想誆騙她呢。

「劉廚師還是顧好自己吧，畢竟我一個人孑然一身，來去自由，你若是輸了比賽，想必你們東家也不會高興吧？」

以唐堯文對這場比賽的看重，若是他輸了比賽，斷了唐府財路，這後果，可不是他輕易能夠承受的。

「東家於我有知遇之恩，我定然不會讓他失望。」

話音剛落，那負責報訊的官差便朗聲道：「唐記食樓，金絲銀芽，過！」

聞言，劉寅彎了彎嘴角。「哎呀，似乎讓葉東家失望了啊！」

葉小玖也不惱，笑了笑道：「恭喜。」

「呵呵，同喜，希望下一次，劉某有那個榮幸和葉東家酣暢淋漓地比試一場。」到時候，他定會叫她知道什麼叫一敗塗地，劉寅暗道。

最終的比賽結果就是葉小玖、劉寅、羅興以及上陳縣盧記食樓的少東家盧文贏得了第二場比賽的勝利，進入第三輪比試。

因為時間臨近中秋節，所以第三場比賽便定在了中秋節後，也就是七天後。

除了交代了規定時間，府令還給了他們一人一本菜譜，上面大概有十幾道菜的樣子，要求他們劃掉裡面不會的菜，葉小玖想著這應該和下一場比賽相關，所以便看得格外認真，以至於被那官差催了好幾遍。

待她從柳園出來，時間已臨近申時，葉小玖不想走路回去，便去路邊雇了輛馬車來。馬車走的是大路，所以在路過學政司的時候，唐昔言還特意掀開簾子瞅了一眼。

看著學政司門口那兩個官差各執一把大刀，黑著臉迎著太陽站著一動不動，唐昔言不由得嘆了口氣。「也不知道哥哥在裡面怎麼樣了，有沒有受苦啊？」

葉小玖聽了，無奈地搖搖頭。「那地方空間小，空氣又差，受苦是肯定的。」只是希望她準備的肉醬和乾麵條夠吃，別讓唐柒文餓肚子。

「唉，哥哥好可憐！」唐昔言再次嘆息以示同情。

這話也就是葉小玖和唐昔言私下說的，若是說給考場裡的人聽，尤其是天字號號舍裡的人聽到，怕不是要哭死。

本來天熱，他們帶的吃食就不多，而且大多以乾饅頭為主，結果一到吃飯時間，就有兩個殺千刀的傢伙弄那香死人的飯，整個考場都是那個味道，勾得他們肚子裡的饞蟲是直往嗓子眼爬。本來那策論就寫得令人頭禿，現在聞著這香味，越啃手裡的乾饅頭越覺得心酸、越覺得這做飯的欺負人不給人活路，要不是男兒有淚不輕彈，他們都委屈得想抱著自己哭上一場。

所以說，到底是誰可憐?!

這番怨念下來，最後散場那天，葉小玖去接唐柒文的時候，看見了有些考生以一種很是幽怨的眼神看著唐柒文和楚雲青。

「你這是怎麼惹到他們了？」葉小玖不解。怎麼感覺他們看唐柒文那眼神就像是看負心漢一般。

唐柒文搖了搖頭，表示不知道。

在號舍裡六日，唐柒文看著除了有些蒼白，其他看上去都還好，至少沒有像史書上說的那樣體力不支，昏過去之類的。

唐柒文一心答題不知道原因，楚雲青這個人精可是一清二楚，他立刻擠到葉小玖身邊道：「我知道、我知道，他們是因為我們做飯太香了，而自己只能啃乾饅頭，所以委屈呢！」

楚雲青咂了下嘴，似乎還在回味那肉醬麵條的香味。在考試的時候，他隔壁的學子還問他要來著，可惜沒辦法拿過去，他也只能說聲抱歉，讓對方聞著那味道流口水了。

「這……」葉小玖一下不知道說什麼好了，她怎麼感覺，自己似乎給唐柒文拉仇恨了呢？

「無妨。」看出葉小玖的顧慮，唐柒文溫聲道：「左右只是過客，出了號舍，誰還認得誰啊？」

聽他這麼一說，葉小玖才放下心來。

今日天色已晚，葉小玖便自己做了飯菜好好地犒勞二人一番，準備讓他們吃飽睡足了，明日再動身回家過中秋。

中秋是團圓節，楚雲青自然要回家過節，於是，一行人在第二日清晨分別，各自奔向各自的家。

田小貴早已駕著馬車回涼淮縣過節，所以葉小玖他們回來的馬車就只能租，又因為在路上耽擱了些時日，等到了家裡，已然是晚上了。

唐母一看見唐柒文那眼淚就嘩嘩流，看著唐柒文和葉小玖他們，一個勁兒地說他們在外面沒吃好、都瘦了，讓葉小玖直覺得心虛。

她能說她在府城等唐柒文的這兩天，和唐昔言除了吃還是吃，肚子都圓了不少嗎？

但看著唐母那心疼的眼神……罷了，有一種瘦，叫做媽媽覺得瘦！

第二日一早，葉小玖便和唐柒文去了食樓，不為查帳，只是去瞅瞅近況。知道自己此去可能會需要些時日，所以她便提早教會了食樓眾人幾種月餅的做法，畢竟比賽要比，銀子也是要賺啊！

金陽也是不負所託，在她走後將食樓打理得井井有條，光這幾日，月餅和其他進帳加起來居然有六、七百兩之多。

「這個創意是誰想出來的？」葉小玖看見包裝精緻的蠟封月餅禮盒，不由得挑了挑眉。食盒上雕刻著十分精緻的嫦娥奔月圖，那人似乎刻功不錯，畫面栩栩如生，別說一盒月餅賣十兩銀子，單說這個食盒，賣上十兩銀子都不嫌多。

「是我想的。」金陽不好意思地撓撓頭。「呂欣說他們村子有家人雕刻手藝很好，但因為路途遙遠，所以沒什麼顧客，所以我就想著……」

金陽有些不好意思，畢竟是自己自作主張，雖然沒給食樓帶來損失，但一般主子都不太喜歡手下的人這樣。

「很好！」葉小玖看著金陽那拘謹的樣子，勾了勾唇。「以後若是有想法，就大膽說出來，不必顧慮我的想法。」畢竟這以後的食樓，是要託付給你管理的，可別壓抑你的經商天賦，盡情幫我賺錢呀！葉小玖暗道。

因為今日是中秋，早飯時間過後，葉小玖便早早地掛上打烊的牌子，給他們早些放假回家去過中秋節。

整理好東西準備與唐柒文一同出門回家，卻不想走到門口竟看見了唐家老爺子唐清拄著枴杖，在僕人的攙扶下進了食樓。

「柒文啊，爺爺有事要同你談談。」

上次去上京城的小廝回來說邵遠這幾日一直住在左相府，自己沒辦法接觸到他，唐堯文雖心急，但好在最後的推薦結果是令他滿意的，雖然其中多了個葉小玖，但至少唐記也入選了不是。

可入選並不意味著唐記就勝出了，一個葉小玖就能讓劉寅夠嗆，更何況還有一個連勝三年的羅興？所以為了唐記能在比賽中拔得頭籌，唐堯文就只能親自去上京城找邵遠，讓他從中安排，淘汰葉小玖和羅興。

可距離唐堯文去上京城已經七、八天了，眼看著第三次比賽馬上要到了，葉小玖卻還在參賽之列，唐靖遲遲等不到兒子的消息，心中又著急，便只能請唐老爺子出馬，以祖父的名義，勸唐柒文放棄比賽。

唐老爺子上了年紀也是越發昏聵了，完全忘了自己當年那冷血無情的模樣，被唐老夫人給激了幾句，便直接跑來了。

雪松閣裡，唐柒文與唐清相對而坐，兩個人都瞅著對方一言不發，似乎是在暗中較勁。葉小玖給二人一人上了杯茶，然後在離唐柒文稍近的位置坐下。

唐老爺子看葉小玖那不知禮數的樣子，動了動眼皮，冷冷地開口。「秋闈考得如何？」

「還行。」唐柒文的言語亦沒有溫度，就如同與陌生人搭話一般。

這語氣讓一向高傲的唐老爺子覺得胸悶，可這孫子他暫時動不得，便只能將怒氣發作向一旁安靜喝茶的葉小玖。

「我們男人家說話，妳一個女人上桌，成何體統？」

葉小玖被他這突如其來的指責嚇了一跳，回過神來剛要說話，就聽見唐柒文道：「祖父有何事就衝我來，何必為難無辜之人？」

唐柒文這維護的行為讓唐清冷哼一聲，他知道這事注定是不能和平相商的，所以他直了直身子靠在椅背上，拿出長輩的架子，趾高氣揚道：「既如此，我也不藏掖著了。我來找你，是希望一家食樓放棄竹林宴選拔的資格。」

見唐柒文不說話，他接著又道：「你一個秀才，將來自是要走仕途的，這食樓也就是開來玩玩而已，所以舉辦竹林宴，於你著實沒有大的作用，不如讓給唐記。等以後你做官了，我們唐家發達，於你來說總是個依靠不是？」

這一套厚臉皮的言論聽得葉小玖直咂舌，她活了兩世，就沒見過臉皮這麼厚的。人家落難的時候你落井下石，恨不得人家死，人家是腦殼壞了才會發達後來依靠你。再說了，若真到了那一步，誰依靠誰還不一定呢！

葉小玖的冷笑聲挑戰到唐老爺子的絕對權威，他頓時將楞杖往地下一杵，用手指著葉小玖道：「我們男人家說話，哪有妳插嘴的分？」

又是這一套男女有別的言論，葉小玖不由得翻了個白眼。

「我是這食樓的東家。」葉小玖不卑不亢道：「你的要求影響到了我的利益，難道還不允許我發聲？」

「東家？」唐老爺子又冷哼一聲。「不過就是個廚子罷了，我孫兒高看妳一眼，妳還真把自己當回事了？我告訴妳……」

「她是這食樓的東家。」不等唐老爺子將話說完，唐柒文就冷冷開口道：「自然要將她當回事，而且這整間食樓都是她的。」

我也是她的。

這句話唐柒文藏在心裡說。

唐老爺子被這話氣得吹鬍子瞪眼，他站起身來，以楞杖指著唐柒文的腦袋。「好啊你，翅膀硬了都學會頂撞長輩了？我告訴你，今日無論怎樣，你都要打消參加第三場比賽的想法，不然的話，我就去官府告你不孝。」

唐柒文怕唐老爺子忽然發瘋拿楞杖傷著葉小玖，所以也站了起來，將葉小玖拉到了自己身後護著。

「如果沒有記錯的話，我們已經斷絕關係了，唐老爺難道忘了嗎？當年，可是你讓你的寶貝兒子冒著大雨，去官府求來斷親文書呢。」

唐清這會兒哪記得什麼斷親文書？他現在滿腦子都是他是長輩，唐柒文都得聽他的，所以對他說的話充耳不聞，大吼道：「我不管，我是你爺爺，你聽也得聽，不聽也得聽。至於這個女人，你一個男人，難道連自己的婆娘都管不住嗎？」

他用枴杖將地板撞得咚咚作響。

唐柒文還想說話，卻被葉小玖一把給扯住了。在旁人眼裡，血緣關係勝過一切，縱使唐柒文與唐府已經斷了關係，但唐清終究還是他爺爺，唐清可以不慈，唐柒文卻不能不孝，所以有些事情，還是她出面比較好。

朝他搖了搖頭，葉小玖上前一步道：「世人皆道唐老爺子深明大義，精明幹練，卻不想老了後竟是如此嘴臉，還真是可悲啊！」

她衝著他搖了搖頭，一副很是惋惜的樣子，隨即盯著他那渾濁的眼睛道：「你憑什麼覺得，你讓唐柒文放棄比賽，我就會同意呢？你莫不是忘了，這食樓，可是有我的一半呢！」

「他身為妳將來的男人，難道還做不了妳的主？」唐清冷哼一聲。

兩人都已經私相授受了，還裝什麼裝？

葉小玖聞言，微微一愣，想不到這唐老爺子竟也如此八卦。

「你不也說了他只是我未來的夫婿嗎？事情未定之前，你憑什麼覺得他能做得了我的主？就算是我們成親了，他若是敢答應你如此無理的要求，我定然是要休了他的，到時候，他一個外人，又憑什麼干預我的決定？」

「妳……妳不知羞恥！」哪有女子輕易將成親、休棄這樣的詞掛在嘴上的？

唐清氣得鬍子直顫，指頭指了指葉小玖又指了指唐柒文，臉憋得通紅卻一句話也說不出來。

第三十四章

「回去吧，你的要求，我們是不會答應的。」唐柒文握了握葉小玖的手，似乎是想從她身上汲取一絲力量。「從那日你將斷親文書扔到我臉上那一刻起，我們便再無瓜葛……所以，你也不用總是以長輩的身分威脅我，平白落個沒臉。」

「你……你……」唐清拿手指著唐柒文，似乎很是痛心，隨即將袖子狠狠一甩，怒聲道：「你別後悔！」

看他帶著小廝出了門，葉小玖不明白，他是讓唐柒文別後悔與唐府劃清界限，還是讓她別後悔執意要參加比賽。

好半晌，她才從思緒中抬頭，結果就看見唐柒文坐在椅子上，目光灼灼地盯著自己看。

「你盯著我幹麼？我臉上有東西嗎？」葉小玖說著抬手摸了摸自己的臉卻什麼也沒摸著。

「妳剛剛說的是不是真的？」

見葉小玖一臉茫然，唐柒文解釋道：「妳剛才說，若是我答應唐府的無理要求就休了我的話，是不是真的？」

「當然是真的啊！」葉小玖誠懇地點頭。「不聽我話的夫君不休，留著過年啊？」

見他呆愣地遲遲不說話，葉小玖「噗哧」一下笑出了聲。「好啦，騙你的，你怎麼可能會答應他們這種要求，又不是腦子壞了！」

見他那委屈兮兮的樣子，葉小玖揉了揉他的臉。「我不會休掉你的，真的。」

「話雖如此，可我還是覺得心裡悶悶的，不舒服！」唐柒文摸了摸自己的胸口，逗她。

「那，這樣呢？還悶嗎？」葉小玖輕笑，順勢坐在唐柒文的腿上，摟著他的脖子，親了親他的臉頰。

唐柒文知道葉小玖方才的話不過是唬唐清的，而且他也不會給她機會休了自己。只是他怕唐清的話讓葉小玖心情不好，畢竟大過節的遇上這種情況挺糟心的，便想著逗逗她轉移注意力，卻不想竟然還有意外收穫。

懷中的佳人膚若凝脂，色若桃李，明眸善睞，溫香軟玉。

此時她依偎在自己胸前，抿著唇一臉嬌羞的樣子讓他一陣心馳神往。看著那嬌豔欲滴的紅唇，唐柒文不由得嚥了嚥口水，在葉小玖那讓他沈淪的溫柔眼神中，低頭吻了上去。

回到家後，唐柒文和葉小玖兩人都十分默契的沒將唐清的事告訴唐母和唐昔言，只是說了這幾日她不在，食樓又賺了多少銀子。

唐母也是高興，一雙兒女以及未來的兒媳婦都在自己跟前，日子又過得順暢，心中圓滿了，笑得見牙不見眼，直說要去給他們做好吃的，好好過個中秋節。

葉小玖哪能讓她下廚啊？忙把她按在椅子上讓她休息，自己和唐柒文他們去廚房忙活。

唐母也不推辭，她這幾天又給葉小玖做了雙繡花鞋，就剩幾針了，剛好趁早趕完。

昨晚回來後，葉小玖不覺得很累，讓唐母去村口的屠戶家裡買了隻鴨子來，準備做一道桂花鴨。

在現代的時候，每逢中秋，這桂花鴨是她餐桌上必不可少的一道美味。昨晚將處理好的鴨子清洗乾淨後用炒過的椒鹽醃起來，經過一夜的時間，鴨子早已入味。

用清水將多餘的鹽分清洗乾淨，葉小玖在鍋中加水，放入八角、香葉、蔥薑等香料，等待水燒開。

「玖姊姊，哥哥怎麼還不回來？這水都要開了！」唐昔言聽著鍋中的聲音，將爐灶裡的柴抽出來幾根。

因為嫌唐柒文在廚房礙手礙腳，所以葉小玖便打發他去村口採桂花了。

聽村裡的老人說，村口那棵桂花樹種在那裡少說有三十來年了，今年雨水充足，那花開得極好，遠遠地便能聞到桂花淡淡的香氣，葉小玖可是眼饞了好久呢。

「應當快了吧。」葉小玖皺了皺眉，用抹布擦了擦手，尋思著要不要去找他。

「玖兒，我回來了！」正當她囑咐唐昔言看著火，準備去門外看看的時候，唐柒文的聲音從外面傳來，然後，葉小玖就見他提著籃子，滿頭桂花的走了進來。

「我摘了老半天，就只有這麼點。」唐柒文將半籃子桂花遞給她。桂花細碎，他這麼大手，著實不好摘。

葉小玖瞅著那半籃子米黃色的小花，心中滿是震驚。

這傢伙不會是將桂花樹低層的花都給摘光了吧？

「呵呵呵，挺多的了！」葉小玖有些哭笑不得，她剛才就不該給他這麼大的筐。伸手將他頭上的那幾粒桂花細細地摘去，葉小玖便催促他去洗手。

既然有了桂花，葉小玖便讓唐昔言燒大火將水給燒開，將醃好的鴨子放下去，等煮出浮沫將浮沫撈出後，她把摘洗乾淨的桂花下了鍋，然後抽去爐灶裡一半的火，用微火燜熟。

桂花鴨其實就是鹽水鴨，只是放了應景的桂花所以才得了這麼個名字，好的桂花鴨應該是皮白而肉嫩，鮮香味美，肥而不膩，清香爽口。因為是低溫燜熟的，所以具有香、酥、嫩的特點。

想起那鴨子的味道，她不由得嚥了嚥口水。

讓鴨子微火燜著，葉小玖另起一灶，用剩餘的桂花做了桂花嫩子排、桂花糯米藕、蜜豆桂花紫薯糕等等一系列應景小吃。

晚上天氣很好，惠風和暢，萬里無雲，一輪圓月高高的掛在天空，皎潔的月光照得院子裡格外明亮。葉小玖便和唐柒文將桌子抬到了外面，四個人舉酒賞月，吟詩作詞，歡聲笑語，歲月靜好。

唐清被唐柒文氣了個半死，回去看見兒子那詢問的眼神更覺得面上無光，理也沒理他，氣呼呼地去床上躺著了。

這可把唐靖給嚇了個半死，連忙讓丫鬟去請大夫，深怕自家老爺子出個差錯。

可唐清不想自己在外人面前丟了臉面，大吼一聲阻止了正要出門的丫鬟，隨後破口大罵唐柒文不是東西，長大了便翅膀硬了，連他這個爺爺的話都不聽了，像他這種不孝之人，以後定有天收。

唐靖自然知道事情沒辦成，便也跟著老爺子罵，罵唐柒文、罵唐母、罵早已死去的唐父。

可這事唐老爺子都出師未捷，唐靖就更沒了辦法，一時間，唐府的氣氛低沈到了極致，就連丫鬟們走路，都是踮著腳尖的，深怕一個不小心便惹得老爺大發雷霆。

不過好在第二日下午，唐父終於收到唐堯文從上京城送來的書信，說事情都搞定了，並直言讓他等好消息就行，不必再為此事上心。

看了唐堯文的信，唐靖哈哈一笑，籠罩了唐府近五日的陰霾也是一掃而光，一府人終於鬆了口氣不再提心弔膽的過日子了。

不過這更證明了權力的好處，有些時候，財帛不一定能動人心，權勢卻可以。所以才說，有錢不如有權，這更加堅定了唐堯文做皇商的決心。

在涼淮縣待了兩日，葉小玖再次踏上了上府城比賽的路。因為谷城年紀大了總是早出晚歸的對身體不好，葉小玖便沒再讓呂樂跟著一塊兒去，而是和唐柒文兄妹倆一起走。

三人到達府城在客棧安頓好吃了晚飯之後，唐柒文見時間尚早便提議去外面看看，體會一番府城人的夜市與夜生活。

唐昔言自然知道這是哥哥想帶著玖姊姊出去玩，識趣地說自己累了想睡覺，就不去了，只讓他們回來的時候記得給自己帶好吃。

葉小玖見怎麼都叫不動她便只好作罷，換了身衣服，好好捯飭了一番才出門。

唐柒文只換了衣服便站在葉小玖門外等她，噙著笑饒有興趣地看著兩個小孩子在下面大堂裡嬉戲打鬧。

「我好了，咱們走吧！」葉小玖見他已等在門外，出來輕聲問道：「等很久了吧？」

唐柒文聞言，笑著轉身，結果看見站在門口的葉小玖，一下便直了眼。

眼前的人兒一身淡紫色廣袖襦裙，是她不常穿的款式，腰間的束腰很好地襯托出她的好身材，玲瓏有致。長髮半綰，插著那根他送的紅寶石簪子。此時她正笑盈盈地站在門口看著他，那雙瀲灩的美眸中似乎蘊藏著這世上所有的純潔美好，讓他有一種想要據為己有，不讓別人看見的強烈占有慾。

「喂……」葉小玖伸手在他面前晃了晃。「想什麼呢？」

「沒有。」唐柒文艱澀地開口。

葉小玖一愣，隨即想起他應該是在回答她是否久等的問題，微微一笑。「你發什麼呆，是我穿得不好看嗎？」

葉小玖說著，還當著他的面轉了個圈，結果她發現，那人又呆了。

「你怎麼了？」葉小玖擔心地問。莫不是趕了一天的路累了，所以精神恍惚？

「好看。」唐柒文艱難地嚥了嚥口水，一把抓住了在他眼前亂晃的纖纖玉手，攢在手心裡，握得緊緊的。

「極美！」美到讓他有一種把人帶出去就帶不回來的感覺。

「既然如此，那便走吧？」被心上人誇好看，葉小玖還是很開心的。畢竟這算是兩人第一次約會，自然要打扮得美美的才行。

看著葉小玖沒有將手抽走，唐柒文彎了彎唇角，被她拉著往樓下走去，徒留站在門口相送的唐昔言無語望天。

她哥就不能好歹關注下她這個妹妹嗎？稍稍叮囑幾句總是會的吧？

看著二人出了客棧大門都沒回頭看她一眼，唐昔言不由得嘆了口氣。

罷了，罷了！

華陽府的夜晚就是比涼淮縣的熱鬧，此時已經二更天了，街上還是人來人往，而擺攤的小販攤位前更是燈火通明。聽當地人說，隔壁落燈街今日舉辦燈會十分熱鬧，葉小玖便拉著唐柒文過去湊熱鬧。

大鄴的燈會大都大同小異，葉小玖在涼淮縣也參加過，不過和唐柒文一起，自然又是另一份心境。

一手提著唐柒文贏給她的兔子燈，一手被他緊緊地握著，她故意慢走了兩步，拉著他的手走在他身後。

相較於葉小玖的輕鬆愜意，唐柒文那叫一個辛苦。一手拿著兩串糖葫蘆，還捏著她方才吃剩下的板栗袋子，手腕上掛著她給唐昔言買的桂糖糕和板栗酥；脖子上掛著方才猜燈謎贏的頭彩——一個五顏六色的花環，而他還要小心護著葉小玖不被來往的人撞到。

看著他忙碌卻絲毫不見狼狽的樣子，葉小玖不禁笑嘻嘻的。

「在笑什麼？」唐柒文見她的笑顏，鬆開她的手拿出帕子擦了擦她弄到唇外的口脂，溫聲問。

「我在笑，儒雅隨和，風度翩翩，而且還有可能是將來狀元郎的唐公子，今日居然給我當苦力，著實讓我有些受寵若驚。」

葉小玖雖這樣說，可她眼中一閃而過的狡黠可絲毫沒有逃過唐柒文的眼睛，他微微一笑，將帕子揣回懷裡，拿出來一顆剝了殼的板栗餵給葉小玖。

「這有什麼，如果妳願意，我可以天天給妳做苦力，只不過……」

「只不過什麼？」葉小玖嚼著板栗，如同一隻可愛的倉鼠一般，嘴巴一動一動的，睜著一雙濕漉漉的大眼睛瞅著他。

唐柒文心中一動，伸手遮住她那雙惑人心神，勾人魂魄的眼睛。「只不過，那要妳是我的夫人才可以有的待遇。」

葉小玖拉下他的手，就見他臉頰微紅，不由得笑了笑，奪過他手裡的紙袋子拿出一顆板栗餵到他嘴裡，然後轉身向前面大步走去。

「好啊，你可不許反悔！」

聞言，他咧嘴一笑，嚼著原本便香甜軟糯的板栗，只覺得那甜味更甚，都甜到心裡了。轉頭看了眼那早已被人擋住看不見蹤影的板栗攤子，他點了點頭。

這家的板栗不錯，以後可以常來！

三步併作兩步跟上前頭咧嘴笑的人兒，唐柒文再次將她的手攢在手心，小心地護著她。

兩人轉了一大圈也累了，葉小玖便和唐柒文按原路走回去，結果在路過此地的花樓——良人閣的時候，看見劉寅在老鴇和一群姑娘的簇擁下，滿臉笑容地走了進去。

「明日就是比試了，他趕了一天的路不累嗎？居然還有精力？」葉小玖一臉疑惑地看著唐柒文，也沒想到自己還不是出來約會逛街。

唐柒文不是書呆子，在書院也沒少聽同學說些葷話，所以自然明白葉小玖指得是什麼，只是看葉小玖一臉疑惑，讓他覺得有些無語，可他又不能給她明說，只能在她迷惑旁人精力的目光裡獨自生悶氣。

第二日一早，唐柒文便早起去外面買了葉小玖愛吃的早點來，三人吃完後，才慢悠悠地去了柳園。

驗了名帖進去，葉小玖看見羅興和盧文早已到了，此時正坐在離比賽場地不遠處的涼亭裡喝早茶，盧文看見葉小玖，笑著讓她過去坐。葉小玖推辭不過，便只好過去，向他們打了招呼。

怎麼說三人都是競爭對手，所以自然熱絡不起來，只是有一搭、沒一搭地聊著天，等著比賽開始。

少頃，那報訊的小廝才緩緩出場，敲了一聲鑼，請他們入場。

就在這時，劉寅才姍姍來遲。葉小玖見他滿身酒氣，衣服還是他昨日穿的那一身，便猜測昨日他確實是宿在良人閣了。

羅興見劉寅這有些衣冠不整的樣子，不由得皺了皺眉。這比賽向來是大事，此人卻如此不放在心上，莫不是早已胸有成竹，篤定自己會贏？

劉寅自然知道他們三人在打量自己，但他卻連個眼神都沒賞給他們。

手下敗將而已，沒必要過於在意。

緊接著，負責抽籤的官吏便拿了籤筒過來，葉小玖見裡面竹籤不少，便隨便抽了一根，上面赫然寫著二。

接下來是羅興，他抽到的是第一組。官差接著抱著籤筒到了劉寅跟前，很是狗腿地朝他笑了笑，以眼神示意他，劉寅瞅了他一眼，滿不在乎地從籤筒裡抽了一根。

看著劉寅去了二號，盧文心中了然，也不抽了，徑直地走向了一號。

葉小玖看劉寅朝著她得意一笑，那胸有成竹的樣子讓她微微心驚。

抬頭看了一眼正襟危坐的評審，葉小玖總覺得，這裡面似乎有什麼貓膩。

這一次的比賽方式又與上一次的不同，不是決定食材，而是決定菜品。

將上次他們劃過的菜譜做一番整理，選出他們都會的菜，然後再抽籤抽取他們每一組要做的菜。

抽到櫻桃肉還是滿讓葉小玖吃驚的，畢竟這是她的拿手菜，而且還頗有心得，只是這菜，整個大鄴人人會做，作為比賽的題目，似乎有些簡單了。

但是當羅興那一組抽到醬爆雞丁的時候，葉小玖才明白，這一場，比的恐怕是基礎，所以才會選家常菜。

輕車熟路地拿著籃子下去選食材，葉小玖看了看桌上那上好的五花肉和里脊肉，最後還是選了五花肉。

在大鄴朝，做櫻桃肉一般都選用里脊肉，可葉小玖總覺得里脊肉做出來太乾，遠沒有五花肉那肥而不膩的口感好。

挑好了需要用的調味料後，葉小玖抓了一把紅麴米，又拿走了幾顆山楂。

起鍋燒水，葉小玖將五花肉丟進去，加薑片和蔥段將其煮熟。

趁著這個時間，她用石臼將紅麴米細細的臼成粉末狀。

待肉煮熟，葉小玖將其切成大小適宜的方塊，然後起鍋燒油，將肉塊下鍋，大火炸出肉裡多餘的油脂。將多餘的油脂倒出來一部分，加入香葉、八角、桂皮等香料調味，炒出香味後再加大量白糖、紅麴米和拍過的山楂，然後加水燉煮。

櫻桃肉講究色澤亮麗，紅如櫻桃，味道酸甜，味美形嬌。所以加山楂和糖可以增加酸甜的口感，而紅麴米，則是使它色澤紅亮，猶如櫻桃般嬌豔欲滴的法寶。

見鍋裡的湯汁已經差不多了，葉小玖另起一鍋，燒熱油將幾根翠綠的豌豆苗煸炒熟，然後精細地擺在了盤子裡。

最後將櫻桃肉大火收汁倒在鋪好的豌豆苗上，葉小玖才鬆了一口氣，站直身子抬眼去看臺下的唐柒文，結果她發現，沐婉兒居然也在人群之中，看見她看過來後，還開心地朝她招手。

葉小玖也笑著朝她點頭示意，然後才去看旁邊的劉寅。

第三十五章

因為這次的菜都是家常菜，步驟不繁瑣，比賽時間便大大縮短了，那官差見葉小玖他們都停了手，便立即敲鑼道：「比賽結束。」

還是那兩個侍女，身形盈盈地走下樓來，將第一組的醬爆雞丁給端走了。羅興這才有了時間，將目光轉向了葉小玖這一組。

他離葉小玖比較遠，但還是能看見葉小玖那考究的擺盤，可能是用油比較足，此時陽光剛好折射到她那邊，致使她那盤子裡的肉看著光澤十足，紅亮亮的肉堆在綠油油的豌豆苗上，頗有一種「綠蔥蔥，幾顆櫻桃葉上紅」的感覺。

而劉寅的櫻桃肉無論是色澤還是肉塊的大小，都相距甚遠，甚至說有些差。

看來這小丫頭，還真有兩把刷子！

羅興最初在府衙聽她也是來參賽的，本沒怎麼當回事，只是驚訝於她女子的身分，而且看著年歲還那麼小。後來聽人說涼淮縣的參賽者有兩個，這女子八成是走後門才得來的名額。因此，他多少對她有些偏見，所以在第一次比試時雖看不過去幫她解圍，卻對她的道謝冷眼相待。

連著幾場比賽下來，他發現這女子其實頗有實力，顯然不是走後門來的，從她切菊花豆腐的刀功到做雙味生蝦球的玲瓏心思，都讓他大為欽佩，所以他現在很期盼，期盼能和她好好比上一場。

羅興這會兒全副心思都在葉小玖身上，對自己的比賽結果是一點兒都不關心。當然，也無須他多費心。

兩盤醬爆雞丁擺在評審桌上，袁老見兩道菜都色澤金紅，擺盤雖不一樣但各有特色，滿意地點了點頭，才開始動筷。

醬爆雞丁是一道家常菜，所謂醬爆，就是用炒好的醬料爆炒主料的方法。這做法雖簡單但卻極注重火候，所以要將其做好，須得費一番心思。

兩盤菜從味道上來說都差不多，醬香濃郁，鹹中帶甜。但口感上，第一盤似乎就差了些，明顯火候有些過了，肉塊稍乾，口感也不是那麼滑嫩，更重要的是，醬爆雞丁講究盤底有油而無醬，而看這第一盤菜的盤底，似乎沒有第二盤那麼俐落。

袁老看了一眼樓下巴巴望著他們的盧文，不由得搖了搖頭。

盧文的醬爆雞丁在外行人嚐來，並沒有什麼可挑剔的，可對於他們這種內行來說，細品下來還是稍有欠缺的。更重要的是，他今日的對手乃是連任三屆竹林宴承辦方的羅興。

嘆了口氣，袁老拿帕子擦了擦嘴，鄭重地將玉牌放在了第二盤菜面前。而宋老和于老嚐過之後，也毫無懸念地將玉牌投給了羅興。只有顧裡和李有為在面面相覷之後，看了眼桌上的結果，投給盧文，讓場面沒那麼難看。

「聚香齋，過！」報訊官差的聲音頓時傳遍了整個賽場，引起下面的一陣騷動。
侍女很快就將第二組的菜端了上去，葉小玖的一顆心，頓時提到了嗓子眼。
她現在只能祈求，唐堯文沒有在這比賽中搞什麼鬼，只是看劉寅那副表情，似乎……不太可能！

菜擺上桌之後，袁老的感覺跟羅興是一樣的，這第一盤菜從擺盤上似乎就已經略勝一籌了。相較於第二盤那乾巴巴的幾塊肉堆在盤子裡，第一盤在「綠葉」的相襯下，那「櫻桃」更紅，色澤更亮。
而從口感上來說，這第一盤也契合櫻桃肉的名字，口感酸甜，皮軟鮮鹹，酥爛肥美，令人欲罷不能。
又一塊櫻桃肉下肚，袁老滿意地捋了捋他花白的鬍子，將玉牌放到了葉小玖的名字上。
李有為這時也放下了筷子，喝了口茶略微思考了一下後，也鄭重其事地將玉牌和袁老的放在一起。而顧裡已經早早將他的那一票投給了劉寅，所以此時，于老和宋老的那兩票就起著決定性的作用。
兩人互相看了一眼，隨即微微皺了皺眉。
邵大人說讓他們一定要讓唐記入選，可這劉寅做得未免有些太過了吧？雖然有他們幫襯，但至少要讓他們面子上過得去啊！

他們哪裡知道，劉寅到現在酒都沒完全醒，此時還是暈暈乎乎的，能做成這樣已經算很不錯了。

二人無奈，但還得尋個藉口，將票給投了。

「這櫻桃肉向來都是選里脊肉的，這女子肆意妄為用五花肉，簡直不知所謂！」宋老說著，將玉牌放在了劉寅的名字上。

「她這菜肥膩，似乎容易積食。」于老附和。

二人的這一選擇讓袁老吃驚，他很是不解地將目光投向兩位老伙伴，卻見他們都不約而同地避開了他的對視，那眼中明顯的心虛，瞬間讓他明白了一切。

袁老眼神暗了暗，隨即嘆了口氣。

罷了，隨他們去吧！家家有本難唸的經，他一個外人著實不能多說什麼，只是……難為那女娃，這麼好的苗子，終究是湮滅在了權勢之間。

于老和宋老見袁老沒多言，頓時鬆了一口氣，與顧裡對視了一眼，相視一笑。

報訊的看這結果五人並無異議，轉頭就要報訊。「唐記……」

「慢著！」報訊的話未說完，便被一道渾厚有勁的聲音給打斷了。

眾人尋聲望去，就見人群後面站著一位老者，雖頭髮花白了但依舊精神矍鑠，在侍者的陪伴下一步步地朝樓梯口走去。

老者穿一身黑色的錦緞華服，那些常去上京城走商的人一看，就能看出那衣服上的花紋乃是半月前才在上京城興起的花紋，而那老者身上渾然天成的氣質，也讓在場的人覺得他身分不簡單。

堵在樓梯口觀看比賽的人立刻很是自覺地給他讓開了一條路。那老者剛要上樓梯，樓梯口的衙役卻將手中的長劍抽出，指著老者大聲道：「比賽重地，閒人勿進！」

「放肆！」老者身邊的小廝大吼一聲，從身上摸出一塊令牌現在了衙役面前。「睜大你的眼睛看清楚了，這豈是你們能攔的？」

衙役看清令牌上的字，忙放下劍，低聲道：「是小的有眼不識泰山，還望太公恕罪！」

老者看了他們一眼，懶得理會，直接上了二樓。

袁老剛才就覺得來人眼熟，這會兒看清楚了，忙臉上堆著笑起身道：「香老御廚，是什麼風把您吹到這兒來了？」

老者哈哈一笑道：「聽聞此處有比賽，小老兒特來湊個熱鬧，不知可不可……」

「哈哈哈，這還得看其他幾位答不答應了。」袁老豪爽道。

「這……」宋老和于老為難了，從方才袁老的一聲香老御廚和官差的一聲太公，他們幾乎可以猜出來，此人乃是香玨，當朝皇帝的奶公，整個大鄴朝最有威望的御廚。

按道理說，他們是沒有資格阻攔他的，可若是他加入後選了葉小玖的菜，那邵大人的囑託怎麼辦？他們兒子的前程怎麼辦？

二人與顧裡使了個眼色，正要開口說話，一直在一旁的府令卻忽然道：「自然可以，香老御廚肯賞光，今年的竹林宴比試必定能擇出優質廚師來承辦宴會。」

「如此，那便打擾了！」香玨說著，在侍女搬來的凳子上坐了下來。

掃了一眼桌子，香玨看著桌上那紅綠相配的櫻桃肉，眼睛一亮，隨即拿起桌上未使用過的筷子品嚐起來。

「嗯，此櫻桃肉肥而不膩，酸甜適中，擺盤也好看，實乃上品！」說罷，他又嚐了另一盤道：「這一盤無論從味道、色澤，還是口感，似乎都差了不是一點半點啊？」

香玨說完還看了于老他們一眼，只瞅得他們如芒在背，心虛不已。

這可為難了那報幕的人，如此三比三的局面，該讓他如何相報？

葉小玖方才聽那報訊人的話音，以為唐記這次是贏定了，心裡不由得失落，卻不想，事情竟然還有轉機。

搓了搓緊張到直出汗的手，葉小玖轉頭去尋臺下的唐柒文，卻見楚雲青居然也來了柳園，此時他站在唐柒文身邊，一個勁兒地朝她眨眼睛，眨得唐柒文黑著一張臉，直想把他扔出去。

「玖兒，加油啊！」沐婉兒和唐昔言兩人各自用胳膊比了個葉小玖教的愛心手勢。

看著支持自己的幾人，葉小玖心中一暖，連帶著緊張都去了幾分。而劉寅這會兒酒才醒了，看那報訊的遲遲沒個音信，眉頭皺得死死的。

香玨這個老不死的怎會來這裡？莫不是這丫頭片子請來的？

可看了葉小玖一眼後，劉寅隨即打消了自己的想法，畢竟葉小玖的老底，可是被唐堯文給翻了個透，就是一個從偏遠鄉下來的丫頭，沒什麼特別、更沒什麼過硬的後臺。

難道說，只是巧合？

好半晌，二樓才終於有了動靜，只是沒想到，宣布的結果竟然是，由於第二組輸贏未定，下午將進行一場加試賽，而且為了絕對的公平，下午的比賽，使用盲押決勝。

此話一出，原本對香玨加入後強行破壞比賽結果，認為他偏向葉小玖一個女子頗為不滿的人都紛紛閉上了嘴。羅興也是明白了，這劉寅為何一副胸有成竹的樣子了。

也就是說，現在整個柳園的人，除了于老、宋老、顧裡以及劉寅外，其他人都對這個所謂的加時賽沒有異議。

唐堯文原本是趕著比賽的末尾才到柳園，目的就是要一觀唐柒文他們那猶如喪家之犬、失敗而歸的樣子，誰知他一進柳園就聽見了這個結果。

看著評審席上的六人，又看了眼垂頭喪氣的劉寅，唐堯文眼眸暗了暗，眼中精光一閃而過，隨即轉身出了柳園。

因為加試賽在下午，而且為了保持絕對的公平性，葉小玖和劉寅兩個人還不能回客棧，府令便給他們在柳園各指了一處院子稍作休息。

下午的比賽在未時四刻，離現在還有兩個時辰。但唐柒文他們待在柳園也接觸不到葉小玖，所以他們一行人便決定先回客棧，等時間差不多了再過來。

因為客棧不管飯菜，他們便在楚雲青的推薦下去了華陽府最好的酒樓吃飯，卻不想竟在進門時遇上了唐堯文。

唐堯文剛從樓上下來，看見唐柒文他們進來也是一愣，隨即臉上帶笑過來打招呼。

「堂哥、堂妹，好久不見、別來無恙啊！」

他的虛偽假笑讓在場的人看得作嘔，尤其是向來大剌剌，啥事都放臉上的楚雲青，直接扭過頭去和沐婉兒說話，只有唐柒文和唐昔言耐著性子與他打了招呼。

畢竟，伸手不打笑臉人嘛！

這兩人之前在唐府的時候就不對付，尤其是唐堯文，對唐柒文這個堂哥的恨意已經近乎到了眼中釘、肉中刺的程度。只要是唐柒文有的，他唐堯文就是想要，若是他得不到的，他就會想方設法地毀掉。

一如當年唐柒文剛學習雕刻，在師傅的指導下雕出了他人生的第一個作品——一隻展翅飛翔的大鵬鳥。

那鳥雖然做工粗糙，好多地方都有瑕疵，但因為是第一個作品，所以唐柒文十分珍愛，還將其擺在了父親的書房裡。

當時正好唐靖來他們院子裡找唐父談事情，唐堯文跟來看見桌子上的那隻大鵬鳥便抱著不撒手，說是喜歡得不行。唐父知道這是唐柒文心愛的東西，想著他只是玩一會兒便會放下，也沒怎麼在意。

當時的唐柒文正在母親的房裡逗唐昔言玩，聽了婢女的匯報便急忙趕了回去。畢竟，他深知他那個堂弟的劣根性，果然，他到了書房，就看見那隻大鳥被摔了個稀巴爛，而他的堂弟，正一臉驚慌地躲在二叔的懷裡。二叔口口聲聲說只是小孩子不小心，可他永遠都記得當時和他一樣年僅十二歲的唐堯文，在看見他後那臉上流露出來的得意神情。

自那以後，他算是徹底看清了他這個堂弟的本性和為人。

自從唐府出來後，這四年時間裡，兩人幾乎沒怎麼見過面，再加上聽妹妹說他除了想搞黃食樓的生意，之前還想著調戲綁架阿玖，對他就更沒有什麼好臉色了。

唐堯文見唐柒文打了招呼後便不再理自己，那笑容頓時僵在了臉上。「堂哥可還是介意當年父親將你從唐府趕出去，所以不願意理我？」

唐堯文看著唐柒文身邊穿錦衣華服，氣質不俗的楚雲青。「那是祖父的決定，我當時年紀還小也插不上話，堂哥著實不該遷怒於我！」

「你多心了，當年之事到底如何我早已忘卻，並沒有遷怒任何人，只是我與朋友還有要事要談……」

正好這時，在大廳忙碌的店小二上前來詢問他們是在大廳還是去雅間，算是打破了這略顯尷尬的氛圍。

「既如此，是我唐突了，堂兄請便吧！」唐堯文說完，便讓開了路，看著一行人在店小二的帶領下上了樓，他手指藏在袖裡捏了捏。

且先讓你得意兩天，只是……這人看著甚是面熟，他卻想不起在何處見過。

他看著楚雲青的背影，心中疑惑。

「唐兄，你那個堂弟虛偽得可不是一星半點兒啊！」楚雲青撇嘴。「在涼淮縣時無所不用其極地打壓小玖和食樓，現在卻在這裡裝兄友弟恭？他但凡有一絲顧念你們幼時的情誼，斷不會做出那樣的事來。」

唐柒文知道他指的是唐堯文慫恿王潤雪偷菜品的事，但聽見他說的話，卻還是笑出了聲。「我和他之間，何時兄友弟恭過？」

四人吃完飯回客棧小憩了一會兒，等他們再到柳園的時候，人已經圍了個裡三層、外三層。

之前的比賽場地已經重新布置過了，原本的菜桌、鐵爐灶之類的都拿了下去，恢復小廣場原來的面貌。只是在空曠的地方又擺了一張桌子，上面放著幾只考究的青花瓷茶杯，明眼人一看就知道，那是評審席。

離比賽還有一刻鐘的時候，六位評審外加府令大人才姍姍來遲。直到比賽開始，他們都沒看見葉小玖和劉寅兩個參賽者露面，這時他們才真正領會了什麼叫盲押。

「參賽者不露面，就無法斷定何人做了何菜，也避免了私下相互勾結的可能性，確實是很公平。」一位看清局面的老者點頭讚道。

待鑼響過後，那報訊之人上前道：「此次比賽指定食材，魚！」

話音剛落，便有一個官差小跑著穿過了後面那棟二層小樓，隨即，他說了和報訊之人一樣的話。

魚在大鄴人飯桌上不是新鮮稀罕之物，而且吃法也多種多樣，但真正要將魚做得美味，其實不是那麼容易。

「你說小玖會不會做水煮魚出來？」想起那麻辣鮮香的味道，楚雲青舔了舔嘴唇，然後拿胳膊撞了撞一旁的沐婉兒。

「應該不會，這場比賽至關重要，玖兒不會選這個！」沐婉兒篤定。

第三十六章

沐婉兒還真是猜對了，葉小玖剛拿到選題的時候，確實第一個想到的就是水煮魚，畢竟那是她的最愛。可水煮魚製作工序簡單，除了片魚片需要一點刀功外，著實沒什麼難度，所以她瞬間就放棄了。

稍稍思考了一下，葉小玖覺得，還是做松鼠桂魚比較合適。

松鼠桂魚是蘇州的著名傳統菜式。她之前去旅遊的時候吃過一家私房菜，那個阿婆做的松鼠桂魚口感鮮甜、脆嫩，著實不負它上品佳餚的美名。回去後她自己也靜心鑽研過，再加上父親的指點，這菜便成了她的拿手菜。

看了看架子上那滿滿當當的食材和桌上各式各樣在水盆裡活蹦亂跳的魚，葉小玖從水盆裡尋了條桂魚出來，拿著菜刀將其拍暈，然後俐落地去鱗去腮，拔出內臟後清洗乾淨。

待魚瀝乾水分後，她切去魚頭，找了一把快刀，用乾淨的抹布按著魚身，刀子順著魚脊骨將魚片成兩片，去掉脊骨。

葉小玖的動作讓燒火的小丫頭目瞪口呆，似是沒見過居然有人會給魚去骨。而葉小玖此時正聚精會神地給兩片魚改刀，沒工夫搭理她。

將有著菱形花紋的魚肉和魚頭擺好之前，葉小玖用鹽和清酒調好料汁，裹上乾澱粉後，在鍋裡下了足量的油，讓小丫頭燒火。

等到油溫八成熱時，葉小玖提著魚尾，用勺子從上往下淋油，把魚肉炸至定型，然後才把整條魚和魚頭放進去炸。

等她將佐料清洗乾淨，魚也差不多了。她將炸成金黃色的魚撈出來，和魚頭拼成一條完整的魚形，葉小玖仔細地整了整魚頭和尾巴的位置，確保它們都能翹起來。

拿來兩個番茄劃上十字刀，用開水汆燙去皮，切成碎丁下鍋熬製成醬，加上糖、香醋、醬油和濕澱粉等調製成汁水。

「姊姊，妳好厲害啊！」燒火的小丫頭叫二喜，今年只有十二歲，此時雙眼亮晶晶、一臉崇拜地看著葉小玖。

「怎麼厲害了？」葉小玖將汁水盛出來，將準備好的蝦和松子去殼，香菇、筍切成丁。

「娘說，女孩子生下來便是洗衣做飯帶孩子的，其他都是男人的事。可妳不但有自己的食樓，廚藝也這麼厲害。」二喜在爐灶裡添了一把柴，然後狠狠地吸了一口空氣中那香甜的氣味。「我以後也想成為妳這樣的人！」

二喜笑得開懷，雙手握拳為自己加油打氣。

「別總想著自己是個女孩子就只能主內不能主外，只要妳願意，並且向著那個目標前進，總會成功的！」葉小玖看著她那雄赳赳、氣昂昂的樣子，覺得甚是可愛。

在煸炒熟的底料裡加入料汁熬至濃稠後，葉小玖小心地將其澆淋到擺好盤的魚上面，然後淋上麻油，再將盤子邊緣仔細地擦乾淨，這道松鼠桂魚就算完成了。

就在葉小玖完成敲鈴的同時，隔壁廚房的劉寅也敲響了他的鈴。

柳園原本就是前朝王爺的府邸，所以有兩個廚房並不稀奇。劉寅這次也看清了局勢，是真正將葉小玖給當成了對手，畢竟盲押無法作弊，是要靠實力的。

他從小就是在小漁村長大的，所以對每一類魚的習性以及肉質都瞭若指掌，這麼多年在上京城混跡，他也學了不少上品菜餚，而且他還知道，香玨對菜品的美觀要求是吹毛求疵，所以這一次的比試，對他來說其實還是有利的。

而他今日做的，便是一道從前朝流傳下來但幾近失傳的名菜——孔雀開屏魚。

孔雀開屏魚屬於一道蒸菜，他選了肉質最為細嫩的魚，而且提前將魚用酒和薑醃過，所以魚肉不會有一絲的腥味，反而還會十分鮮嫩，這一局，他已經可以篤定自己是贏定了。

鈴聲喚來了兩個綠衣侍女，待她們將菜端走之後，葉小玖和劉寅二人也被請上了那個小閣樓。

因為底下的評審席是背對著閣樓的，所以也不存在使眼色、打暗號影響比賽公平之類的情況發生。

劉寅原本對自己的菜信心滿滿，可當他在樓上看見葉小玖的那道松鼠桂魚的時候，還是微微瞇起了眼。

「想不到葉娘子小小年紀居然有如此好的手藝，著實讓人驚嘆啊！」

劉寅這話聽著像是在誇讚葉小玖，但語氣滿滿的都是對她的懷疑，在阿力查來的消息裡，葉小玖就是一個地地道道的鄉下女子，連遠一點的縣城都沒去過，怎麼可能在來了涼淮縣之後忽然擁有如此高超的廚藝？

至於她之前說的什麼華中神廚，他一點都不相信，若真有這樣的神廚，他在上京城混跡那麼久，不可能一點都沒聽說過有這號人的存在。

所以……唯一的可能就是，眼前之人，根本就不是葉小玖。

葉小玖看了他一眼，笑了笑道：「劉掌廚謬讚了，師父他老人家廚藝高超，我不過只是學了個皮毛罷了！」

「葉娘子謙虛了，在劉某看來，倒是葉娘子天資聰穎，才能被神廚選中成為內門弟子。」他頓了頓道：「只是不知劉某有沒有這個榮幸，可以一瞻神廚真容啊？」

葉小玖嘆了口氣。「師父他老人家向來閒雲野鶴，喜歡雲遊四方，說起來我也有兩年多沒見過他了。」

言下之意就是我一個弟子都很久沒見過他老人家了，你是那根蔥？

兩人有一搭、沒一搭地「聊天」，順便觀看著下面的動靜。

兩道菜一端上評審席就引起下面人群中一陣不小的騷動，不為別的，只因這菜著實美得令人驚豔。

那道孔雀開屏魚，魚塊大小均勻，肚皮那一處朝中間魚頭處聚集，大頭那面平鋪在盤子周圍，形成開屏狀。

每一尾「羽扇」上，頂端處都有一片片成水滴狀的黃瓜做裝飾，根部還有蔥薑絲和紅色的辣椒圈點綴，整道菜居然真如孔雀開屏一般美麗。而那道松鼠桂魚也絲毫不差，整條魚上面打著十分好看的花刀，尾巴翹起窩在盤子裡，上面亮紅的湯汁更是顯示出一種十分喜慶的色彩，在陽光的照射下熠熠生輝。

在遠處圍觀的人看著這菜品都驚豔，更遑論在評審席上近觀的六人。

兩道菜的視覺效果截然不同，孔雀開屏給人的就是很直觀的好看，無論是擺盤還是各種用以點綴的輔助菜都處理得十分精緻；而松鼠桂魚除了好看，細看之下還能看見它均勻細膩的刀功和勾芡手法。

舉凡需要勾芡的菜，那盤底必定是流得一塌糊塗，可這道菜盤底乾爽俐落，而且看那芡汁油亮，稀稠得當，不堆不流，一看便知是個老手。

宋老和于老對視一眼，心中斷定這道松鼠桂魚必是出自劉寅之手，畢竟葉小玖只不過是個小丫頭，哪來如此老練的手法？

「哎唐兄，你說這兩道菜到底那道才是小玖做的？」楚雲青伸著脖子又瞧了瞧。「我猜著是那道孔雀開屏魚，那麼好看的擺盤，必是出自小玖的那雙巧手。」

「嗯！」一旁的唐昔言和沐婉兒也直點頭，贊同楚雲青的話。

楚雲青久久等不到唐柒文開口，以為他對這事可能沒興趣，畢竟此時，他可是一直笑咪咪地看著葉小玖發呆，誰知好半晌，他突然開口道：「不是。」

「啊，什麼不是？」楚雲青神經大條，早已忘了方才的事。

「孔雀開屏魚不是出自阿玖之手，松鼠桂魚才是。」唐柒文篤定地說。

「你怎麼知道？」沐婉兒問。「明顯那道孔雀開屏才更能體現女兒家細膩的心思啊。」

「因為……我了解阿玖！」唐柒文勾唇，笑得好看。

沐婉兒不禁在內心咒罵。

你了解個屁？老在書院讀書的人，怎麼會比她這個和葉小玖一個被窩睡過的人更了解？

「那你敢跟我打賭嗎？就賭咱們誰猜得對！」沐婉兒看不慣唐柒文的炫耀，炸毛道。

「不必，我不會輸，妳也贏不了。」唐柒文十分自信。

沐婉兒咬牙切齒，可一想自己之前捉弄唐柒文被玖兒那個重色輕友的報復，她只能將目光投向了一旁的楚雲青，誰知後者比她更孬。

楚雲青眨眨眼：妳看我幹啥？妳不敢動我也不敢動啊！

沐婉兒皺眉：你一個大男人，還比他年長，還怕打不過他嗎？

楚雲青搖頭：不是打不過，我怕打了他小玖心疼，萬一不給我做好吃的怎麼辦？

閣樓上，葉小玖看著楚雲青和沐婉兒之間的眼神互動，笑得跟朵花一樣。而劉寅看著她那輕鬆的表情，心中很是詫異。

她到底是胸有成竹還是故作鎮定？

樓下的評審們已經對菜品下手了，香玨明顯比較喜歡那道孔雀開屏魚，連著挾了好幾筷子，瞇著眼細細地品味那魚肉的香甜細嫩。

而袁老則是更喜歡那道松鼠桂魚，先不論它顏色好看，那魚肉外焦裡嫩，酸甜可口，可以嚐出來是裹了粉後炸的，但口感卻一點都不「糠」，咬著沒有空虛的感覺，不生不熟剛剛好。而且魚肉改刀每一刀都深到魚皮，卻沒有一刀戳破魚皮，可謂是手法老辣，真是每一道工序都是恰到好處。

約莫過了半刻鐘，六人才放下了筷子，用帕子擦了嘴，漱口之後，經過一番深思熟慮，將玉牌放在了自己心儀的菜面前。

因為于老和宋老都投了松鼠桂魚，顧裡覺得他們定是猜出這道菜乃是出自劉寅之手，所以也就跟著投了。於是，葉小玖瞬間便有了三票，只須再得一票，便可勝出。

劉寅此時在樓上，也是緊張到了極點，看著香玨拿起了桌上的玉牌，他那手已經將木頭欄杆捏得咯吱作響。

無論是剛開始出菜還是在後來品菜，香玨都對他的那道孔雀開屏魚顯示出極大的興趣。所以，只要香玨投了他，其他二人說不定也會跟著投，這樣，他至少會和葉小玖打個平手，進入下一輪加試賽。

劉寅緊張得連呼吸都要忘了，眼睛一動不動地盯著香玨的動作，可最終卻眼睜睜看著香玨將玉牌放在了松鼠桂魚前。

「砰！」

劉寅一拳砸到欄杆上，眼睛腥紅地看著葉小玖，讓一直關注著葉小玖的唐柒文恨不得直接衝上樓去擋在她面前。

葉小玖也被他那似乎想要吃了她的表情給嚇了一跳，不由得往後退了兩步，儘量讓自己離他遠一點。

看著劉寅似乎是向前挪了一步，葉小玖忙又退了一步，就在她尋思著要不要先下樓去的時候，下面卻忽然傳來了小孩子的啼哭聲以及家長的拍哄聲。

哭聲喚回了劉寅的理智，他緊了緊手指，然後瞪了葉小玖一眼，拂袖轉身下了樓。

最後的結果，便是葉小玖得了五票，以絕對的優勢勝了劉寅，進入最終比試，而香玨也就這兩道菜做了相對中肯的評價。

劉寅的菜確實是前朝名菜，味道極鮮美，但孔雀開屏魚應該在將一條魚剖成兩片，分別切成手指粗細的魚片時，於魚肚處應該有薄而不斷的連繫，而非直接切開後擺成開屏狀。

這是這道菜的精髓之處，劉寅是屬於學了形而沒有學精，所以他最終才將票投了另一道菜。

劉寅雖然嘴上說著受教了，可在他心裡怎麼都不服葉小玖，覺得定是香玨偏袒。可他忘了，這是盲押，香玨根本就不知道那道是葉小玖做的。

「太公，學生有一不情之請，不知可說不可說？」劉寅施禮恭敬道。

「你且說來！」香玨捋著鬍子道。

「學生想嚐嚐葉娘子做的菜。」

此話一出，評審席上的六人頓時對他沒了好臉色，他這種要求，豈不是明擺著告訴眾人他不滿他們的決定，懷疑他們評判的公平性嗎？

劉寅自知自己這話得罪人，連忙解釋道：「學生並無其他意思，只是想嚐嚐這松鼠桂魚是何味道，學習一番，這樣也有利於學生的廚藝增長。」

這話說得有理，讓眾人的臉色和緩下來。

這廚藝，可不就是比較加創新出來的嗎？

「准了！」香玨大手一揮，便有侍女給劉寅遞上了筷子。

此時魚已經有些涼了，可還是無法掩蓋它的好味道，魚肉綿密細膩，酸甜可口，而且無論是色澤還是刀功，都沒什麼可挑剔的。

「學生受教了！」劉寅行完禮便下去了，臨走時，他還深深地看了葉小玖一眼，那一眼複雜至極，葉小玖也搞不懂他到底是什麼意思。

唐堯文看劉寅離開了，看了喜笑顏開的葉小玖和唐柒文一眼，隨即悄無聲息的走出了人群。

他知道，這一場劉寅是盡了全力，只是奈何技不如人，最終輸了比賽，他也終於知道，葉小玖確實是有兩把刷子。但事實雖如此，可他唐堯文拿不到承辦方的名額，又怎麼會允許落到唐柒文的手裡呢？

所以，只期盼葉小玖最終沒有贏得比賽，不然……就別怪他使用非常手段了。反正他要是得不到，唐柒文，也休想得到！

眼下葉小玖贏了比賽，最高興的莫過於羅興了，而且，看了葉小玖今日的表現，他想與她一較高下的心是更癢了。

至於說什麼竹林宴承辦方的爭奪，早被他拋之腦後了。

葉小玖贏了比賽，楚雲青是格外地開心，大手一揮就要請她吃大餐。葉小玖也不推託，只點貴的不點對的，一連串的菜名報出來，讓身旁的沐婉兒嘴角直抽。

「喂，妳是不是心疼了？」葉小玖拿胳膊肘撞了撞沐婉兒，與她低聲咬耳朵。

「請客的是他又不是我，我有什麼可心疼的？再說了，妳點了這麼多，撐死也就十兩銀子，有什麼好值得心疼的？」

……好吧，有錢人的世界，她一個窮人不懂。

好在葉小玖點得雖多但分量不大，五人吃飽喝足後慢悠悠地回了客棧。葉小玖也早早地漱洗完畢，上床躺著。

今日連續兩場比賽，著實是有些累。更何況，明日她要跟三連勝的老手羅興對戰，所以她很需要養好精神。

終場比賽定在第二日巳時，還是跟上一場一樣採用盲押的方法投票。這一次比賽定了主題，只有簡簡單單的一個字——奇。

這「奇」範圍很大，可以是食材奇、做法奇、搭配奇，或是口感奇，全看各自的理解。

「姊姊，這個奇到底是什麼意思，是奇怪的意思嗎？」二喜聲音脆生生地問。

「嗯……也可以這麼理解。」葉小玖點頭。「但我覺得，理解為新穎可能會更好。」

看著食材，葉小玖陷入了沈思，可這新穎，究竟要如何個新穎法呢？

葉小玖這邊一時定不下來菜式，羅興那邊亦然。他雖然蟬聯三屆竹林宴承辦方，但比賽的主題卻一年比一年刁鑽。而且，他今日的對手還是那個心靈手巧的小丫頭，所以他必須好好準備一番。

看著外面花樹上翩翩起舞的蝴蝶，羅興看著架子上那幾個顏色亮麗的新鮮芒果，心中有了想法，喚來了小廝。

「阿偉，去後面多抱些柴來！」

第三十七章

阿偉應聲出去，卻在柴堆旁看見了同來抱柴的二喜。

兩人都是在府衙做事，所以自然是相識的，阿偉眼珠一轉，忙上前打聽消息。

「喂二喜，那葉小玖做的是啥菜？」阿偉笑著問。

要是打聽到準確消息，說不定羅掌廚一高興，替他在聚香齋謀個活計，總比在府衙做著累死人的活，還拿著那幾個可憐銀錢要好。

「不知道！」二喜沒好氣地說。這人平日裡總看不起她們這幾個在府衙負責灑掃的，現在一副假惺惺的樣子，裝給誰看啊？再說，葉姊姊做什麼菜是要保密的，他打聽那麼清楚幹麼？

瞪了他一眼，二喜抱起柴火要走，卻被他堵住了去路。

「哎呀，妳說說看嘛！我就是好奇，又不會到處亂說。」阿偉一臉真誠。

「我說不知道就是不知道，你問我多少遍我也不知道！」二喜說完，便繞開他走了。

其實她這話不算作假，她確實不知道葉小玖在做什麼，而且可以說是聞所未聞，見所未見，畢竟她真的無法想像，那東西居然能吃。

抱著柴進了廚房，二喜一眼就看見葉小玖還在一片片的洗魚鱗。

「葉姊姊，這東西真的能吃嗎？」二喜聞著魚鱗極重的土腥味，一張小臉都皺在了一起。這魚鱗，平日裡給雞，雞都嫌腥不願意吃，更何況是人呢？

「當然好吃了！」葉小玖將清洗乾淨、瀝乾水分的魚鱗放入大碗中，加入薑片、蔥段去腥。

「魚鱗中可是含有大量的膠原蛋白，是美容、養顏、抗衰老的聖品呢！」

「什麼是膠原蛋白？」

「嗯……就是魚鱗中的一種物質。」葉小玖轉移話題。「我弄好了，妳燒火吧！」

在大碗裡加入少許鹽和胡椒粉提味，葉小玖在裡面加入了少量去過油的高湯，再加沒過魚鱗的清水後，將其放在蒸架上蒸。

等水開後，葉小玖讓二喜轉中火。約莫過了大概一刻鐘左右，她才將蒸好的魚鱗湯拿出來，用乾淨的紗布多次過濾，直到那魚鱗湯變得清澈方才罷手，將其放到冰窖裡冷凍。

等魚鱗湯凝結需要一段時間，葉小玖便切了點黃瓜絲和胡蘿蔔絲，再剁了點蒜泥，用醋、醬油、食鹽、白糖等調勻做了個醬汁。

將已經凝結成凍的魚鱗凍拿出來，葉小玖用湯匙輕輕敲了敲，Q彈感十足。接著將其切成大小適中的長條，放入黃瓜絲和胡蘿蔔絲，倒入調好的料汁輕輕攪拌一番，涼拌魚鱗凍便做好了。

找了個十分精緻的描花盤子裝起來，葉小玖又在上面放了幾片香菜做點綴，增加美感。

因為自己做的菜是涼菜，葉小玖並不怕時間長會壞了品相，見隔壁遲遲沒有動靜，時間又快到中午了，她索性用廚房裡的豆角，做了點豆角燜麵當作自己和二喜兩人的午飯。等她吃了飯收拾乾淨後，隔壁的銅鈴聲方才響起。

菜被端走後，葉小玖再一次被請上了閣樓，然後她就看見那侍女端著羅興的菜穿堂而過。

「芒果糯米飯？」

葉小玖驚訝，沒想到在這裡，還能看見這道菜。

緊跟在她後頭上樓的羅興微訝，似是沒想到葉小玖竟知道這菜。

這菜是他少年時，一時興起跟著舅舅去番邦走商時，在一農戶家吃到的，說是當地的特色。當時他就被這菜酸甜的口感給吸引了，覺得甚是好吃，他舅舅也看出來他喜歡，便央求著那個農婦教會了他。

芒果糯米飯裡所用的米是糯米，在大鄴屬於雜米的一種，一般是農戶家會吃的米，高門大戶甚少看得上，所以這也是為什麼後來他沒在聚香齋推出這道菜的原因。

這次的主題為一「奇」字，所以他便想到了這道菜，畢竟用水果做菜，大鄴朝還沒聽說過。原以為這菜在大鄴應該沒幾個人知道，卻不想葉小玖居然識得。

「妳知道這菜？」羅興問。

「嗯，有幸吃過一次。」葉小玖點頭。「只可惜涼淮縣賣的椰子太貴了。」

在炎熱的大夏天來上一碗酸甜可口，果香味十足的芒果糯米飯，肯定很舒爽！只是涼淮縣不產椰子，所有的椰子都是外來貨，價格貴得要死，用它做菜來賣，成本太高了。

「關椰子什麼事？」羅興不解，芒果糯米飯不就是將糯米和大米以一定比例混合蒸熟後，再在上面蓋上芒果條就好嗎？

這道菜唯一的難點就在於蒸米，畢竟糯米如果沒蒸透，會出現夾生米，影響口感。

「在蒸米之前，可以用椰汁和白糖浸泡一下，這樣可以增加米的清甜口感，使糯米更加軟糯，而且這樣蒸出來的米，配芒果後，口感會更加酸甜純正。」

葉小玖眯著眼睛，回想起自己初次在泰國吃到正宗的芒果糯米飯時，那濃郁的椰香混合著醇正的芒果香，與軟糯的糯米在口中咀嚼時的香甜，真的是從眼睛、鼻子、嘴巴和心都是一種享受啊！

羅興想像了一下，瞬間就有了感覺。「葉娘子心思靈巧，老夫受教了！」

他這一說，倒是讓葉小玖有些不好意思了，忙推託道：「我只是受人指點，算不得什麼，您真是折煞我了！」

葉小玖的實話，在羅興眼裡只是她的自謙之詞，他笑著捋了捋鬍子，對葉小玖更是高看一眼，頓時覺得，自己真的是老了，與人家年輕人是真的比不得了。

二人攀談完後，便瞅著下面評審席的情況。

羅興的芒果糯米飯色彩很是亮眼，黃色切成均勻條狀的芒果蓋在白色的糯米上，上面還用薄荷葉做了點綴。吃一口在嘴裡，芒果酸甜的汁水滲透進糯米裡，果香夾雜著米香，軟糯香甜，口感甚佳。

而葉小玖的魚鱗凍顏色雖算不上晶瑩剔透但也清澈潔白，口感彈牙，最絕的就是她這個蘸料，麻辣鮮香，一番搭配下來讓人恨不得連舌頭一塊兒吞下去。

「這菜名叫什麼？」香玨吃得鬍子一動一動的，眼睛更是開心得瞇成了一條縫。

「回太公，主廚說這道菜名字叫魚鱗凍。」侍女恭敬道。

此話一出，幾個搶著吃菜的人都停下了筷子，一臉震驚地看著那侍女。

也就是說，這菜是用魚鱗做的？

一時間，他們吃也不是，不吃也不是，甚至有些人還覺得胃裡梗得慌，畢竟這魚鱗，在他們眼裡可都是廢料啊！

袁老和香玨倒是沒這個顧慮，微微一愣後再次挾了一塊細細地品嚐。

「著實嚐不出來是用魚鱗做的，除了鮮，嚐不出來絲毫腥氣！」

袁老點頭。「口感倒是十分涼滑，這蘸料也調得好，多一分則鹹，少一分則淡，而且鹹鮮美味。」

袁老又咂了下嘴，似乎是在回味，又似乎是在讚嘆。

最後的投票結果是三比三平局，宋老和于老是真心喜歡芒果糯米飯，而且以水果入菜，著實算得上「奇」了，而李有為則是著實受不了葉小玖以魚鱗這種廢料做菜，所以投了羅興。

報訊的官差見結果已定，便大聲宣布比賽平局，而評審席的人也在討論要如何再弄一個加試賽。

大約一炷香的時間，六人終於商量出來主題，那報訊的人領命正要宣布，卻被羅興給打斷了。

「等一下！」羅興快步從閣樓下來，走到評審席前，施禮恭敬道：「各位評判不用麻煩了，葉小娘子心思靈巧、廚藝精湛，當選得這竹林宴的承辦人。」

這話是羅興的真心話，當他聽到葉小玖的菜是用魚鱗做的，而且看評審一個個十分享受的樣子，他便知道那味道肯定不錯。而且，他也看出來了，李有為之所以投票給他，並不是說他的菜有多驚豔，純粹是他受不了葉小玖用魚鱗這樣的食材罷了。

所以，從這一點上來說，他已是輸了。況且若是和葉小玖繼續比下去，他可能會一直與她處於持平狀態，與其這樣浪費時間，倒不如將時間留給葉小玖，讓她好好琢磨如何舉辦竹林宴。

至於說比試，啥時候不能比了？以後有的是時間與她切磋。

他的話一出，全場譁然，這羅興明顯是要把承辦方的位置讓給葉小玖那個女人！

「如此說來，你是要讓出這個位置了？」香玨直白問。
有些事情不說清楚，對最後的贏家著實不太好，畢竟這一個「讓」字分量太重，傷害太大。
「不是讓，而是我本就輸了。試問在座的各位，可有因為受不了以魚鱗做食材，所以投票予我的人？」
李有為頓時被梗了一下，隨即他坦蕩道：「我確實不喜。」
「所以，我確實是輸了。」
這一下，底下的人不再喧譁，畢竟李有為的話證明了葉小玖本就是應該贏的人。
「你不後悔？」香玨又問。
「不悔！」
既然如此，加試賽也沒有再準備的必要了，傳訊的官差直接大聲宣布葉小玖勝。
人群中歡呼聲、質疑聲，還有對葉小玖一個女子當選的難以置信的感嘆聲此起彼落，而葉小玖則是看著下面已經樂瘋了的沐婉兒一行人，眼中含滿了高興的淚水。
此時人群中，有一人深深地瞅了她一眼，轉身走出了柳園。
「她果真贏了比賽？」唐堯文斜靠在軟榻上，把玩著大拇指上的玉扳指，兩個穿著暴露的女子正一左一右地為他捏肩捶腿。
「倒是低估她了。」唐堯文嗤笑道：「明日一早，他們應當是要啟程回涼淮縣了，找人先拖住他們，然後告訴那人，可以動手了。」

「是。」那人應聲後退了兩步，又回頭道：「那那個葉小玖，我們該……」

「廢了她的手，人留著，我還有用。」

「是！」

那人應聲下去，房間瞬間恢復了平靜，只有那香爐裡，細煙裊裊。

「公子為何要留著那女子，可是要娶她做小？」那捏肩的紫衣女子柔聲細語道。

「怎麼，妳吃醋了？」唐堯文一把將她拉到懷裡，以手輕撫著她妖豔的臉頰。「那爺便好好疼疼妳！」

說著他那鹹豬手便伸進了她的衣服裡，逗得那女子「格格」直笑。

比賽結束散場後，葉小玖心中雖高興，但還是特意去問了羅興是不是因為她是個女子所以謙讓，畢竟這次投票兩人是平局，若是繼續比下去，誰輸誰贏還不一定。

「當然不是。」羅興看著葉小玖那認真的眼神，笑著道：「確實是我輸了，就算是繼續比下去，我也不見得能贏，還不如早些知難而退，免得我老了晚節不保。」

知他後面這話只是玩笑，可葉小玖一時不知該如何回答他，倒是羅興一掃初遇的冷漠，像個和藹的長輩一般道：「沒有什麼讓不讓的，是我看清了局勢，明哲保身，妳也不必有心理壓力，好好準備竹林宴就是了，若是有什麼不懂的，可以來聚香樓找我，我一定知無不言，言無不盡。」
長輩般的關懷與叮囑讓葉小玖心中一暖，隨即一個勁兒地點頭答應。
「不過丫頭，等竹林宴結束後，我去涼淮縣找妳切磋，妳可不能推辭，讓我吃閉門羹啊！」
聞言，葉小玖粲然一笑。「好，歡迎您隨時來指點！」
比賽結束了，離竹林宴開宴還有半月之久，葉小玖一行人便打算先啟程回涼淮縣。租了兩輛馬車送他們回涼淮縣，唐柒文讓他們明早辰時來客棧。因為客棧不提供餐飯，他們第二日便早起了半個時辰，去外面吃了早餐，再行趕路。
將楚雲青買的一大堆吃食搬上車，葉小玖他們走了一個時辰才出城，馬車卻突然停了下來，一陣劇烈晃動將車廂裡的人搖了個七葷八素，隨即一聲女子的哀號聲便傳進了眾人的耳朵裡。
「怎麼回事？」葉小玖掀開車簾問車伕。
「姑娘，這大娘忽然衝出來擋在路中央，馬兒受了驚嚇撂了蹄，但我看得真真的，馬蹄子根本就沒挨著她，她卻非說被馬踩了，賴著不肯走。」
車伕一臉怒色，惡狠狠地瞪著那女人。
自己好不容易才拉了個大活，大清早的卻硬生生的被這無賴毀了好心情，簡直晦氣。

葉小玖往外稍移了兩步，就看見一個三、四十歲的女人蹲坐在路中央，以手捶地，一把鼻涕、一把淚地喊疼，號哭著說葉小玖他們的馬車撞到了她，要讓他們賠償，不然今日這事沒完。

葉小玖跳下馬車，坐在後面馬車上的唐柒文此時也過來了，站在她身邊問她。「發生了何事？」

「沒什麼大事，就是馬受了驚嚇，可能踩到人了。」葉小玖溫聲道。

「那妳有沒有事？」唐柒文說著就要拉著她看，卻被葉小玖一把給拽住了。

「我沒事，昔言也好好的！」葉小玖摸了摸也從車上下來的唐昔言的腦袋。

楚雲青聞言，也是拉著沐婉兒問東問西的，眼中滿是擔心。

那婦人看馬車裡下來的幾人居然都是十七、八歲的年輕人，頓時眼睛一亮，隨即匍匐著爬到葉小玖的腳邊，拽著葉小玖的裙子道：「妳這丫頭好狠的心，我被妳家的馬踩斷了骨頭，妳竟漠不關心，沒天理啊！」

看她一把鼻涕、一把淚地往自己裙子上抹，葉小玖不由得皺了皺眉，但她還是耐著性子道：「大娘，有什麼事妳好好說，實在不行我們送妳去醫館，妳這麼哭喊也不是辦法啊！」

婦人本來就是來訛錢的，一聽葉小玖要送她去醫館，當然是不幹了。而且，看葉小玖這樣子也知道她是裝的，索性不哭了，抱著葉小玖的大腿大聲道：「別以為我不知道，這醫館只認錢不認人，你們想把我扔到那裡好溜之大吉，我告訴妳，門都沒有！我看妳也不像是個沒錢的，這樣吧？妳給我三十兩銀子，我放你們離開。」

此時城門口人來人往，絡繹不絕，卻沒有一個人停下為葉小玖他們說句公道話，更沒有哪一個人停下來圍觀，一個個都是一副唯恐避之不及的模樣，生怕沾染了晦氣。不為別的，只因為這婦人是華陽府十里八鄉有名的潑皮戶，常常在此地訛人，而且大多都是朝從外地來的有錢人下手，那是一訛一個準。

「姑娘，妳還是早點給她銀子了事吧，不然待會兒她男人來了，妳就更走不了了。」一位過路的老人看葉小玖他們為難，好心提醒。雖然三十兩銀子有點多，但總好過等會兒被她男人威脅要好，而且看這幾個娃娃家境不錯，但模樣青澀，想必是第一次出遠門，這小胳膊、小腿的，決計不是那漢子的對手。

老人話音剛落，一滿臉絡腮鬍子的赤膊大漢就從一旁的樹林裡鑽了出來，手裡拎著一把斧子，凶神惡煞地怒吼。「是哪個不要命的撞了我婆娘？給我站出來！」

見著男人過來，老人臉上對葉小玖略表同情，然後一溜煙便跑沒影了，深怕累及自己。而此時路上的行人更是往這邊看都不敢看一眼。

第三十八章

看路人的反應，葉小玖知道，這夫妻倆勢必常常在這一帶活動，是個慣犯。

沐婉兒則是一臉懊悔，悔恨自己當時不該威脅爹，將那些保護她的人帶回去，不然的話，他們現在不至於如此被動。

那男人走上前來，看了地上的婦人一眼，見她拉著葉小玖的裙子，眼睛一瞇，將斧子拿在手裡拍了拍。「是妳的馬車撞的？」

唐柒文將葉小玖往後面拉了拉，向前走了兩步道：「馬車是我們的，但到底撞沒撞，還得到醫館檢查一番才能做決斷。」

「嘿！」那漢子失笑。「人都被你們撞得趴到地上了，還想說沒撞，莫不是不想賠償？」

他細細地瞅了葉小玖一行人一眼，眼中滿是志在必得。「年輕人，有些事呢，能吃虧便吃點虧吧，畢竟吃虧是福嘛！」

他坐在車轅上。「我也不多要，也就五十兩銀子的事，給了錢，我就放你們離開。」

「噗哧！」後面的楚雲青一時沒忍住，笑出了聲。

不到半炷香的時間他們就漲價二十兩，也不怕風大閃了舌頭。

聽楚雲青笑他，男人霎時怒瞪過去，結果當他看見楚雲青那副樣子後，眼中的憤怒頓時成了嘲諷。

「喲，原來是個小白臉。」他深深地看了眼被楚雲青護著的沐婉兒。「就你這軟趴趴的樣子，連爺的一拳頭都受不住，還想著英雄救美啊？」

這話可把楚雲青給惹毛了，哪個男人忍得了別人在女子面前如此詆毀自己？而且還是在自己心儀的女子面前。更何況，不給這兩個痞子點厲害，今天怕是走不了，總不能真給他五十兩銀子吧？又不是冤大頭！

「哦，那你就試試看嘍！」

楚雲青說完，藉著馬車的力，飛起一腳，將那人踹了至少五公尺遠。

漢子後退了幾步站定，看著楚雲青的眼中滿是殺意。「小雜種，居然敢踹你爺爺！」看他拿著斧子衝了過來，楚雲青將沐婉兒往後推了一把，與唐柒文交換了個眼神，隨即便飛身迎了上去。

唐柒文知道楚雲青功夫不錯，對付那漢子綽綽有餘，所以也不慌張，而是小心地將葉小玖的裙子從婦人手中扯出來，蹲下身拿著帕子擦去那婦人抹到上面的髒污。

此時那婦人一門心思都在自己男人身上，自是沒空理會葉小玖。

在離此處不遠的樹上，一白衣、一黑衣兩個男子正站在上面，好整以暇地看著混亂的場面。

「喂，雲洌我們真不去幫主子啊？」

白衣男看著那漢子的斧子時不時地劃過楚雲青的身體，一顆心都提到了嗓子眼。

「不去！」被喚作雲洌的黑衣男扔掉了手裡的樹葉，雙手抱胸倚靠在樹幹上。「雲崢，他不總是嫌我們跟著他打擾他的清靜嗎？再說了，人家是在他心愛的沐小姐面前耍威風呢，我們這時去算怎麼回事？」

雲洌又看了雲崢一眼。「更何況，我剛才才處理了幾個盯梢的，現在累，不去！」

看著他那略有深意的眼神，雲崢垂了垂眼眸，很是不好意思地笑了笑。

他是真不知道那幾人功夫會那麼好，畢竟他以為那些跟著葉小玖的人，都是一些商人請的不入流的地痞流氓，誰知道他猜錯了，還險些將自己給搭進去。

漢子雖塊頭大，也就是一身蠻力，與楚雲青打了幾個回合下來，頓時萎了下來，被楚雲青一腳踢翻在地，摔了個狗吃屎。

「還覺不覺得小爺我是小白臉了？」

楚雲青腳踩在他的胸口，朝著沐婉兒拋了個媚眼，讓她一時無語。

漢子被楚雲青打得感覺全身都散架了，在他腳底喘著大氣，一副快要死的樣子，那婦人這會兒也不耍橫了，腰不痛了、腿也不軟了，跪倒在楚雲青腿邊，一個勁兒地求著他手下留情，給她男人一個活命的機會。

「算了吧，我們還要趕路呢！」沐婉兒被那婦人的號哭聲吵得心煩，不由得出聲道。

剛好此時守城的官差來了，楚雲青就將夫妻二人交給了他們的頭頭。

馬車一路行到越州，正好時值中午，葉小玖他們便在那裡停下吃飯，稍作休整之後繼續趕路。

從越州到涼淮縣有一段山路要趕，山路崎嶇顛簸，車伕將車趕得小心翼翼，儘量讓車裡的人能舒服一點。看著那險峻的山峰，他心裡一陣害怕，都說這高山出惡匪，不知道這地方是不是啊！

好在一路上都平安無事，等出了山那車伕不由得鬆了一口氣，結果到林道上，突然衝出了幾個黑衣人截住了他們的去路。

而且那幾個人二話不說，提著大刀便向這邊走來，馬兒再次受了驚嚇，嘶鳴著抬起了前蹄，葉小玖只覺得一陣天旋地轉，然後便狠狠地撞在了馬車上。

「啊！」葉小玖只覺得自己的手都要斷了，劇烈的疼痛讓她不由得喊出了聲。坐在後面馬車的唐柒文和楚雲青兩人，一聽到馬叫聲便急忙下車朝這邊趕了過來。

「你們是什麼人？」楚雲青瞇著眼睛，看著那些蒙面的黑衣人。

「什麼人，要你命的人！」那黑衣人說完，便一窩蜂地向這邊衝了過來，楚雲青急忙從身上掏出鳴鏑，對著天空發射後便飛身相迎，與他們打在了一起。

這些黑衣人武功一般，在他武功之下，但雙拳難敵四手，而且很快他就發現，這些人根本就不是衝著他來的，因為他們一點都不戀戰，只是一味地想拖住他，然後找機會好靠近馬車。

「唐兄，護好小玖，他們是衝她來的！」

雲崢和雲冽聽見楚雲青的鳴鏑聲，便飛速地趕了過來。看見這些黑衣人，雲崢先是一愣，隨即就知道這幾個人應該和之前算計他的那些人是一夥的。

有了雲崢和雲冽，楚雲青算是如虎添翼，很快便占了上風，可奈何這些人十分狡猾，目的十分明確，只留下一小部分與他們周旋，其餘都朝著馬車那邊靠近。

「喀嚓」一聲，馬車被四個黑衣人用刀劈得四分五裂，車廂整個翻倒在地上，發出巨大的聲響。

黑衣人沒在車廂裡找到葉小玖，才發現自己居然被耍了，那楚雲青明顯是為他們轉移注意力好給他們爭取時間逃跑。

四人相視一眼，然後便起身去追，所幸他們幾人不會功夫，跑不了多遠。

楚雲青看這群人步步緊逼，瞳孔一縮，眸中狠意畢現，看了雲崢一眼，雲崢會意，一下子那十個黑衣人便躺在地上，沒了氣息。

「處理乾淨，我不想他們看見。」楚雲青說完，便提著劍飛身朝著那四個黑衣人追去。

唐柒文對這一帶雖不熟悉，但也知道一點最基本的地理知識，順著水流痕跡尋了一處山洞，讓葉小玖他們先躲進去，自己去外面瞅瞅情況。

「不行，外面太危險了，你不能去！」葉小玖拉著他的袖子擔憂道。

唐柒文摸了摸她的頭，安撫道：「沒事，他們不是衝著我來，不會對我怎麼樣的。」

說完，他便掙脫了葉小玖的手。「好好待著，不是我們來尋，不許出來！」

他找的這個地方在一處山溝，位置相對比較隱密，那群黑衣人應該一時半刻找不到，但楚雲青還在外面，雖然他功夫不差，但他還是擔心。

翻過一座矮山，唐柒文就看見楚雲青與四個黑衣人在山谷裡糾纏，手起劍落，那四人便重傷在身。隨即，他看見四人動作一致，往嘴裡狠狠一咬後，如同一根麵條般軟軟地倒在了地上，七竅流血。

楚雲青探了探那四個人的氣息，見確實死絕了之後，才抬手擦了擦自己臉上的血，從那黑衣人的衣襟裡掏出一塊令牌來。

令牌上赫然刻著一個血紅的「死」字，而且看令牌上的花紋，乃是血鳶樓的下等死士。

楚雲青眼眸一沈，抬頭就看見唐柒文站在山頂上看著他。

一時間他失了聲，如同一個做錯事的孩子，被家長發現後的不知所措。

「唐兄……」楚雲青想解釋，卻不知該怎麼解釋。難道要告訴他們，若是血鴛樓的死士接了任務，除非接任務的人全體死亡，否則他們會追到天涯海角。

楚雲青知道，這個他視為知己好友的人，現在看他恐怕就是個殺人狂魔。

「能把他們處理掉嗎？」唐柒文聲音有些發緊。「我不想讓阿玖她們看到！」
「好。」楚雲青再次鳴鏑。
「今日之事，不要告訴小玖，我不想她害怕。」唐柒文說完，朝著楚雲青笑了笑，那是一種男人之間的心照不宣。雖然他確實有被楚雲青嚇到，但是他也知道，這是他未來將要面對的局面，所以他應該提前學會適應。
待雲崢他們處理好現場，楚雲青也換了身衣服，他們才去山洞接葉小玖他們出來。
五人連同兩個車伕回到了樹林，就看見雲崢和雲冽兩人正在牧馬，而樹林裡一切如常，似乎什麼都沒發生過。
「那些黑衣人呢？」沐婉兒驚奇地問。
這突如其來的問題問得雲崢措手不及，看著未來夫人那單純的眼神和自己主子那他若是答錯便要他好看的眼神，雲崢求助般地將目光投向了雲冽。
雲冽雖然發誓自己再也不管這個白癡，可看著他可憐兮兮的眼神，他還是無奈地嘆了口氣。「挺好的，都回家去了。」
「噗。」雲崢被他這一本正經、胡說八道的話給惹笑了，但在對方幾近黑臉的模樣，他還是憋著笑一個勁兒地點頭。「嗯，確實都回家去了。」
「好了，我們回去吧！」唐柒文適時地轉移話題。「時間不早了。」
因為之前葉小玖她們的馬車被毀了，唐柒文便讓她們坐後面那一輛，而他和楚雲青以及雲崢四人便坐在車架上。

一路上，楚雲青介紹了雲崢、雲洌二人給葉小玖他們認識，直說是家裡人不放心他獨自一人在外面，所以特意雇了人保護他。

看過劇情的葉小玖當然知道，這二人其實是保護楚雲青的皇室暗衛，而且她方才也在樹林裡看見了樹上他們沒有處理乾淨的血。

她不是沐婉兒，更不是唐昔言，不會不諳世事，單純到相信雲洌說的話；縱使如此，她也只能騙自己那些人還好好的，不然，她是真的過不了自己心裡那關。

而且，她很疑惑這些人到底是衝著她來的，還是衝著楚雲青來的，雖然唐柒文說事情已經結束了讓她別多想，可是她又怎能不多想？

因著路上耽誤了不少時間，葉小玖他們到涼淮縣的時候，時間已然到了晚上亥時，趕在下鑰的時限內進了城，葉小玖她們直接宿在了食樓，至於幾個男人，就近尋了個客棧住了一宿。

唐母自從從縣令口中得知葉小玖贏了比賽，是日日盼著他們回來，所以今日一大早，她便來食樓等消息，結果一從後門進來，就看見院裡停著馬車，此時唐昔言正睡眼惺忪的打著哈欠從房裡出來。

「昔言，妳什麼時候回來的？小玖呢？妳哥呢？」唐母驚奇地問。

「娘！」唐昔言昨日著實是被嚇壞了，此時看到唐母，直接衝到她懷裡，緊緊地抱著她的腰，貪婪地呼吸著母親身上那熟悉的味道，尋求安慰。

「玖姊姊還在睡，哥哥和雲青哥哥住在拐角處的那家客棧。」唐昔言頭蒙在她懷裡，說話聲音嗡嗡的。

「你們啥時回來的？怎麼不回家呢？」

「路上遇到點事耽擱了，就回來晚了。」為了避免唐母擔心，唐柒文已囑咐唐昔言定不可把昨日之事告訴唐母。

唐母也沒問是何事，直說他們一路顛簸著實辛苦，讓他們再去睡會兒，自己去小廚房給他們弄些好吃的補身。

昨日葉小玖他們回來得雖晚，但街上還是有人看見了，所以今日一早，一家食樓才剛剛開門，便有不少人拿著賀禮前來賀喜。

「葉娘子果然是年輕有為啊！第一次參賽就拿下了這塊硬骨頭。」

「是啊，葉娘子，妳真是為我們涼淮縣爭光啊，這麼多年，我們涼淮縣還沒承辦過竹林宴呢！」

「葉娘子真是厲害啊！」

一句接著一句的吹捧讓葉小玖有些暈乎乎，但她還是使勁保持理智，將前來道賀的人請進來吃酒，說是謝謝他們一直以來的支持。

隨著人越來越多，食樓一下便坐得滿滿當當，把酒言歡，賓客盡歡，好不熱鬧。

一家食樓這邊有多歡喜、多高興，唐府那邊就有多惱怒，多氣憤。

原本唐柒文來信說讓唐靖將涼淮縣所有的傷藥給買空，尤其是含有聚元草的藥，一點都不能留下。

他心中疑惑，一再追問阿力才知，唐堯文安排了死士要綁架葉小玖，就算最後綁架不得，也要毀了她那雙手，死士的刀上有毒，而聚元草是解毒的關鍵。

而且阿力還說，若是這次事成，一家食樓失了主力必然亂成一團，竹林宴自然也承辦不起來了。到時候唐記便能在邵大人的暗中安排之下乘虛而入，順理成章地成為承辦方。

聽阿力說唐堯文這次找的人乃是血鳶樓的人，他本來都做好準備等著看一家食樓潰敗，卻不想葉小玖那個小蹄子居然毫髮無傷地回來了。

此時，她正堂而皇之地接受著原本該屬於他們唐記的恭維。

「派人去華陽府尋少爺，問問到底是怎麼回事？」看著一地的藥材，唐靖氣不打一處來。

他是真的不明白，這葉小玖難不成有神仙護體？每一次想算計她，哪怕已將她逼上絕路，她最終都能逢凶化吉，化險為夷。

唐靖在這邊想不通，唐堯文那邊也是百思不得其解。

他安排的死士，居然悄無聲息的失蹤了。第一批人是他安排好去拖住葉小玖腳步的，結果據探子來報，那些人居然遲遲沒有出現。他原本想著可能是因為那兩個夫妻訛人，已經達到了他想要的效果，所以他們才沒出手。

沒想到他安排的第二批人也離奇地失蹤了，他派人去埋伏的地方尋過，卻連個影子都沒尋到，樹林裡也沒有絲毫打鬥的痕跡。

「少爺，接到消息，血鳶樓昨晚被人搗毀了，所有的死士抓的抓、死的死，現在血鳶樓就只剩下個空殼子了！」

「可知道是何人幹的嗎？」唐堯文震驚，這血鳶樓偌大一個組織，怎麼能說沒就沒了？

「坊間傳聞，乃是皇家暗衛幹的。」

皇家暗衛？

不知為何，唐堯文總覺得這事可能與死士消失有關，不然不會這麼巧。而且他第一個想到的，就是唐柒文身邊那個看起來氣質不俗的男人。

「我知道了，你先下去吧。」唐堯文轉著拇指上的玉扳指，眼睛盯著前方，不知在想些什麼。

第三十九章

楚雲青和唐柒文是第二日中午才到食樓，而且不知為何，葉小玖總覺得他們倆之間的氣氛感覺怪怪的。

唐母倒是沒發覺，看見楚雲青十分高興，又是拉著他說話、又是給他做好吃的，讓唐柒文這個兒子都不禁有些吃味。

下午來拜賀的人少了，葉小玖便打算與唐柒文去趟縣衙，在劉縣令那裡打聽竹林宴的主要流程和禁忌，準備先將菜品決定下來。

從中午看見他時，葉小玖便發現唐柒文似乎興致不高，人也懨懨的，看著很沒有精神，這會兒從食樓出來，她便再也忍不住了。

「你怎麼了，可是哪裡不舒服嗎？」

「阿玖，我有話要對妳說。」唐柒文舔了舔嘴唇，卻不知該如何說起。「楚兄他……」

「他身分不俗是嗎？」葉小玖接著他的話說道。

看著唐柒文那略顯震驚的眼神，葉小玖微微一笑。「其實從他這姓，你不是已經猜出他身分不俗了嗎？」

看著葉小玖那亮晶晶的眼神，唐柒文不由得點頭。

沒錯，從初次見到他，聽他說他叫楚雲青，便已猜出他應該是皇室中人。但看他平日裡待人接物和善，所以只當他只是與皇室沾親帶故。這也是為什麼看見他鳴鏑叫來暗衛，看見他殺人能如此平靜的原因。

只是不想昨天夜裡，他竟聽見楚雲青布局，讓雲崢夥同其他暗衛，搗毀血鳶樓，而且他還清楚地聽到，雲崢喚他「瑞王殿下」。

楚雲青顯然知道他在外面，所以也沒避著他，直接說了自己的真實身分，他還說，希望唐柒文還能像之前一樣，將他當作朋友，不希望唐柒文因為他的身分，所以對他畢恭畢敬。

唐柒文雖應了，但心裡還是有些彆扭，所以才會答應與葉小玖一同來縣衙，其實，他就是想出來透透氣。

「你怕他？」葉小玖問，想要消除兩人之間的隔閡，自是要弄清楚他心裡的想法。

唐柒文搖頭，他不是怕，只是一時感覺接受不了。

「那你是討厭他騙你？」葉小玖又問。

「不是。」唐柒文搖頭。「其實……我也不知道是為什麼。」

「柒哥哥，你有沒有想過，你之所以不自在，正是因為你過於在乎他了呢！」葉小玖拉著他進了一家茶館，要了個雅間，讓店小二上了一壺好茶。

「你只是覺得，現在在你面前的，不再是那個貪吃好玩的楚雲青，而是高高在上的瑞王殿下，所以你一時接受不了。」見他不說話，葉小玖又道：「他是你在書院交到的第一個朋友，也是唯一一個與你合得來的朋友，所以他從一個富家公子忽然變成了皇室王爺，你覺得不自在，可你有沒有想過，無論是哪一個，他都是楚雲青不是嗎？是你熟悉的那個人，為了一點好吃的，可以偷偷賄賂書僮，最終被罰作業，卻央著你幫抄的人啊！無論他身分如何，他依舊是你熟悉的那個人不是嗎？」

葉小玖說完這話，便只靜靜喝茶，等著他自己想通。

良久，唐柒文才抬起頭問：「真的可以嗎？」真的可以只將他當作是楚雲青，而不在乎他瑞王的身分嗎？

看著他那副如同受傷小獸一般的迷惘表情，葉小玖心中一軟。「當然，這也是他希望的不是嗎？」

最終，兩人沒去府衙，在外面蹓躂了一圈後，便回了食樓。

楚雲青正在雪松閣，唐柒文他們一進去，他便立刻起身，有些拘謹地捏了捏自己的衣服。「唐兄。」

唐柒文看見他身後桌子上的菜幾乎沒怎麼動，略過他拉開椅子讓葉小玖坐。

「不是說想念食樓的麻辣小龍蝦嗎？」唐柒文坐下道：「怎麼不見你動筷？」

看著唐柒文這一系列十分自然的動作，楚雲青知道，他的心結解開了，頓時咧著嘴笑著道：「我這不是等你們回來一起嘛！」

看著那熟悉的笑，唐柒文也彎了彎嘴角。

玖兒說得對，無論是富家公子還是瑞王殿下，他總是楚雲青不是嗎？

幾道辣菜吃得三人熱火朝天，二元卻來找葉小玖，說是有個陌生老頭前來賀喜。

葉小玖跟著他一同下去，就看見香玨居然站在一樓大廳裡，正盯著牆上那副閻都督的墨寶發呆。

「香老御廚，您怎麼來了？」葉小玖驚訝道，她雖只在比賽中見過他兩面，但對他印象十分深刻。

「哎丫頭，這閻黑臉的字妳是從哪兒搞來的？」香玨十分自來熟地問。他上次在閻黑臉跟前求字，那閻黑臉可是直接給了他黑臉。

「上次我食樓開張的時候，他來寫的。」葉小玖如實道。

「他來這兒了？親自來的？」

葉小玖不知道自己是哪句話刺激到他了，香玨頓時激動得不行，隨即便開始猛烈咳嗽，咳得葉小玖幾乎以為他要把肺給咳出來。

哎老頭，你是不是要訛人啊！

看他彎著腰十分痛苦的樣子，葉小玖忙上前扶住他，讓二元去請陳大夫來。

剛好此時楚雲青剛從雪松閣出來，看見這情景急忙從樓上跑下來，輕撫著香玨的後背。

「喂香老頭，你有沒有事啊？」

楚雲青扶著他坐下，又是撫胸、又是捶背，好半晌香玨才漸漸平復下來，咳得不那麼厲害了。

「御醫不是說了讓你情緒起伏別那麼大嗎？你瞎激動個什麼？早知道我就不帶你出來了！」楚雲青氣呼呼地。要是被皇兄知道他偷偷將香老頭帶出來，還沒照顧好，那不扒了他的皮才怪。

香玨自然知道這事自己理虧，所以便乖乖地任他數落，時不時地抬頭瞅一眼楚雲青消氣了沒，老人家那可憐兮兮的樣子，看得葉小玖著實覺得好笑。在比賽場上那樣一個霸氣的人，在楚雲青面前居然乖得像個孩子。

不過這也說明，兩人真的關係匪淺。

「照護你的雲讓呢？怎麼沒看見人？」

「我趁著當時街上人多，把他甩掉了。」香玨小心翼翼地說。

「你……」楚雲青氣結，十分無奈地抬頭，結果就看見唐柒文坐在一旁喝茶，而葉小玖則好整以暇地看著他。「那個……妳聽我狡辯，不是……妳聽我解釋。」

「所以，他真是你請來的？」葉小玖直接開問。「你之前說與他不熟都是騙我們的？」

之前楚雲青和香玨先後來華陽府她就懷疑過，畢竟楚雲青是王爺，而香玨乃是御廚，結果他堅決否認，只說是「機緣巧合」下見過幾面，兩人並不熟。

「嗯。」楚雲青弱弱地點頭應聲，偷偷使眼色讓唐柒文幫他，結果後者直接裝沒看見，還在葉小玖跟前煽風點火。

「這麼說來，這比賽結果，也有你暗中安排的成分了？」抿了口茶，唐柒文悠悠道。他自然知道比賽結果沒問題，畢竟後兩場都是盲押，楚雲青也真的不知道哪道菜是葉小玖做的。

只不過……他騙了眾人那麼久，不付出點代價怎麼行？

瞪了落井下石的唐柒文一眼，楚雲青急忙表態。「這個真沒有，不信妳問香老頭！」

「嗯。」香玨點頭，替楚雲青作證。

其實他還滿喜歡葉小玖他們和楚雲青相處的模式，就是普通好友之間情緒外露的嬉笑怒罵，一點都沒有虛與委蛇。

「我發誓，那比賽絕對是公公正正。」香玨看著葉小玖懷疑的眼神，又補充道。

「真的？」葉小玖眼中滿是不相信地看向楚雲青，一副他若是再敢騙她便絕交，不再給他做吃食的表情。

敢騙她的柒哥哥，害他情緒低落，不嚇嚇他讓他付出點代價怎麼行？

「真的，比珍珠還真！」楚雲青連忙四指指天，做發誓狀。

剛好這時，二元帶著陳大夫走了進來，算是打破了這一僵持的局面，楚雲青不由得鬆了口氣，結果轉頭就看見唐柒文揚起的唇角和葉小玖眼中的笑意，頓時明白了一切。

可惡，又被這兩個黑心腸的夫婦給耍了！

陳大夫一番診斷下來，說香玨並沒有什麼大礙，只是一般的咳疾，只要吃幾副藥多調養調養便好。

這話倒是讓葉小玖迷惑了，皇宮御醫那麼多，難道治不好他的咳疾？

可直到她熬好了藥端進去，她才知道原因，這病人不吃藥，咳疾怎麼好？

「你到底吃不吃？」楚雲青端著藥碗，沒好氣地問。

「不吃！」香玨以手捏著鼻子，躲藥跟躲猛虎似的，要不是門被楚雲青關上了，他一定會跑出去，躲避這令人作嘔的藥味。

勸了好半天，香玨是一口藥都沒動，大有一種要我命你拿走，但喝藥堅決不行的決絕，萬般無奈，楚雲青只好深深地嘆了口氣，端著碗出了門。

「他還是不喝？」葉小玖看著那滿滿當當的藥碗。

「嗯，在宮裡的時候，他便是如此。」就連皇兄都拿他沒辦法。

葉小玖看著那黑糊糊散發著苦味的藥，忽然腦中靈光一現，轉頭對唐柒文道：「柒柒，你去街上買幾個梨，然後去醫館買一點羅漢果、川貝粉和枇杷葉回來。」

這羅漢果和川貝枇杷本就有清肺利咽、止咳化痰的作用，加上雪梨、紅棗、蜂蜜、薑片一起熬製成秋梨膏，效果更是倍增，而且秋梨膏味道甜甜的，想來香玨絕對不會再抗拒。

將買來的雪梨去芯切成細絲，葉小玖將其裝到木臼裡，讓唐柒文幫忙搗成果泥。接著用紗布將果泥過濾出梨汁，加入切好的薑片、捏碎的羅漢果等藥材和去核剪開的紅棗，放進鍋裡面熬煮。

「小玖，這東西好使嗎？」楚雲青站在一邊看，發出疑問。用梨熬點平日裡常見的藥材，真能止咳？

「當然好使。」葉小玖道。這可是從唐朝就流傳下來的古藥方，經過幾百年的驗證，乃是潤肺止咳、生津利咽、降火的聖品。

聽陳大夫的話，香玨明顯就是肝火旺盛才導致咳疾難癒，喝這個正好。

大約過了三刻鐘，葉小玖見藥材熬得差不多了，梨汁也逐漸變成了土黃色，便拿來她提前做好的紗布漏勺，將雜質過濾了，再次將梨汁倒入鍋中，轉中火熬煮。

等到梨汁熬到黏稠，轉成小火，將其熬成棕紅色的膏狀，才盛出來裝到提前準備好的罐子裡。

「拿出去，我不喝！」看著楚雲青又端著冒熱氣的碗進來，香玨是一臉的抗拒。

「喂老頭，這次不是藥。」楚雲青將碗放在桌上。「是小玖熬的秋梨膏，說你喝了能舒服點，我嚐過了，味道還不錯。」

香玨看他，然後將信將疑地走到桌前，盯著那藥碗，確實沒有濃郁的藥味，才勉強端起碗小小地喝了一口。

秋梨膏味道十分清甜，雖有淡淡的藥味但他還可以接受，而且這水入喉涼絲絲的，瞬間就撫平了他喉間想要咳嗽的癢痛之感，著實不錯。

看著他喝了「藥」，楚雲青心中很是欣慰。葉小玖說川貝、枇杷、羅漢果都是止咳平喘的，想來對他的咳疾也是有效果的。

因為楚雲青的緣故，香玨便在食樓住了下來，時不時地跟著葉小玖他們去俞竹村看看風景、散散心，生活愜意得不行。而且，他對沐婉兒是尤其得好，好到讓楚雲青覺得婉兒可能是這老頭失散多年的親孫女。

「你好不容易有個喜歡的姑娘，我若是不對她好點，以你這臭脾氣和臭皮相，到時候她若是跟著別人跑了，你哭都沒地方哭！」香玨的這番話讓沐婉兒笑彎了腰，也氣歪了楚雲青的鼻子。

是的，從那日的綁架過後，楚雲青竟然和沐婉兒在一起了，依沐婉兒的話說，她就是喜歡楚雲青打架時的神勇威武、氣宇軒昂，一連串的吹捧讓葉小玖聽得直翻白眼，但同時又祝福他們。

過了幾日歡聲笑語不斷的日子，竹林宴也漸漸被提上了日程，葉小玖也變得忙碌起來。

楚雲青讓雲冽聯繫其他皇室暗衛一擊搗毀了血鳶樓的老巢，而血鳶樓其他分處也相繼受到了衝擊，最終被當地官府覆滅，無一人倖免。

雲冽從血鳶樓總部搜出了不少朝廷要員與血鳶樓殺手之間的來往紀錄，他將紀錄仔細整理了一番後，便讓雲崢快馬加鞭送去了皇宮。

這些證據中不乏有大臣為了排除異己，雇凶殺人，栽贓嫁禍的紀錄，皇帝楚雲飛因此大發雷霆，多次在朝堂上將證據扔在那些人的臉上，一時間，整個上京城心中有鬼的人是人人自危，生怕下一個遭殃被貶流放的就是自己。

當然，這些人裡最不安的，當屬左相文霆章。

文霆章年輕時為上位也曾不擇手段，後來官拜丞相，為鞏固地位，做過很多不得已的事，尤其是近幾年與血鳶樓來往更是密切。雖然每年年底，他都會花大價錢從血鳶樓樓主手中買回他們留底的證據，但萬一人家跟他扯兩張皮，沒毀去證據呢？

所以縱然邵遠已經告訴他此次呈上去的名單裡沒有他們，他心裡還是不踏實。

戰戰兢兢了七、八天，血鳶樓之事卻隨著刑部侍中被流放至塞北後戛然而止，就像從沒發生過一樣，皇帝還破天荒地和他們在朝堂上聊起了竹林宴，看起來心情頗好的樣子。

於是乎，籠罩了上京城多日的烏雲，終於消散了。

邵遠當時知道血鳶樓被毀，也很是震驚。要知道，血鳶樓在大鄴朝的存在近百年，根系龐大，錯綜複雜，朝廷雖一直視它為眼中釘、肉中刺，但事關重大，不敢輕舉妄動。想不到皇室不出手則已，一出手竟如此迅速，僅一個晚上，遍布大鄴的組織便悄無聲息地覆滅了。

不過這也說明，皇室暗處的實力確實不容小覷，岳父的計劃，怕是要謹慎再謹慎了！

「老爺，唐堯文求見。」羅宇走進書房，俯身恭敬道。

聞言，邵遠皺了皺眉，放下手中筆，很是不耐煩地合上公文。「帶他去竹落居，我稍後就到。」

「也就是說，你雇傭了血鳶樓的人，去暗殺葉小玖？」

邵遠語氣十分平淡，就連看著唐堯文的眼裡，都蘊含著一絲笑意，可唐堯文卻覺得後背一陣一陣的發涼，寒毛直豎。

「不是暗殺，只是想……想毀了她的手，好讓她讓出竹林宴的承辦資格。」唐堯文很是低聲下氣地說。

「你憑什麼覺得，葉小玖不能承辦竹林宴，你唐堯文就能取而代之？」

「這不還有邵大人您嗎？」唐堯文狗腿陪笑道。

聞言，邵遠似笑非笑地看著他，良久，他才道：「竹林宴之事就此罷休，但我會助你在上京城站穩腳跟，等時機成熟了，我會在皇上面前提的。」

「是，是，多謝邵大人！」唐堯文喜笑顏開，連連道謝，態度真誠地就差跪下來磕頭作揖了。

「不過有一點……」邵遠突然出聲。「那葉小玖，不是你能動的人，你最好離她遠一點，不然的話，你知道後果。」

「小人明白！」

如果說唐堯文之前懷疑邵遠對葉小玖有意，那現在，他是直接可以肯定了。

早前在唐記開張的那日下午，他就聽見邵遠讓羅宇查清葉小玖的情況，當時他還覺得邵遠是想調查對手底細，可後來在邵府看見邵遠的幾個小妾後，他就不這麼想了。

畢竟除了當家主母，左相之女文潔，還有那個生下邵家長子被他接進府抬為貴妾的那個外室外，剩下的那幾個女人，眉眼之間或多或少都有些葉小玖的影子。

他原本是想著綁了葉小玖毀了她的手後，再將其獻給邵遠，卻不想他竟對她維護至此。

不過這事，他倒是樂見其成，動不動葉小玖對他來說並不重要，就是不知他唐柒文動了邵遠的女人，能有幾條命……與他相鬥？

第四十章

唐堯文心情頗好地在管家的帶領下出了府，而邵遠看著他的背影，眼中滿是鄙夷。

要不是岳父的大計需要銀子，他怎會與這樣愚蠢貪婪的人來往？不過這樣也好，心狠手辣但沒什麼謀略的人，才更容易掌握，用著更放心。

「羅宇，派人盯著他，他若是想動小玖，立刻來告訴我。」邵遠抿了口茶，眼中是深不可測的黑暗。

羅宇領命出去，此時竹落居門外，文潔看著邵遠又拿著那個破絡子發呆，氣得咬牙切齒，眼中的狠戾讓扶著她的丫鬟綠袖心驚膽戰。

「綠袖，讓文輝去查，這個叫葉小玖的女人到底是何方神聖。」

回到自己的臥室，文潔立刻動了她父親留給她的人，讓他去調查葉小玖。知己知彼，方能百戰不殆，總之她是絕對不會允許邵遠的心裡有除她之外的其他女人的。

縱然母親說過，無論邵遠納多少妾，都撼動不了她正室的地位，無論這些小妾生多少孩子，都免不了讓她撫養，叫她一聲母親，可這並不代表她能眼睜睜地看著自己的丈夫將心放在別的女人身上，還不為所動。

所以，若這個葉小玖真的跟邵遠有首尾，那就別怪自己對她不客氣了！

葉小玖和唐柒文正抱著一堆有關竹林宴的資料細細詳讀。

竹林宴是大鄴開國以來就有的傳統，每三年舉辦一次，來參宴的多是一些文官要員、鄉紳名士，以及各府鄉試第一名的舉子，也就是解元。

舉辦竹林宴最開始的目的乃是文學交流。一群文人，匯聚在這傳說文曲星曾降落過的祁雲山，喝茶飲酒，吟詩作詞，彈琴作畫，互相交流學習。

所以那個時候，凡是舉辦一次竹林宴，便會流傳下來不少膾炙人口的詩詞佳句，供人傳唱。

只是近幾年下來，人們注重金錢，注重權勢，竹林宴原本注重文學的韻味便淡了許多，反而成了各個舉子、鄉紳互捧站隊，攀附權貴的絕佳之地。

對此，皇帝也是頭疼不已，可是老祖宗定下的規矩不能隨便說改就改，便只能讓下面的人將這宴會辦得有新意一點，雖不能杜絕拉幫結派的情況，但至少也要能稍稍壓制一下。

這種種限制真是難壞葉小玖了，這宴會既要不變樣，又要體現新意，還要讓場面熱鬧，著實需要花費一番心思。

「其實參宴的人還是有不少是衝著交流學習去的，只是這幾年這方面的韻味少了，他們才漸漸地沒了興致，跟走過場一般去露個面罷了。」楚雲青吃著葉小玖做的炸雞，在一旁給她意見。

「按你的意思是，願意交流的人還是有的，只是少了點契機和交流的氣氛？」葉小玖眼睛一亮，隨即有了想法。

上次食樓開張的時候，那首李白的〈將進酒〉不是就引起了一番激烈的討論嗎？她完全可以再次效仿，抄一些名家大作，到時候在宴會上拿出來供人欣賞，氣氛到了，還怕她這鳳頭引不出個豹尾？

「那遊戲呢？這些年舉辦竹林宴，總不會就只是吃吃喝喝吧？」葉小玖問。如果這樣，著實是無趣。

「也不盡然，早些年還設置過投壺、曲水流觴等小遊戲，但這些都是平日裡玩慣了的，沒什麼新意，漸漸就取消了。」

楚雲青擦了擦手，起身走到唐柒文他們跟前。「妳這是又有什麼新點子了？」

「嗯，到時候你就知道了。」葉小玖賣著關子。

既然已經大致確定了方向，葉小玖便按照竹林宴的要求，開始決定菜品。

竹林宴是文人宴會，所以對菜品的要求相對較高，不但要求好看還要寓意好，要處處體現文人的風骨和淡泊，還要體現詩情畫意，總體來說，就是要有格調。

而且，因為參宴之人身分不同，在菜品上也要有所體現所謂的階級差異，所以這一點，也需要葉小玖多花點心思。

「既然如此，那就用頭菜福壽全和一品鍋來區分。」葉小玖對著寫菜單的唐柒文柔柔道。

福壽全即佛跳牆，屬於閩菜系，發源於清道光年間。佛跳牆所用原料繁多，僅葉小玖暫時能想到的，就有鮑魚、海參、魚唇、蝦、蹄筋、花菇、墨魚、干貝、鵪鶉蛋等等十多種。

而且烹飪這道美食，工序十分繁瑣，首先要根據每一種食材的味道和特點製作成一道獨立的菜，接著匯聚到一起，加入鮮美的高湯和紹興黃酒，放入罈內小火煨十幾個小時以上，如此下來，那味道才能達到真正的醇厚，鮮而不膩，香味四溢。

「罈啟葷香飄四鄰，佛聞棄禪跳牆來」，說的就是佛跳牆，香味能將和尚都引來的菜，可想而知該有多鮮美。

至於一品鍋則屬於徽菜系，是用鮑魚、母雞、花菇、豬肘、海參、鴨、豬蹄筋、明蝦、豬肚等食材製作而成的美食。

一品鍋也是在砂鍋中用文火煨成的，群英薈萃，味厚而鮮，誘人食慾。

這兩種菜在製作上大同小異，都屬於慢工出細活，只是食材差異稍大，用此來體現身分最合適不過了。

至於其它的菜式，葉小玖也有考量，列出菊花豆腐、開水白菜、斷橋殘雪、雙味生蝦球等好吃又好看的菜品，然後讓唐柒文幫忙取比較詩意的名字，便能營造氣氛。

決定好菜色後，葉小玖這幾日都致力於培訓金昭他們，食樓也全面歇業，專心致志在竹林宴上。至於宴會的布置，則完全不用葉小玖操心，她只須將她的訴求告訴府令，到時候在開宴的前一日驗收，不妥之處稍作調整即可。

因為香玨這一次出宮的時日久了，楚雲青怕再不回去皇兄就要生氣了，所以只能先送他回上京城。而香玨臨走的時候，還帶走了秋梨膏的方子，不為別的，就為這秋梨膏對他的症，在涼淮縣的這些時日，他已經沒怎麼咳過了。

一日復一日，放榜的日子到了，涼淮縣今年秋闈的秀才尤其多，所以劉縣令早早便派人去巡撫署門前蹲守，就等著張掛榜單，回來報喜，結果劉縣令派去的人還沒回來，報錄的人倒是先到了。

因為葉小玖這幾日都住在食樓，唐柒文便也留在那裡幫忙，唐母聽見外面鑼響震天，便知定是報錄的人到了。俞竹村今年應鄉試的就只有唐柒文一人，不用想也知道是朝他們家來的，所以唐母便急急尋了田小貴，讓他幫忙去縣城接唐柒文回來。

一報的三人騎馬進了村，在村民的帶領下找到了唐柒文家，下了馬後便大聲道：「唐柒文唐老爺可在？恭喜高中了！」

唐母出來讓他們到屋裡稍作歇息，請他們喝茶，說唐柒文去了縣裡，要煩勞他們稍等片刻。

那報錄的也不生氣，樂呵呵地與村長他們喝茶聊天，靜靜地等著唐柒文回來。緊接著，二報、三報的人也到了，村民們知唐柒文中了舉都出來看，一時間，唐家的院子都擠滿了人。

唐柒文沒想到報訊的人來得這麼快，幸好田小貴駕著馬車速度極快，不到兩刻鐘便回到了村裡。

葉小玖一下馬車便看見唐家門楣正中間升掛著報帖，上面龍飛鳳舞地寫著「捷報，貴府老爺唐柒文高中鳳安鄉試第一名解元，京報連登黃甲」。

眾人見唐柒文來了，高聲大喊道：「新貴人回來了！」

大家一個個臉上喜氣洋洋，似乎都在替唐柒文高興。

唐柒文進門，先是謝過報錄的人，隨即又坐下來寒暄了幾句，給了紅包後送他們離開，而村裡前來賀喜的也都接了唐柒文的喜錢，紛紛說著吉祥話，十分開心。

眾人坐了一會兒便走了，唐母起身到門外相送。

葉小玖見唐柒文坐在凳子上發呆，戳了戳他的胳膊。「你想什麼呢？」

唐柒文不語，良久，他忽然扯開嘴笑了，傻傻地拉著葉小玖的袖子道：「阿玖，我中了！」

葉小玖原以為他知道自己中了頭名後不怎麼驚喜，是因為他早已猜到，胸有成竹，卻不想這人的反射神經竟是這樣長，現在才反應過來。但也說明唐柒文真的是個很內斂的人，在外人面前，從來不會輕易顯露情緒。

葉小玖看他笑得像個孩子一樣，心中也十分開心，順著他的話道：「不但中了，還是第一名，柒柒真棒！」

本以為她這如同哄孩子的話語他定會反駁，卻不想他一把將她拉到跟前，雙手環著她的腰抱著她，嘟囔道：「我也覺得。」

葉小玖微微一愣，隨即勾唇一笑。

原來那個常常把楚雲青氣個半死，還會將她逗得滿臉通紅的腹黑男人，還有這樣犯傻的時候。

唐柒文考中鄉試頭名解元的消息不到一個下午便傳遍了整個涼淮縣，同時葉小玖他們也得知，胡萊和文悅都考中了舉人，而且名次也都相當靠前。

於是乎，涼淮縣的鄉紳名士這幾日動不動就舉辦個文會，請他們一行人前去探討詩詞歌賦、生命哲理，這讓唐柒文這幾日總是早出晚歸，直到竹林宴開宴的前兩天方才罷休。

葉小玖拉家帶口地帶著食樓的人到達華陽府的時候，離竹林宴開宴還有兩日。因為這些人裡有好多是第一次出遠門，所以一個個都興奮得不行，尤其是金昭和呂欣，自從出門後葉小玖就沒看見過她們的眼睛。

知他們都是孩子心性，她也不拘著，所幸時間還充足，給了他們半天的假讓他們出去玩樂，然後再全身心的投入到宴席中。

祁雲山舉辦了多年的宴會，裡面的東西都是一應俱全的。而那些負責採辦的官差也很是麻利，不到半天時間就將葉小玖那一長溜清單上的東西都買了來，瞧上去都品質不錯。

跟著府令去探了探場地布置，葉小玖只把她不太滿意的點稍作了改變，其他都是按著以往的慣例來的。

無論是佛跳牆還是一品鍋，高湯都是重頭戲，所以她便提前開始熬高湯。

所謂高湯，無骨不濃，無雞不鮮，無肚不白。這其中，骨要用新鮮的豬大骨，雞鴨也要現殺新鮮的，豬肚、豬肘能讓高湯呈現奶白色，此外，她的獨門配方則是無火腿不香，這火腿，用老火腿最佳，熬出來的湯味道也更濃。

且熬湯講究旺火煮沸，文火慢煨。這樣才能將食材中鮮香物質都熬出來，使得湯白如奶，味道濃厚，鮮醇美味，一口下去，令人回味無窮。

縱然這高湯葉小玖在食樓的時候已經熬過許多回了，可楊師傅他們現在聞了，還是會不自主地嚥口水。

沒辦法，這湯味道實在太鮮、太誘人了！

而在不遠處布置場地的那些官差，聞著順著風飄來的若有若無的鮮美味道，也是哈喇子直流。只覺得今早吃的那六個鮮肉大包子都白吃了，饞蟲是一個勁兒地往外拱，肚子難受得厲害。

有兩個年紀小的，受不住誘惑，擱下手中的東西趴到廚房門口，悄悄地伸頭進去，好奇葉小玖到底在弄什麼東西，味道這麼勾人。

就在葉小玖這邊都有條不紊的安排好後，這場撩動人心近兩個多月的竹林宴，終於盛大開宴了。

大鄴總共有十八個鄉，所以來參宴的頭名舉子加上各地鄉紳總共是一百六十二人，再加上各個答應前來參宴的文官，人數總共是二百八十人。

華陽府府令作為東道主，自然是要掌控整個場子。葉小玖雖然之前就看過要走的流程，但是她沒想到，在所有流程之前居然還有隱藏的一項——那就是，拜文曲星。

古人注重禮法無可厚非，可葉小玖看著近三百人對著一個據說是文曲星下凡站立過的高大石頭又叩又拜的，著實有些哭笑不得。

叩拜完畢，眾人自由交談，葉小玖這才看見站在人群中的唐柒文。

他身穿一襲白色錦袍，繡著雅致的竹葉花紋，那繡工精緻的腰封上掛著具有文人標誌的一塊羊脂玉珮，與別人不同的是，他那玉珮上還掛著一顆「紅豆」，顏色血紅，看起來尤其亮眼。而他那一頭烏髮則用了一支白玉簪子隨意綰著，整個人看起來很是溫文爾雅，風度翩翩。

葉小玖不是沒見過唐柒文一襲白衣，只是鮮少見他穿得如此正式，於是乎，她微微有些失了神。

唐柒文自拜完星君後便四處找尋葉小玖，結果轉頭就發現葉小玖正站在他們對面的竹林裡，笑意盈盈地看著他。

這次離別其實不過兩日而已，他卻覺得時間尤其久，久到他很想上前去抱抱她，可看看這場合，他就只有忍耐了。

二人遙遙相望著發呆，而在不遠處的邵遠看見葉小玖那俏麗的容顏時，也吃了一驚。許久未見，她似乎更美了！

這次的竹林宴邵遠本不打算來參加的，可臨到開宴之時，他卻忽然反悔。他知道，是因為這裡有葉小玖。

遠處的女子還是如記憶中一樣，笑起來甜甜的，看起來十分可愛。只是從前青澀的容顏現在長開了，清麗溫婉中還多了一絲成熟的嫵媚，讓他莫名有了一種占有慾。

此時她正朝著自己笑得開心，邵遠知道，她定是認出自己了。心中一動，他剛想上前打個招呼，卻看見瑞王楚雲青帶著小廝朝她走去，一時頓住了腳步。

「嘿嘿，小玖，好久不見啊！」

「不久，才七、八天而已。」看著唐柒文如同一位優雅的王子一般一步一步朝自己走來，葉小玖只覺得心臟「撲通撲通」快要跳出胸口了，哪裡還有工夫搭理他？

唐柒文走上前來，還是抑制不住自己，伸手摸了摸她的腦袋。「回神了。」

葉小玖赧然一笑，才發現，楚雲青身邊的那個小廝竟然是。「妳妳妳……」

「哈哈，沒想到吧？」女扮男裝的沐婉兒粗著嗓子，露出一口大白牙。

「好啊，我說讓妳扮成食樓的小廝帶妳進來玩妳不幹，原來是在這兒當貼身小廝啊！還說自己對竹林宴沒興趣，妳這個重色輕友的壞丫頭！」葉小玖說著，伸手去打她，卻被她躲過去了。

「咱倆彼此彼此，再說了，我這不是想給妳個驚喜嗎？」沐婉兒笑著躲到楚雲青身後，露出一顆腦袋來狡辯。

「哼，我信妳個鬼，妳個死丫頭！」

兩個人笑鬧著，看在兩個男人眼中盡是無奈與寵溺，但此種場合確實不適合嬉鬧，兩人交換眼神，各自拉住了各自的心上人。

「好了，別鬧了，畢竟『男女有別』，還是要稍微注意下。」唐柒文將葉小玖那一縷凌亂的髮絲捋到耳後，溫聲道。

「哼，那我就暫時先放過妳！」葉小玖氣呼呼道，沐婉兒則朝她吐了吐舌頭。

因為之前葉小玖抄了一些名家的詩詞歌賦給府令，府令也是個熱愛文學的，看了之後驚嘆不已，深深被裡面心懷天下的浩然正氣和恣縱胸襟的豪爽豁達所吸引折服，直說是大家之作。

現在有了竹林宴這個場合，自是要拿出來與眾人鑒賞一番。

當然，這也是葉小玖所安排的環節。

有了關於文學的話題，還有好作品討論，怎會怕文會開不起來？

因為往年竹林宴的音樂都是用尋常的絲竹管弦彈奏，在文學宴會中略顯俗氣不說還有些吵鬧雜亂，所以這一次，葉小玖提議將樂器都換成了古琴，曲目挑了〈高山流水〉、〈陽春白雪〉，那美麗動人的琴音在技法高超的樂師手中緩緩流淌，使人心靜神寧，如沐春風。

第四十一章

見氛圍很是不錯，葉小玖便給了一旁候著的呂樂一個眼神。

呂樂會意，雙手一拍，就有一群穿著考究的侍女奉上美酒佳釀。

這些人平日裡因為身分的原因，不得不端著應有的架子，所以一時半刻肯定是放不下身段，所以，這酒便是讓他們放鬆的好東西。

話說「酒過三巡人未醉，詩詞歌賦信手來」，微醺狀態才能更好的表情達意不是嗎？而文人飲酒總不能就乾巴巴地喝，總得行個酒令，所以葉小玖提前讓他們準備好的射覆、曲水流觴、投壺等小遊戲也都被搬了上來。

竹林宴中的投壺遊戲與平日裡的規則不大一樣，平日裡未中者只須喝酒，而在宴會中，投壺未中者則有喝酒或賦詩一首兩個選擇。

此時唐柒文和楚雲青被一群舉子叫去玩曲水流觴的小遊戲，看他盤腿坐在河邊，樣子神采奕奕，與眾人高談闊論，葉小玖不由得笑瞇了眼。

想著他們一時半刻也結束不了，她便打算先去廚房看看，結果一扭頭她就看見一華服男子愣怔地看著自己，那眼中濃濃地占有慾看得她內心作嘔。

呸，猥瑣！

狠狠地瞪了他一眼，葉小玖轉身要走，男人卻衝上前來拉住了她的胳膊。

「小玖！」

想不到他竟認識自己，葉小玖微訝，隨即想到自己成為竹林宴承辦方的消息早已傳遍了大鄴，他知道也沒什麼好稀奇的。只是他叫得過於親密，著實讓她不喜。

掙扎地從他手中抽出胳膊，葉小玖冷冷道：「抱歉，我不認識你。」

聞言，邵遠微愣，隨即道：「小玖，我是遠哥哥啊！」

遠哥哥？邵遠？

想了想書中的情節，葉小玖記起，在書裡原身確實是管男主邵遠叫遠哥哥。如今看著眼前這人模狗樣的男人，葉小玖嗤之以鼻。

在書中，邵遠母親未婚先孕，獨自一人撫養他長大。在邵遠十三歲時得了重病，只得將兒子託付與當時的鄰居，也就是原身的父親葉槐。

為了讓兒子不受委屈，邵琳提議讓當時年僅七歲的原身與邵遠訂親，這樣一來，只有一女的葉父也算是有了半個兒子。

葉父本不願這麼早就為女兒決定親事，但見兩人關係確實不錯，而且邵遠在讀書方面確實有兩把刷子，若是以後中個舉人，自己女兒的日子也能好過些，所以便答應了。

葉家並不是什麼有錢人家，供邵遠讀書後，日子過得是捉襟見肘，但好在邵遠爭氣，十五歲便取得了院試的第一名，成了當時整個縣裡年紀最小的秀才。

隨後，邵遠那個當官的舅舅便尋了過來，說要接他去上京城接受最好的教育。

葉父原本不答應，畢竟天高皇帝遠，邵遠這一走，誰知道還能不能再看得上他的女兒，履行承諾。

可當時邵遠一再保證自己考中狀元後會回來迎娶原身，為此還寫下了保證書。而且他口口聲聲說自己恨這個舅舅，說就是因為他舅舅的無情才導致他母親早逝。葉父見他言辭懇切便相信了他，留下保證書後放他離開。

日復一日，年復一年，當葉父再一次聽到邵遠的消息時，便是他高中狀元，被左相文霆章榜下捉婿，娶了丞相之女，當時上京城大名鼎鼎的才女文潔一事。

於是葉父一個氣不順，便心梗致死，而葉母也在葉父死後四年跟著去了。如此一來，原身一下成了孤兒，因為她還一直執著於邵遠對她的承諾，所以毅然賣掉了房子，千里追夫上京城。

後來，便是邵遠貪戀原身的容貌，不顧文潔的反對執意納她進門，玩膩了便嫌原身是他幼年時的污點，所以在唐堯文亂七八糟的一通嚼舌根之下，以不潔的罪名趕她出門，最終使其橫死街頭。

雖然原身最終的悲劇有她自身的原因，可邵遠這個渣男卻是那個決定性的因素。要不是他攀附權貴，要不是他色慾熏心納了原身，要不是他自私虛偽，原身最終說不定不會這麼慘。

「呵，原來是你啊。」葉小玖冷笑道。

邵遠被葉小玖冷淡的語氣給噎到了，表面卻殷切關懷。「小玖，這些年妳過得好嗎？」

「挺好的，你走了之後，不用供你上學，我吃得好、睡得好，穿得更好，沒看見嗎？我都胖了一大圈呢！」葉小玖說完便要走，卻又一次被他拽住了手腕。

「小玖妳聽我說，當年之事我是有苦衷的。」邵遠看起來很是受傷。

「說話就說話，不要動手動腳。」葉小玖掙扎道：「當年你有沒有苦衷，我不想知道，也沒有興趣知道。」

葉小玖見掙脫不開，皺眉冷聲道：「我不喜歡別人抓著我，可以放手嗎？」

看著她眼中的厭惡，邵遠心中一窒。明明當年，她說她最喜歡的，就是遠哥哥牽著她的手。

再一想到她方才在瑞王跟前對那人巧笑嫣然的樣子，尤其是那個小白臉還摸了她的臉。難道，她現在喜歡上別人了？

思及她嬌俏的面容和玲瓏的身段將屬於別人，邵遠只覺得心中有野獸作祟，一把將葉小玖按進了自己的懷裡，死死地抱著她。

「小玖，妳是我的，是我的，永遠是我的！」

葉小玖只覺得他那手如同一把大鉗子，緊緊地箍著自己，讓她動彈不得，而他那充滿占有慾的話語，更是讓她作嘔。

「邵侍郎，大庭廣眾之下強迫一個女子，似乎非君子所為吧？」楚雲青兩隻手一手拉著要衝上去的沐婉兒，一手擋著怒髮衝冠的唐柒文。

「瑞王殿下。」邵遠鬆開了葉小玖，躬身行禮，而葉小玖趁著這個機會掙脫了束縛，揚手一巴掌，狠狠地搧在了他的臉上。

「啪！」

響亮的聲音讓在場的四人愣了神，邵遠眼中盡是不可置信地看著葉小玖。

「邵遠我告訴你，當年你既然選擇當了丞相女婿，我葉小玖就已經跟你再無瓜葛，所以，不要再來招惹我，打擾我平靜的生活，平白招人嫌。」

葉小玖說完，掏出手帕狠狠地擦了擦被他抓過的手腕，將手帕嫌惡地丟棄。「而且，我真的不想看見你。」

看著葉小玖跑走，唐柒文急忙追了上去，邵遠想跟著，卻被楚雲青擋住了去路。

「邵大人已是有婦之夫，還望自重。」

看著葉小玖朝那邊的竹林裡去了，唐柒文三兩步追上她，伸手一把將她拉進了懷裡。

「別怕，有我在。」

葉小玖死死地抱著他的腰，頭埋在他胸口貪婪地嗅著他身上清爽的味道，尋求心的平靜與眷戀。

「別怕，除非我死，否則，我定不會讓他動妳一分一毫。」唐柒文輕撫著她的後背，在她耳邊低聲道。

楚雲青擋著他，是因為他現在還是個舉人，在邵遠面前只是個白身，不好與他正面衝突，可這並不代表，他唐柒文怕了邵遠。

聞言，葉小玖抬頭看著他。

「不相信？」

葉小玖搖頭，看著他清澈明朗的眼睛，雙手環住他的脖子，踮起腳尖，紅唇覆上了他的唇，兩人唇舌相交，繾綣旖旎。

她不是不相信，是因為太相信，所以才會覺得恐懼，才會不安，害怕分離，害怕失去。尤其邵遠本是書中主角，如今的他們很難與他抗衡。

因為宴會的氛圍很好，所以根本沒人注意到葉小玖他們這邊的鬧劇。葉小玖在唐柒文的安撫下，平靜了下來，細細地告訴了他那段往事。

「所以說，妳當時說的尋親，其實是要到上京城尋他？」唐柒文心疼問道。

這樣的一個女子，邵遠居然會狠心辜負，著實不配為人。不過，也幸好邵遠讓珍珠蒙塵，他才能遇見如此美好的她。

葉小玖點頭，看著唐柒文認真道：「柒哥哥你答應我，如果邵遠沒有威脅到你我，不要和他正面衝突好不好？此人心狠手辣，我怕他會傷害你。」

「我答應妳。」唐柒文再次將葉小玖攬進懷裡，吻了吻她的額頭。「但前提是，他不動妳。」

一場鬧劇結束，葉小玖按部就班地依照接下來的安排準備宴席，可奈何這會兒眾人都在鬥詩飲酒的興頭上，著實不好上去打擾，無奈之下，她便只得再次將宴席推後。

於是乎，原本該在未時便擺上桌的菜品，一直到了酉時才上桌。

而負責記錄的幾個官差，只覺得手都要廢了。

往年的竹林宴，一場下來不過七、八十首詩，可這一次居然高達三百多首，其中律詩七十多首，絕句八十三首，詞賦一百零八首，填詞也有五十多首，這還不包括在曲水流觴途中接不上廢掉的。

他們餓著肚子記東西是真的難熬，這會兒好不容易開席了，他們卻悲傷地發現，他們的手已經抖得握不住筷子了。

因為此次宴席，葉小玖準備的酒大多是一些果酒和對身體有好處的藥酒，而且酒精濃度都不很高，更何況，文人最是注重分寸，遊戲輸了寧可作詩也鮮少喝酒，所以即使最嚴重的也只是微醺，遠不到喝醉的程度。

這一次文會是他們這多年來參加過最盡興的，這會兒才發現自己腹中空空，除了遊戲途中吃的水果與喝的酒外，是一點食物都沒有。

宴席設在祁雲山山間的亭子裡，但與其說是亭子，倒不如說是沒有牆壁的房子。

亭子很大，是用竹子搭成，青色的外形看上去很是質樸，正如文人的風骨一般，淡泊明志，寧靜致遠。亭子下擺著一排排的長案，座位次序都是按身分品級擺的，兩人一桌。

想著他們定是餓壞了，葉小玖便讓金昭他們加快上菜的速度，於是一道道擺盤精緻、名字文雅，味道鮮美的菜，讓眾人吃得歡喜盡興。

直到他們進食速度慢了下來，葉小玖才開始今日的重頭戲，福壽全和一品鍋。

幾個藍衫少女端著十分精緻的湯盅放到案上，也不打開，只是靜靜地盯著葉小玖。見眾人都疑惑地看她，葉小玖微微一笑後拍手，那幾個少女聞訊便揭開了湯盅蓋子。

一時間，極致鮮美的味道瀰漫了整個亭子，毫無預警地衝向了眾人的鼻子，讓他們那剛剛吃了不少的胃瞬間空了，頓時覺得饑腸轆轆，餓得心慌。

楚雲青早就嚐過佛跳牆的味道，真的是鮮美異常，可葉小玖卻說那只是個半成品，當時他聽了一笑置之，覺得那滋味已經沒有上升空間了。可現在聞見這味道，他才知道當時自己的想法有多愚蠢。

「此味只應天上有，人間哪得幾回嚐啊！」一老者嚐了福壽全的湯汁後，瞬間被那醇厚鮮香的味道給征服了，瞇著眼睛細細品著，似是想要將這味道銘記在心。

「嗯，這海參的味道更是絕了，軟糯入味，毫無腥氣，葉娘子好手藝啊！」有一人讚嘆道。

「這一品鍋味道更好，這湯汁不到一天的工夫，決計達不到如此醇香的，葉娘子有心了！」

「想來這兩種菜品用的是一鍋高湯吧？」一個吃貨老饕嚐了嚐一品鍋的湯汁後，發言道：「能熬出這樣的高湯，看來葉娘子的廚藝已經不能用精湛來形容，簡直就是廚神了，哈哈哈！」

隨即，那誇讚聲便此起彼落，不絕於耳，把葉小玖誇得有些飄飄然。

於是，這場竹林宴，便在賓客盡歡中落下了帷幕。至於邵遠的那點小插曲，也被葉小玖選擇性的忽略掉了，反正自那一巴掌之後她就再沒見過他，想來依他這主角的自尊，應該是厭惡了她，回家去了。

竹林宴雖罷，餘韻猶存。

一來是這次竹林宴高產，供人傳唱的詩詞歌賦高達三百多首，其中，有近乎一半被皇帝點評為精品，錄入詩書。

其次，竹林宴席中的福壽全和一品鍋名揚大鄴，不少人打聽到主廚乃是涼淮縣一家食樓的女東家，不遠千里地慕名而來，就為了一嚐美味，縱使那福壽全價值高達一百兩銀子一盅，他們也在所不惜。

可奈何這福壽全製作工序複雜，食樓一日就只提供二十盅，所以他們只能認命地等，只希望能快點排到他們。

而皇帝楚雲飛在散朝之後聽那些老傢伙們又一次提起那福壽全的鮮美滋味，那顆想微服私訪的心是更加蠢蠢欲動了。

邵遠從竹林宴回來之後本來就氣不順，沒想到文潔居然還和他大吵大鬧，說他陽奉陰違，背著她私會情人。

那不依不饒，得理不饒人的樣子形同潑婦，一點都沒有往日上京城才女的溫婉，著實讓他覺得厭惡，因此這幾日，他不是宿在小妾處就是自己住書房，鮮少與她見面。

而文潔心裡委屈，看著夫君不理自己，一氣之下便收拾東西回了娘家尋找安慰。

「娘，妳讓我現在回去？」文潔滿臉的不可置信，似是沒想到一向疼愛她的母親竟會如此不顧她的面子，勸她回去。

「妳在家裡待了少說也有七、八日了，再不回去，旁人該說閒話了，到時候妳爹的面子該往哪兒擱啊？」文母語重心長道。

「妳就只顧爹爹的面子，邵遠今日敢吼我，明日便能伸手打我，我不回去，除非他親自來接我！」文潔依舊賭氣。

「妳這孩子，怎麼這麼不懂事呢？」文母生氣道：「妳嫁入邵府快四年了也沒給他生個一兒半女，要不是因為妳是丞相之女，說不定他早就把妳給休了，妳怎敢如此胡鬧?!」

文母看了女兒一眼。「再說，妳父親現在用得著他，為了妳父親，妳也不該胡鬧。回去吧，我讓妳哥哥送妳回去。」

「娘。」聽了母親這一席話，文潔眼中閃著淚光。「難道在妳與爹爹心裡，女兒我只是為你們籠絡人心的一個工具嗎？」

上次她回來，母親就說為了父親的大計讓她忍著，說男人三妻四妾都是平常，無論如何她都是邵府的當家主母，所以為了父親，她忍著心中的委屈回去了。可這次邵遠險些對她動手，母親還是用這套說辭試圖說服她。

難道他們就沒想過，她自己回去後，那個母憑子貴的貴妾會如何嘲諷她嗎？

「妳這孩子，胡說什麼呢？」文母摸了摸她的頭。「聽娘的話，別胡鬧了，我讓妳哥送妳回去。」

文潔深深地看了她一眼，淚水最終滑落，流進嘴巴裡苦澀異常。

「好。」

文睿將文潔送回去的時候，邵遠正好在家，聽家丁報訊後，他忙出來相迎。

「阿遠，小潔我給你送回來了，你以後可不許再欺負她了。」文睿拍著邵遠的肩膀鄭重道。

「那是自然，那日我也是心中不順，一時糊塗才朝小潔發了火，以後不會了。」文遠認錯態度真誠。

既知自己是一時糊塗，為何後來氣消了不將她給接回來？

「那便好。」文睿是個心粗的，自是沒發現他話裡的漏洞，點頭道：「我軍中還有事務，便不多待了，你們小倆口要好好的。小潔，我就先走了。」

目送著文睿走遠，邵遠瞅了眼如同雕像一般的文潔。「走吧，進去吧！」

第四十二章

「喲，姊姊……」

文潔一進門，就看見沈貴妾打扮得花枝招展，手中捏著一把掐絲綢扇，看著她笑得假惺惺的。

「我和老爺正商量著要去相府接妳回來呢，妳怎麼自己先回來了？」

聞言，文潔手指捏得發青，只覺羞辱，可這事她怎麼搭話都是錯，於是她求助般地看向一旁的邵遠，不想對方竟一臉戲謔。她這時才看見他雪白的裡衣領上，還染著鮮紅的口脂，可想而知他方才是在何處幹何事。

「夫君每日忙裡忙外，著實辛苦，我怎可再勞累他前去接我回來？」捏了捏手中的帕子，文潔苦澀一笑，幾乎是咬著牙說完這話的。

「夫人果真是賢惠大方，不愧為世家貴女的典範，老爺方才還答應讓我自個兒撫養睿兒，這點小要求，想必姊姊會答應的吧？」

「沈氏說的可是真的？」文潔震驚，只覺得心中一片荒涼。「你當真要寵妾滅妻？」

「我只是想著睿兒從小在沈氏身邊長大，自妳將他要了去，他笑容少了，吃得也不香，眼看著人都瘦了一大圈……妳若是不願，那便算了！」

邵遠以退為進的說法讓文潔有些錯愕，而他嘴裡那個「要」字，更是讓她覺得心寒。她看著邵遠，覺得眼前這個本與她最親近的人現在變得很是陌生，她好像從來都沒有真正了解過他。

「你隨意吧！」文潔忽然覺得她好累好累，累到沒有力氣去爭、去搶。

看著文潔離去的背影，邵遠眼中滿是憤恨，要不是當年她父親以權勢相逼，自己又豈會因為娶她而負了小玖？

此時的他完全忘了，當時文霆章榜下捉婿，只是亮出了自己的身分讓他選，是他自己心甘情願為了權勢出賣了本心，而文潔，從始至終不過是用來籠絡人心的一顆棋子罷了。

葉小玖此時在一家食樓的後院裡，忙著砌一個新的爐灶，用來製作烤鴨。

因為佛跳牆的緣故，葉小玖家的食樓算是在大鄴出名了，不少遠道而來的顧客，回去的時候都想帶點食樓的特產回去。

葉小玖想過訂製絡子，抑或者比較有特色的茶具之類的東西，可想來想去，覺得還是製作烤鴨比較好一點。

畢竟現在天氣冷了，烤鴨就算帶回去也不會壞，還能讓家裡親戚都嚐嚐，順便再給食樓打一波廣告，何樂而不為呢？

看著那些專業人士俐落的手腳，葉小玖一點兒也幫不上忙，索性和唐柒文直接出去不給他們添亂了。
食樓的生意一如既往得好，此時時間尚早，裡面卻已經坐滿了人。
「小二，可有上好的雅間？」
葉小玖一出來，就看見一打扮得十分有特色的人，捏著嗓子與店小二問話。而他身後，則跟著一男一女，男的高大帥氣，將一身平常的衣服穿得很是矜貴大氣，而女的則顯雍容華貴，一身赤色的對襟襦裙，上面用金線繡了十分繁瑣的花紋，梳著婦人髻的頭上，只簡單地簪著一根海棠金步搖，便顯得嬌美異常。
這兩人站在一起，倒是郎才女貌，很是般配，葉小玖心道。
「哎呀，不好意思啊客官，我們雅間都滿了，您可能需要稍等片刻。」二元恭敬道。
「這……」那女子看了身邊的男子一眼，似是在詢問他怎麼辦。
「皇……老爺，要不我們等會兒再過來？」那人繼續捏著嗓子道，看那恭敬的模樣，當是男子的小廝，而那男子則是轉著手指上的扳指不發一言。
「等一下。」葉小玖突然出聲道：「食樓還有一間雅間，是平日裡小女子歇息用的，若是二位不嫌棄，倒是可以移步。」
「這位是……」小廝對突然冒出來的葉小玖發出疑問。
「哦，這是我們食樓的東家葉娘子。」二元介紹道。
「妳就是葉小玖？」那女子很是驚奇地打量著她。「就是那個廚藝超群的妙人兒？」

女子的話逗笑了葉小玖，她抿唇一笑，隨即道：「都是謠傳罷了，不可當真。」

二元領著人去了雪松閣，葉小玖瞅著他們離去的背影，垂了垂眼眸若有所思。

雪松閣平日裡不對外人開放，裡面布置得很是隨性卻不失優雅，三人一進去，便被裡面的奇特陳設所吸引。

「不知二位客官想要吃些什麼？」待二人坐好，二元拿著菜單遞給那男子。

男子接過菜單也不看，只是將其再次放到桌上。「你們做什麼，我們吃什麼。」

「這……」二元為難。哪有人這麼點菜的？莫不是來砸場子、搞事情的？

「子筠……」女子扯了扯男子的袖子，示意他不要如此為難人。

那個叫子筠的男人卻拍了拍她的手，語氣十分溫柔。「別急，我這也是考驗考驗那女子的反應能力，看她是不是只是浪得虛名而已。」

「二元，你先下去吧，這桌的客人我親自伺候。」葉小玖進來，朝二元點了點頭，示意他下去。

給二人倒了杯茶，葉小玖問：「不知二位想吃點什麼？」

「方才不是說了嗎？妳做什麼，我們便吃什麼。」男人抿了一口茶，眼神一亮。這茶不似尋常的茶，口感清甜，隱隱中竟有一股花香，可打開茶壺蓋瞅卻又找不著一絲花的影子，著實有趣。

葉小玖看了他一眼，見他絲毫沒有改變主意的想法，便道了聲稍等後退了出來。

「姑娘，二元說雅間來了個找麻煩的，是不是真的？」葉小玖一進廚房，金昭他們便圍了上來。

「無事，都忙你們的去吧！」

葉小玖拿起一條圍裙穿上，看著食材發呆。

那男子雖說做什麼都隨便她，可這世界上最難的，其實就是隨便，看似選擇權在自己手中，但其實卻是最不好選的。

不過，若她猜測得沒錯的話，那個女子應該是雪貴妃俞瀾薇，而男子自然是當今皇上楚雲飛。女子喜食甜、男子嗜辣，而且依男子對女子的在乎程度，只要讓那女子歡喜了，那一切都好說了。

看著角落裡的那幾個地瓜，葉小玖忽然有了想法。

點了幾道菜讓金昭他們做得仔細些，葉小玖撿起地上的地瓜去皮洗淨，切成滾刀塊。

「玖姊姊，妳在弄什麼呀？」唐昔言聽小二說葉小玖又在搗鼓新吃食，忙湊過來看。

「我在弄拔絲地瓜，對了，妳哥呢？怎麼不見人？」

「他現在在雪松閣與人談論詩詞歌賦呢！」唐昔言無奈地聳聳肩。她這個哥哥，走到哪裡都吃得開，就連脾氣最好的二元哥哥都說那一桌的客人難伺候，他竟然能與他們聊到一起，看起來還十分融洽的樣子。

聞言，葉小玖眼角不由得抽了兩下。

不知唐柒文若是知道與他高談闊論的人，有可能是當今皇上的時候，會是什麼表情？

看著已經炸至兩面金黃的地瓜塊，葉小玖用筷子扎了扎，確認軟硬適中後撈出，然後在鍋裡留了底油，放入適量的白糖熬煮糖漿。

拔絲地瓜的靈魂之處便在糖漿，而炒糖漿糖色是否成功，最重要的便在火候。將糖熬至完全融化，一冒小泡便要立刻離火，這需要廚師對此有相當的了解，否則離火太早拔不出絲，太晚則糖漿發苦，顏色也不好看。

看著糖已經炒出了焦糖色，葉小玖立即將鍋移火，倒進地瓜翻炒。

好的拔絲地瓜色澤紅亮，晶瑩剔透，如果糖炒得好，糖絲能拉出一公尺長。用筷子挾起一塊地瓜試了試，確認拉絲程度還不錯，葉小玖才滿意地將其裝進了提早抹過油的盤子裡，再撒上些許白芝麻。

同時，其他人的菜也相繼出鍋。雙味生蝦球、開陽白菜、櫻桃肉、辣子雞丁、翠珠魚花，再加上她的拔絲地瓜和呂欣剛做出來的兩道甜品，總共八個菜，有辣有甜，就是不知道這些菜，能不能討得人家的歡心，畢竟常言道伴君如伴虎，想來侍君也是一樣的。

帶著幾分忐忑與不安，葉小玖帶著小二，將菜送去了雪松閣。

葉小玖敲門進了雪松閣，就看見唐柒文與楚雲飛兩個人稱兄道弟的，聊得熱火朝天，桌上還放著他當日從竹林宴回來後默下來的詩詞，也不曉得他是啥時從後院拿過來的。

而雪貴妃俞瀾薇則一臉敬佩地看著兩人，兩眼彎彎掛著微笑，儼然一副小粉絲的樣子。當然，是楚雲飛的粉絲。

唐柒文看見葉小玖，咧嘴一笑，起身道：「阿玖，給妳介紹一下，這是我今日交的新友楚兄楚子筠。」轉而他又對楚雲飛說：「楚兄，這就是我跟你說的葉小玖。」

唐柒文著實有些激動。他把葉小玖畫的烤架圖送去胡萊家的鐵匠鋪後回來沒在後院看見她，原以為她在雪松閣，結果一進來就看見這屋裡有人。

他道歉之後本打算出去，結果不想這男子竟然認識他，還說出了好幾首他作的詩。他一時興起，便和對方聊了兩句，哪知兩人越聊越投機，這一來二去的就成了朋友。

說實話，這是唐柒文第一次在同齡人中遇到學識如此淵博的，而且無論是詩詞歌賦還是時政問題，他都有很獨到的見解，和他只聊了這一會兒時間，唐柒文都覺得受益匪淺。

他有這個想法，楚雲飛亦然。早前楚雲青就在他面前誇，說在書院交了個好友，風姿綽約且學識、修養皆為上品，當時他只道是楚雲青誇張，畢竟一個十八歲的書生，又沒有什麼家世，能有多少才華見識？結果當他看見他在竹林宴上作的那幾首詩時，他忽然覺得，這是個不可多得的人才。

所以，他這一次不僅是為了葉小玖的手藝來的，還是衝著唐柒文來的。

葉小玖看著那高興得有些忘形的人，不知道該誇他聰明還是該笑他神經大條。

姓楚，又叫子筠，你難道就不能順著楚雲青的字子淵聯想到些什麼嗎？明明都知道楚姓是國姓了，這一投緣就自動忽略的毛病還不改改……

俞瀾薇早飯沒吃多少，又喜食甜食，這會兒聞見空氣中那香甜的味道，頓時覺得餓得慌。而且，葉小玖端著的那盤菜看起來顏色金黃，色澤鮮亮，晶瑩剔透的，看著就十分引人食慾。

伸手拉了拉楚雲飛的袖子，楚雲飛會意，伸手將桌子騰出來一大塊，轉頭溫柔地對她道：「妳先吃，我和唐兄還有些東西沒探討完。」

「趕了一晚上的路，你難道不餓嗎？」俞瀾薇關心道。明明從昨晚他就沒好好吃東西。

「不餓！」楚雲飛語氣鏗鏘有力，好似自己真的不餓，然後……他的肚子很不爭氣的響了。

這肚子打鼓向來是人之常情，葉小玖和唐柒文倒沒覺得有什麼，反而是俞瀾薇看著他尷尬的神情，笑彎了眼，發出銀鈴般的笑聲。

楚雲飛教養嚴格，從來沒出過這種糗，頓覺尷尬不已，尤其還是有外人在的情況下，看自家媳婦笑得如此囂張，他不由得伸手拽了拽俞瀾薇的袖子。

媳婦兒，妳收斂一點，在外人面前給我留點面子行不？

俞瀾薇看著他的表情，努力憋住了笑，但看得出來，她忍得十分辛苦，而葉小玖看著兩人的互動，不禁抿唇輕笑。

書中提過，皇帝楚雲飛與雪貴妃俞瀾薇青梅竹馬一同長大，但因皇權鬥爭，無奈下楚雲飛最終還是立了別的女子為后。

但這並不影響楚雲飛和俞瀾薇的感情，稱帝後，楚雲飛依舊對她疼愛有加，納她為妃，給了她皇后以外最尊貴的地位和榮寵，還處處都縱著她，甚至為了她，無論大臣如何勸諫，都沒有再納過任何一個女子為妃。

「楚兄還是先用膳吧？反正時間還早，探討而已，不差這幾刻鐘。」唐浂文開口道。因為今日谷城身子不舒服，呂樂前去照顧了，此時中午人多，唐昔言一個人忙不過來，唐浂文便下去幫她，留下葉小玖一人招呼二人。

「葉娘子，這菜叫什麼名字？真好看！」俞瀾薇挾著一塊拔絲地瓜，那糖絲順著她的筷子扯了老長，看得她驚喜不已。

不但好看還好玩呢！

「這叫拔絲地瓜，是用地瓜裹著糖做的。」葉小玖說著，將桌子上那個青瓷碗稍稍向前推了推，拿起桌上的公筷做示範。「此時糖漿還熱著，地瓜才會拉絲，待會兒若是涼了，便會凝結在一起。所以，吃拔絲地瓜速度得快，而且須得先過了涼水，才能不黏牙，方便食用。」

說著，葉小玖挾了塊地瓜，很是熟練地過了涼水，再挾到俞瀾薇面前的盤子裡。

過了水的地瓜外殼微硬，咬破後裡面香甜軟糯，頗有一種「外焦裡嫩」的口感，讓俞瀾薇驚喜地睜大了眼睛。

「好吃！」俞瀾薇點頭，然後如法炮製，挾了一塊地瓜遞到楚雲飛嘴邊。「你嚐嚐看！」

楚雲飛看了一眼葉小玖，終是沒能拒絕佳人的好意，順從地張開了嘴。

葉小玖知他不好意思，很是知趣地退了出去，把私人空間留給他們。

在這其間，楚雲飛身邊的小廝元才特意過來點了佛跳牆，卻被葉小玖告知這菜要提前預訂才有。

倒不是葉小玖不給皇帝面子，實在是這菜確實不好做，而且今日的已經賣得差不多了，廚房裡就剩下一盅，雖然主人還沒來取，她總不好違約將別人的菜給徵用了吧？畢竟有些人是等了好久才排上號的。

幸好，因為相對比較了解他們的喜好，所以葉小玖今日的菜式頗合二人的胃口，唯一讓楚雲飛覺得遺憾的，就是沒能吃到那被人奉為極品的佛跳牆。

不過以後有的是時間，他不著急。

飯罷，楚雲飛見唐柒文還在忙，便說自己有事先告辭了，等改日再聚。唐柒文雖還有些問題想請教他，但也不好強留人家，便和葉小玖一同將人送到了門外。

「阿玖，妳今日似乎有些異常。」看著二人走遠的背影，唐柒文不由得開口問。

「有嗎？哪裡異常？」葉小玖轉頭，和他一同進了門。

「妳今日對楚兄……似乎……格外恭敬。」唐柒文不知該怎麼說。

他知道，葉小玖似乎沒有太多的門第觀念，無論是平民還是大官，她幾乎都一視同仁以禮相待，面對楚雲青時也是十分自然。可今日她對楚兄，是明顯的不一樣，似乎有些拘束，還顯得格外恭敬。

能不恭敬嗎？那可是皇帝，說句話就能要你小命的那種人。

「你可知道他是何人？」她反問。

「他說他家是做官的，在上京城很有威望。」

看著唐柒文此時懵懂單純的樣子，葉小玖不由得搖了搖頭。「他是當今皇上。」

「妳怎麼知道我是皇上？」

唐柒文剛想發問，卻被去而復返的楚雲飛打斷了。

媳婦的指環落在雅間裡了，所以他特意來尋，沒想到竟然聽到葉小玖這話，不由得有些驚訝。畢竟他覺得，他戲已經做得夠好了，絕對沒有露出一點皇帝該有的威嚴來。

唐柒文被楚雲飛的問話給弄傻了，一時回不過神來，結果剛好這時，楚雲青帶著沐婉兒走進了食樓。

「皇兄，你怎麼在這兒？」

聞言，唐柒文頓時僵在了原地，如同被雷劈了一般，眼中全是不可置信。

他方才，竟然與當今皇帝……稱兄道弟？

見三人欲跪行禮，楚雲飛急忙攔住了他們。

「此為私訪，不可聲張！」

第四十三章

幾人再次回到了雪松閣，而楚雲青則是被楚雲飛打發去請雪貴妃過來。

「妳還沒告訴我，妳是如何看出我是皇帝的？」楚雲飛好整以暇地看著葉小玖。

「世人皆道皇上愛雪貴妃愛得深沈，所以特意在自己的玉扳指上刻了雪貴妃的小字，方才陛下在樓下轉動扳指時，民女碰巧看見了。」

「哦，是嗎？」楚雲飛似笑非笑地看著葉小玖。「可妳是怎麼知道雪貴妃的小字的？」

「這……」葉小玖抬頭看了他一眼，心中一凜。

這簡直就是送命題啊，要她怎麼回答？告訴她自己是穿越來的，在書上看過他們的故事？萬一皇帝將她當成妖孽怎麼辦？

不說，自己一介平民，沒事去打聽雪貴妃小字這種只有親密之人才知道的事情，明顯就是目的不純，可不答……抬眼看了看楚雲飛那笑面虎般的笑容。

從穿過來到現在，葉小玖第一次感覺到這麼緊張和害怕。

「啟稟皇上，是小民告訴她的。」唐柒文感受到葉小玖的恐懼，跪著往前走了幾步，看著楚雲飛的眼睛道：「皇上若是要罰便罰我吧！」

「你？」楚雲飛睨了唐柒文一眼。「你又是怎麼知道的？」

「是我告訴他的！」楚雲青帶著雪貴妃推門而入。「是我將你倆的事情講給他們聽的，由於說得太歡洩漏了小皇嫂的小字。」

看著自己小弟那急吼吼的樣子，楚雲飛忽然展顏一笑，方才那威壓頓時消失得無影無蹤。「子淵，你這好友太好玩了，別人都是互相推卸責任，他倒好，爭著要我罰他。」

「還不是因為你小氣。」楚雲青瞪了他一眼。「將那小字當成寶貝地藏掖著，我不小心洩漏了，可不得囑咐他們幫我瞞著？他們不說，也是怕我受罰，你倒好，還在這裡嚇唬人玩！」

對於楚雲青的無禮，楚雲飛毫不在意。「我隨便問問而已，誰知道他倆反應那麼大？」隨即，他將目光投向楚雲青身邊的沐婉兒。「妳就是沐婉兒？」

「民女沐婉兒見過皇上，皇上萬安萬福！」沐婉兒福身行禮道。

楚雲飛似是對她很不在意，只涼涼地讓她起來。

沐婉兒起身，站在一旁，看著皇帝眼中的涼薄，很是不安地咬了咬嘴唇，那些被她忽略的東西，最終還是很強硬地占據了她的心。

他是身分尊貴的王爺，而她……只是個商人之女，他們終究，門不當，戶不對。

楚雲青見氣氛有些尷尬，便出來暖場。「皇兄你來得急，肯定沒嚐到一家食樓名揚大鄴的佛跳牆，小玖，妳去把我預訂的那一盅拿來給皇兄，讓他也嚐嚐這人間美味。」

「你訂的？」葉小玖恍然大悟。「你就是那個從越州來的袁員外？」

「嘿嘿，妳不是說我吃太多了不給我留了嗎？我就自己化名訂了一個。」楚雲青笑道。一盅佛跳牆三個人肯定不夠吃，而且葉小玖也了解楚雲青的食量，所以打算再去給他做點吃食，便與唐柒文、沐婉兒一同離開，順便將空間留給他們兄弟二人。

「皇兄，你怎麼來這兒了？」楚雲青坐下，給自己倒了一杯茶。

「自然是來尋你的，你在外面玩得夠久了，該回去負起你身為大鄴朝王爺的責任了。」楚雲飛回道。

見楚雲青一臉茫然，他繼續道：「格布可汗月末要帶柔嘉公主出使大鄴，他們此行的目的很明確，就是要為柔嘉公主覓得一好夫君。現在所有王爺裡，合適的，就剩你了！」

「可是我已經有婉兒了啊！」楚雲青急急道。

「婉兒？一個商戶之女罷了，你若是願意，等你與公主成婚之後，納她入府做個妾也就罷了，你總不會妄想著要娶她為正妃吧？」楚雲飛語氣毫無波瀾，絲毫沒有棒打鴛鴦的負罪感。

「我不要！」楚雲青激動得站起來，看著楚雲飛一字一句地說：「除了婉兒，我誰都不要！」

「此事不容你置喙，身為一個王爺，你就要負起一個王爺該負的責任。」楚雲飛也發了怒。「楚雲青我告訴你，若是你搞砸了這次的聯姻，弄得大鄴與格布族兵戎相見，別說我不會放過你，大鄴百姓的唾沫星子，就足夠淹死你。」

「那我就不當這個王爺了，皇兄……」楚雲青努力壓下激動的情緒，打算曉之以情，動之以理。「你當年因為父皇的旨意不得已娶了皇嫂，最終只能委屈小皇嫂成為貴妃，對於這事你一直耿耿於懷，既然你到現在都放不下，為何還要來強迫我呢？」

「那不一樣，箬箬乃世家貴女，當時足以成為我的正妃，而沐婉兒只是個商戶之女，無論從身分還是地位，她都不是你的良配。而且我說了，如果你真的喜歡她，成婚後將她納入府即可，沒必要為了她守身如玉。子淵，這便是我們身為皇族的悲哀，你長大了，也該懂了！」楚雲飛語重心長地說。

葉小玖將佛跳牆端來時，就看見楚雲青兄弟二人坐在桌前喝茶，元才伺候在一旁，雪貴妃不知說了什麼，逗得楚雲飛哈哈大笑。

「參見皇上。」葉小玖和唐柒文端著托盤躬身道。

「不必多禮。」楚雲飛擺了擺手，示意他們起身。

揭開佛跳牆的蓋子，那醇香的味道頓時溢滿屋子，直教人神魂顛倒，俞瀾薇性格活潑，聞著這味道一個勁兒地說好香，起身就給楚雲飛盛湯。

而楚雲青則是面無表情，往門外看了一眼，他問葉小玖。「婉兒呢？」

「哦，她說身子不舒服，先回家去了。」葉小玖道。

楚雲飛身為皇帝，也算是嚐遍了大鄴所有的美味佳餚，畢竟能進御膳房的廚子，都是大鄰頂好的，就連外邦廚子，御膳房也有兩個。

而且，他自認自己不是個重口腹之慾的人，無論飯菜有多美味可口，他都沒有打破過老祖宗定下來的「食不過三」的規矩，以至於他對楚雲青那種看見吃的就走不動道的行為很是不理解。

可吃了這佛跳牆之後，他好像有些明白了。

醇厚濃郁的湯汁順著喉嚨流到胃裡，似是撫平了趕路的艱辛，鮮香順滑且帶有細微酒香的口感更是讓人不覺想喟嘆，感慨這味道的神奇。而且因為佛跳牆是把十多種食材各自烹飪後煨於一罈而成，所以各個食材之間既有共同的葷味，又保持了食材本身的特色。

食材由於長時間的煨成，吃起來更是軟糯柔嫩，葷香濃郁卻又葷而不膩，各種食材相互滲透，鮮中有鮮，味中有味，其味無窮，妙不可言！

「好！果真人間極品！」楚雲飛讚嘆。「葉娘子果然不負大鄰女廚神的稱號。

「元才，傳令下去，賜一家食樓東家葉小玖大鄰小廚神稱號，哈哈哈哈哈！」楚雲飛似乎吃得很是盡興，隨口便給予賞賜，臉上洋溢著笑容，絲毫不見方才與楚雲青劍拔弩張的影子。

「多謝皇上！」葉小玖跪下叩謝皇恩。

「看葉娘子的年歲想必已經及笄了，可有許配人家？」

「不曾。」葉小玖看了眼一旁的唐柒文。

她和唐柒文雖是男女朋友關係，可是在古代，他倆的行為屬於私相授受，沒有經過父母之命，媒妁之言的交往，終是登不得大雅之堂。

「既如此，不如跟我回宮做御廚，我封妳個從六品的官職，將來也好為妳許配個好人家。」

身為皇帝，楚雲飛自然是什麼好東西都要據為己有，人也一樣。可是他等了許久，也不見葉小玖領旨謝恩。

「怎麼，妳不願意？」頓時，他的語氣涼了幾分，用眼神睥睨著下方的葉小玖。進宮當御廚是多少人夢寐以求的事，她一個女子居然敢抗旨。

「是。」葉小玖實話實說。

「原因？」

「民女有心愛之人在涼淮縣，他在哪兒我就在哪兒。」葉小玖說得鏗鏘有力，卻並未報出唐柒文的名字。

「心愛之人？」楚雲飛冷笑。「妳可知道，在大鄴，女子私相授受可是要處刑的，妳難道……不怕死嗎？」

楚雲飛有些氣結，一個為了心愛之人連王爺都不當了，而另一個，為了心愛之人居然敢不怕死地抗旨。

「民女不怕。」葉小玖抬頭，直直地看著他。「古人云，情不知所起，一往而深，生者可以死，死亦可生。所以民女不怕死，民女只怕不能與心愛之人相伴白頭。」

正當此時，唐柒文也跪了下來。雖然方才葉小玖已經一個勁兒地示意過他，讓他不要參與進來，可男子漢大丈夫，他豈能讓一個女子承擔所有？

「還望皇上息怒，收回成命。」唐柒文也跪在地上，看見楚雲飛那疑惑的眼神，他接著道：「草民與葉姑娘兩情相悅，早已在草民母親的支持下互訂終身，所以還請皇上息怒，收回成命。」

「呵，合著今日，朕盡是做了棒打鴛鴦之事了！」楚雲飛挑眉，一邊為葉小玖方才的話觸動，一邊又生氣他們一個個抗旨不遵。

「你以為呢？」楚雲青氣呼呼地說。「小皇嫂，妳能不能管管皇兄，跟那戲文裡棒打鴛鴦的老迂腐一樣，真不知道妳看上他哪一點了！」

雖然皇兄已經同意只要那公主不執意嫁他，他就可以不娶，可若是那公主是個沒主見的，只聽她父汗的話怎麼辦？而且，從始至終，皇兄都沒有鬆口讓他娶婉兒。

楚雲飛聽弟弟說他迂腐，狠狠地瞪了他一眼，結果回頭看見自己愛妃那不贊同的眼神，頓時無奈地嘆了口氣。

合著整個屋子裡，就他一個是壞人?!

「罷了罷了，你們先起來吧！」楚雲飛看了俞瀾薇一眼。「既然妳不願進宮，那朕讓妳每月為宮裡御膳房提供三道菜品，妳可願意？」

「民女願意。」只要不讓她去那只見四方天的皇宮，和唐柒文分開，別說三道菜，就是三十道她也願意。

「至於妳從六品的官職，朕也給妳了，既然你們兩情相悅，可是要朕賜婚？」說完他又嘆了口氣。「朕今日也做回好人，免得你們一個個都覺得朕是個暴君，沒有親和力。」

「你可別了吧，人家唐兄打算考中狀元後再來迎娶小玖，用不著你瞎操心。」楚雲青插嘴。

「哦，金榜題名時，洞房花燭夜，唐兄這是打算到時候來個雙喜臨門啊！」楚雲飛頗有興趣地挑眉，而且他確實覺得，以唐柒文的學識，殿試考個頭名狀元，根本不在話下。

此時的楚雲飛明顯已經變回方才的楚子筠，說話也溫和多了，可唐柒文還是覺得無形中有一種壓力。

「草民只是想給心愛之人最好的。」唐柒文如實說。

「罷了罷了，既然你們都各自有打算，那便由著你們吧！」

楚雲飛沒想到，調侃一下唐柒文，還被餵了一把糖。

呿，誰沒個心愛之人了？他起身攔住俞瀾薇，轉頭對楚雲青道：「你玩也玩夠了，該回去跟我幹正事了。」

知道皇兄這次肯定不會放過他，楚雲青來不及去跟沐婉兒道別，只好託葉小玖給婉兒帶個話，說等他回來再去看她。

「草民／民女恭送皇上、貴妃！」

唐柒文他們行完禮便送楚雲飛三人出去。看著他們遠去的背影，二人相視一笑，眼中盡是情之所鍾，一生一世一雙人。

因為下午有些事耽擱了，葉小玖沒顧得上沐府，就讓二元去沐府給婉兒遞了消息。

第二日，皇帝的聖旨便傳到了食樓，葉小玖被封為呈飲膳使，官居從六品。還賜了金匾一面，上書「第一女廚神」，乃是當今皇帝的親筆。

至於皇帝為何要給自己從六品，葉小玖也是後來才從楚雲青的嘴裡知道原因。她之所以被封官，一是因為她確實廚藝精湛，楚雲飛覺得她是個不可多得的人才，不能辱沒了才能，畢竟他一直是一個惜才之人。

二則因為葉小玖之前教給香玨的秋梨膏，不但讓香玨的咳疾好了不少，就連太后多年咯血的癥狀都有所改善，現在這秋梨膏，可是宮廷藥膳，就連御醫都連連稱讚配方的精妙。

至於第三，也是最關鍵的，則是她「發明」的拌桶和風鼓機在農業上起了很大的作用，提高了效率還縮短了農事時間，到了後面，已經是農事中不可或缺的重要工具了。

葉小玖官拜從六品，這在涼淮縣可是大事。畢竟，涼淮縣的縣令也才正七品。

於是乎，又有不少人前來賀喜，而葉小玖不但要忙著照料這些人，還要負責教皇宮的御廚新菜式。

此次來的幾個御廚年歲不大，一個個看起來才二十出頭的樣子，其中一個叫元生，長得眉清目秀，看起來很是斯文。

「是嗎，不都是兩個眼睛、一個鼻子、一張嘴嗎？我看著沒什麼不一樣的！」當葉小玖在唐柒文面前提起他的時候，唐柒文如是說。

然後，他就變得像隻跟屁蟲，時時盯著葉小玖，就連讀書，都要拿個凳子坐在廚房裡，美其名曰，在嘈雜的地方讀書，更能鍛鍊自己的精神。

葉小玖哪能不知道他這是因為她誇別的男子所以吃醋了？但她也不戳破，由著他去，畢竟，她也想跟他一直待在一起啊！嘿嘿！

兩人之間的小情趣，可苦了那三個小御廚，尤其是其中被葉小玖誇讚的元生，簡直覺得度日如年。

在他心裡，葉小玖既然教他們菜品，就是如同師父一般的人，所以有些不懂之處，他是十分願意向她討教的，畢竟只有清楚原因，才能達到好的效果。

問題是他但凡與葉小玖說話超過三句，那唐舉人就跟盯賊一樣地盯著他，那犀利的眼刀子一個勁兒地往他身上甩，他覺得要不是自己抗壓力強，此時早被那眼神給折磨死了。

於是，在與唐柒文一來二去的交鋒中，元生終於學會了一招治他。

「師父，唐舉人他又瞪我！」

唐柒文瞪大眼。

男子漢大丈夫，告狀一次也就罷了，你八次、十次的是不是有些過分了？

葉小玖看了目光灼灼的唐柒文一眼，終是無奈地嘆了口氣，走到他跟前道：「柒哥哥，你跟我出來。」

知道葉小玖可能生氣了，唐柒文在元生幸災樂禍的表情中，悻悻地跟著她去了房裡。

看著葉小玖站在桌前背對著他，唐柒文輕輕地關上了門。「阿玖，妳是不是生氣了？」

唐柒文話剛說完，便被葉小玖一把拉過來推倒坐在椅子上，然後，她欺身上前，兩手按在桌子上，將他緊緊地鎖在了她的包圍圈裡。

唐柒文被她這突如其來的動作弄得反應不過來，他很是疑惑地抬眸，結果看見的就是葉小玖那胸前美好的弧度。

「阿玖！」一瞬間，唐柒文只覺得嗓子乾澀得厲害，急需要找點什麼來潤潤喉，然後，他便將目光定在了葉小玖那如櫻花般嬌嫩的唇上。

想起那嬌唇的柔嫩與甜蜜，唐柒文不由得嚥了嚥口水，看著葉小玖的目光也更深了。

葉小玖原以為唐柒文該是被她這孟浪的動作給鎮住了，畢竟「桌咚」一個古人，想想就覺得有些刺激。卻不想，唐柒文明顯比她適應得更快，看著他那熾烈的目光，葉小玖剛想打個哈哈然後起身，結果就被唐柒文反客為主，一把按在了懷裡，接著，那熟悉的清冽味道便溢滿了她的口腔。

二人倚靠著桌子便是一陣親密無間的耳鬢廝磨，以至於將桌上的茶杯推下去打碎了都顧不得，把在廚房靜靜聽動靜的三人給嚇了一跳。

「這聽著，師父怎麼好像是動手了？」元生有些負罪感地說。

唐柒文雖然愛極了葉小玖這種調皮又妖嬈主動的樣子，可最終，他還是控制住了自己。

他不能在沒名沒分的情況下要了她的清白，這有違禮法，也是對她的不尊重，縱然這輩子，他已經認定她一人。

「等成親那日，我定不會放過妳。」唐柒文聲音沙啞，眼中的慾望和脖子上暴跳的青筋顯示了他的隱忍，但他還是很溫柔地幫葉小玖擦著溢出唇外的口脂，順便整理了下被他弄亂的秀髮。

「其實……」我不是很介意。

葉小玖只來得及說出兩個字，唐柒文的手指便已經急急地覆上了她的唇。「阿玖，別，別說出來！」

說出來，他真的會難以自持。他對自己此時的自制力沒有一點點把握，葉小玖就像是毒藥一般誘他上癮，然後越陷越深，甚至有些讓他失去自我、失去理智，但他卻依舊甘之如飴。

只要她願意，就算是要他的命，他都可以親手奉上。

葉小玖看著唐柒文這個樣子，頓時有些後悔挑逗他了。他這個樣子，似乎很難受，而且她聽說，男人憋久了，對身體不太好……

「柒哥哥，你還好嗎？」葉小玖看著他脖子裡的青筋，想伸手去摸，卻被唐柒文一下給躲開了。

怎麼感覺她成了洪水猛獸一樣?!

兩人在屋裡待了很長時間，為避免被人懷疑，稍稍收拾一番就出去了。

元生三人在廚房忙活，看見葉小玖出來便看了過來。

「師父，唐舉人是不是打妳了？」此時葉小玖臉色潮紅，眼中還氤氳著水光，看在元生眼裡，可不是唐柒文動手，讓師父難過了?!

葉小玖被他問得梗了一下，隨即轉移話題道：「沒事，我們繼續。」

第四十四章

因為元生他們帶來密詔說此次皇宮宴會是要招待格布使者，所以葉小玖讓他先緊著宴會來，畢竟大鄴泱泱大國，總不能在飲食這種小問題上丟了面子。

她也通過唐柒文和劉縣令查探了一番，這格布乃是游牧民族，傍水而居，好吃肉喝酒，所以這次，除了教他們佛跳牆，她還教了一些比較符合游牧民族平日吃的菜，比如嫩烤羊排、手扒肉之類的菜式。

在她教廚這幾日，沐婉兒來過幾次，但整個人看起來懨懨的，葉小玖問她，她也沒說什麼，只是來小坐一會兒，打聽打聽楚雲青的情況便走了。

等葉小玖徹底忙完注意到她，已經是五天之後了。

「小姐這幾日臥床不起，也不好好吃飯，大夫來過了，只說是鬱結於心，憂思過度，老爺問她出了什麼事情，她也不說。葉姑娘，妳可一定要好好勸勸小姐啊！」

流雲急急帶著葉小玖到了沐婉兒房中，葉小玖開門，就看見沐婉兒側臥在床上，兩眼無神地盯著窗外，連她進來都沒有發現。

「婉兒。」葉小玖走近坐到她床上，才發現沐婉兒的狀態是真的差。不但氣色差，人也消瘦了不少，臉色蠟黃，黑眼圈極重，明顯就是沒好好睡覺，最重要的是她那雙向來明亮如星的眼，此時變得黯淡無光。

恍惚間，她似乎又看見了最初那個臥病在床的沐婉兒，對生活了無生趣。

「玖兒。」沐婉兒看見葉小玖，抿唇一笑，可那笑看在葉小玖眼裡根本是強顏歡笑。

「流雲，妳去看廚房有什麼吃的，端來給她，流月，妳去打水來，幫妳家小姐上妝。」葉小玖打算帶她出去散心。

「玖兒別忙了，我不想吃東西，更不想出去。」

「不行，妳不吃東西身體會撐不住的，到時候楚雲青回來，我該怎麼跟他交代？」

葉小玖說著就要拉她起床，可不知她那句話是哪裡戳到沐婉兒了，竟讓她哭了起來。

「怎麼了，可是我弄疼妳了？」葉小玖說著就要去撩她的袖子，卻見沐婉兒將頭埋到被子裡，搖了搖。

一時間，葉小玖也不知該怎麼辦，只能一下一下地拍著被子，安撫著她。

方才她是提到了楚雲青，才使得婉兒情緒波動這麼大，可那人臨走的時候不是說讓她照顧沐婉兒嗎？兩人關係看來沒出問題啊！

見她終於不哭了，葉小玖頓了頓，終是問出了口。「婉兒，妳和楚雲青……你們兩個……吵架了？」

感受到被子下的人忽然身子一僵，葉小玖接著問：「可那天他走的時候不還好好的嗎？倒是妳那天看著有些異常，妳是發現了什麼嗎？」

見她不說話，葉小玖又問：「是他欺負妳了，還是在外面有人了？」

良久，沐婉兒才從被子中探出頭來，眼睛紅得跟兔子似的。「玖兒，我們兩個完了！」

看著葉小玖那疑惑的眼神，沐婉兒接著道：「他是身分尊貴的王爺。」

「嗯，我知道。」這跟她情緒不好有必然關聯嗎？

「而我只是個商戶之女，我們終究是沒有可能的。」受葉小玖的影響，她也想要一生一世一雙人。可楚雲青是王爺，她注定只能是他偌大後院中的一個女人，她不想像她舅母一樣費盡心機，只為跟一群女人搶丈夫，她更不想把愛人分給別的女人。

所以，與其將來痛苦，倒不如現在就斷了。

而且，楚雲青自上次離開已經半月時間，音訊全無，想必他此刻，應該是在陪著那個格布公主了。

看著沐婉兒臉上的悲愴，葉小玖扶她坐了起來。「婉兒，你們之間是不是發生了什麼我不知道的事？到底是什麼事，是連我都不能說的，妳不是拿我當好朋友嗎？」

「玖兒。」沐婉兒看著葉小玖，眼中瞬間又溢滿了淚水，抱住葉小玖的腰，沐婉兒壓抑了許久的情緒瞬間爆發，泣不成聲地說：「皇上說要給他指婚，他就要娶那個從格布族來的公主了！」

那日她告訴葉小玖身體不舒服，打算先行離開時，剛好碰上送菜的二元說他肚子難受，請她幫忙將菜送到二樓去。

她原本打算送完菜就離開，卻又鬼使神差地在路過雪松閣時停了下來。所以她正巧聽到了楚雲飛說的話，也聽到了楚雲青的據理力爭，更聽到了一國之君的不容置喙。

她不想讓楚雲青因為她成為大鄴的罪人，可她也捨不得將他讓給別人，所以這些日子，她真的好迷茫。

「他答應了？」葉小玖挑眉。

在原書中，確實有格布族前來出使的劇情，格布可汗也確實有意將女兒嫁到大鄴來，可那個公主早已心有所屬，根本就看不上大鄴皇族的任何人。而這一段，只是為了凸顯男主邵遠的外交能力，並不會改變什麼。

至於楚雲青，書中只說他與一個廚娘有糾葛，沒提到他最後娶妻了沒。

沐婉兒搖頭。「可皇上說了，如果他敢抗旨，弄得格布、大鄴不和，他便是千古罪人，到時候他就只有死路一條。」

「既然沒答應，那就是沒確定，萬事都有轉機，事情未定之前就急著下結論未免有些太傻。」葉小玖輕撫著她的背。「所以妳就是因為這事不吃不喝，要死要活的，妳是打算要和他分開了？」

「玖兒，妳我情況不同，子淵他是王爺，是皇族，而我只是個商人之女，我們終究不合適。」沐婉兒垂了垂眼眸。

這還是葉小玖第一次在沐婉兒身上看見自卑，她不由得搖了搖頭，嘆了口氣。

再驕傲的人遇上愛情，都會變得不自信，情之一字，果然害人不淺啊！

「那妳就打算放棄這段感情，連爭都不爭一下？他在前面為你們的愛情抗爭，妳卻在後方扯他的後腿，婉兒，妳若是這樣，那他的爭取還有什麼意義呢？妳就這樣放棄了你們的愛情，就不怕將來後悔？」

葉小玖循循善誘。「再說，楚雲青在妳眼裡是個香餑餑，可在那格布公主眼裡說不定就是個弱雞，畢竟格布可是民風剽悍的部族，楚雲青那樣的，說不定人家根本就看不上。」

「我不許妳這麼說他！」聽見葉小玖說楚雲青不好，沐婉兒嬌嗔著打了她一下，轉而破涕為笑。

「好了，既然他都沒放棄，妳總得爭取爭取，這樣不管最後結果如何，總是心中無憾不是？」葉小玖拿著手帕，細心地擦去了她臉上的淚水。

楚雲飛是君王，想起當日驚魂未定的情景，她能理解婉兒的心情。但書中的皇帝並未強迫楚雲青娶過任何女子，想必現在也一樣，畢竟楚雲青是皇帝看著長大的，如果楚雲青聰明，用點苦肉計，他們倆這事十有八九能成。

楚雲青還真的使用了苦肉計，而且一箭雙雕，既讓那個格布公主看不上他，又讓楚雲飛心疼得幾欲鬆口。

「你說你這是何苦呢？丟面子不說，還自個兒受罪。」楚雲飛拿著濕布小心地擦著他後背的血漬，而楚雲青則是疼得咬牙切齒。

「不是你說的，只要那公主不執意嫁給我，就不會強迫我娶她嗎？」他蒼白一笑。「至於說丟面子，這上京城的人誰不知道，瑞王就是個廢物，除了不賭不嫖，剩下的啥沒幹過啊？

「所以……」後背的傷口搽了藥，還是火辣辣地疼，楚雲青不由得深吸一口氣。「我也沒什麼面子能丟了！」

「所以你為了讓人家看不上你，在明明能躲過的情況下，還往人家的鞭子下面跑？」楚雲飛嗤之以鼻。「為了一個女人連命都不要了，出息！」

「皇兄，婉兒是個好姑娘，你不能因為她的身分就有偏見，這樣對她不公平！」

「住口，此事在格布可汗走之前，我不想再聽。」聽見楚雲青又提沐婉兒，楚雲飛怒而起身，居高臨下地看著他。「子淵，你要記住你的身分！」

「皇兄，皇兄！」看著楚雲飛離去的身影，楚雲青伸手去抓，卻因為扯到傷口疼得齜牙咧嘴，滿頭大汗。

娘的，那公主下手還真狠，明知道鞭子上面有倒刺，還使足內勁往他身上甩，疼死他了。

楚雲飛在門外，看著弟弟如此痛苦，眼中盡是心疼。

「子筠。」俞瀾薇看了他一眼，順著門縫看見裡面榻上趴著的人以及他一背的鮮紅。

「你當真如此不願子淵娶沐姑娘？何苦讓我們的悲劇在他們之間重演，你看子淵這樣子，明顯是認定了她，若執意阻攔他們，子淵是不會開心的，你明明是最疼他的。」

當年他們二人也曾經歷過生離，也曾經反抗過、爭取過，但還是沒有讓當時的皇上改變心意，執意讓他娶了別人，好在最後他成了皇帝，他們這對有情人才能長相廝守。既然自己已經受過這種苦，為什麼要讓子淵再受一次呢？

楚雲飛自然知道俞瀾薇的意思，他無奈地嘆了口氣。「當年我們至少門當戶對，可子淵他們不是，他若是娶一個商戶之女做正妃，是會被人戳脊梁骨的。」

「皇兄，我不在乎被人戳脊梁骨，我只要和婉兒在一起。」楚雲青跳脫浪蕩了快二十年，只有這一次，他才算真正認真了一回。

看著他扶著門框搖搖欲墜，皇帝欲伸手去扶，卻終是忍住了，負手厲聲道：「你死了這條心吧，你不怕被人戳脊梁骨，我還怕你丟人呢！」

楚雲飛說完便拂袖而去，俞瀾薇看了他一眼，然後對楚雲青道：「你皇兄心軟，你多求求他，他會同意的，可是此事急不得，你切勿逼他太緊。」

看著皇兄離去的背影，楚雲青勾了勾唇。

現在不逼，更待何時？現在正是個好機會，若是錯過，恐怕以後更難了。雖然利用皇兄疼自己有些卑鄙，可是為了婉兒和他的將來，他也顧不得了。

因為早上進行了一場比鬥耗費了太多精力，下午格布可汗便在驛館歇息，而楚雲飛則是在養心殿批摺子。

「他還在外面跪著？」楚雲飛看著外面的大太陽，不由覺得心中一陣煩悶。

「是，瑞王殿下一直都在外面，而且……」元才欲言又止。

「而且什麼？」

「而且……而且瑞王殿下傷口還在流血，裡衣都被染紅了。陛下……」元才小心翼翼地問：「要不要叫御醫來？」

楚雲飛額角的青筋直跳。他這個弟弟還真是長大了，都曉得對他使苦肉計了。

「既然他願意跪那便讓他跪著，我倒要看看，他能堅持到幾時。你去外面候著，沒有我的傳喚不得進來。」

「喳！」元才應聲出去，剩下楚雲飛一個人在殿裡。

揉了揉額角，楚雲飛強迫自己靜下心來看奏摺，這一看，便是一下午。

「元才。」他喝了口茶，勾起嘴角，如同一個勝者般喚來了元才。「子淵那小子可是堅持不住走了？」

楚雲飛起身，活動了下自己痠痛的脖子和手腳。

「沒有，瑞王殿下暈了過去，已經被雲冽他們送回含光殿了。」

「混帳東西！」楚雲飛聞言大發雷霆，將桌上的茶杯一把揮到了地下。「你為何不早告訴我?!」

「皇上息怒！皇上息怒！」元才跪下磕頭。

「他現在情況如何？」他說著就往門外走。

「雪貴妃方才派人來說，瑞王殿下……情況不……不太好！」

「陛下，瑞王殿下是因為失血過多再加上受了風導致傷口惡化，一時身體無法承受所以才昏迷不醒的。」御醫戰戰兢兢地跪在下方回話，低著頭，看也不敢看坐在床邊的皇帝。

皇宮裡，誰人不知皇帝十分寵愛瑞王殿下？可瑞王殿下本就受了傷，又沒好好歇息，現在人昏迷不醒，他也是心裡著急啊！

「他這情況要持續多久？什麼時候能醒？」楚雲飛看著就連昏過去都睡得不安穩的弟弟，不由得皺了皺眉頭。

「這……老臣無能，老臣不知！」御醫一個勁兒磕頭。「瑞王殿下的情況有些棘手，老臣不敢妄下決斷。」

「廢物！他若是有什麼三長兩短，我要了你們狗命。」楚雲飛怒吼道。

「陛下息怒，陛下息怒啊！」頓時，殿內侍從、宮女嘩啦嘩啦跪了一地。

「陛下，當心氣壞了身子。」俞瀾薇輕撫著他的後背。「子淵身強力壯，這點傷對他來說不算什麼的，你批了一下午的摺子也累了，先去用餐吧？」

楚雲飛也知道自己此時守在這裡無用，又看了一眼床榻上的人，他才起身道：「好好伺候著，若是瑞王醒了，第一時間來通知我。」

因為楚雲青昏迷不醒，格布可汗十分內疚，親自帶著女兒柔嘉公主前來探望賠罪。楚雲飛心中雖怨怪公主下手太重，但究其原因，楚雲青變成這樣，他才是罪魁禍首，所以，他只能壓著煩悶，陪笑與二人說話。

「他這是第幾天了？」柔嘉長得極美，是那種很魅惑的異域美，一身紅衣翩翩，上面繡著他們格布族特有的圖騰，而她那條抽到身上能刮起肉的鞭子，還被她纏在腰間當腰帶。

想想瑞王殿下身上的傷，御醫聽到她清亮的聲音，頓時覺得心中惡寒。

「回公主的話，已經三天了。」

「嘖，真沒用，一點都不像我們格布男子有氣概，這點小傷就直接躺下了。」柔嘉感嘆。

原本她以為楚雲青躲不過她的鞭子是在逗她玩，瞧不上她一個女子。畢竟父汗說了，大鄴皇室子弟各個功夫了得，可不想這人竟是真的功夫不好，被她打成那樣也不見還手。

父汗還說要他做她的夫君？呿，這樣的弱雞夫君，誰愛要誰要！

「柔嘉，不可無禮！」格布可汗厲聲喝斥後，趕緊對楚雲飛賠禮道歉。「柔嘉這孩子被她母親慣壞了，不懂規矩之處還望陛下多多包涵。」

「公主不過孩子心性，可汗不必放在心上。」

兩個人在一旁寒暄，柔嘉則是被楚雲青昏迷中的喃喃自語給吸引了過去，她坐在床邊，附耳在他唇邊，聽他到底在嘟囔什麼。

「皇帝陛下，他口中的婉兒是何人，是他的心上人嗎？」柔嘉絲毫沒有女子提及情愛一事該有的羞澀，反而十分大膽地看著楚雲飛。

楚雲飛不知該如何搪塞過去，畢竟這公主是個不好哄騙的，只得點點頭。

「那她現在在何處？他都昏迷不醒了，她也不前來探望，難道他是單相思？」

第四十五章

「柔嘉！」格布可汗再次喊她。

這個女兒真是讓他頭大，性子跳脫直率不說，還一點都不聽話。明明告訴她了，大鄴人比較含蓄，從來不將情愛之事掛在嘴上，尤其是女子，可她偏不聽，還在皇帝面前提起，真是讓他頭疼不已。

「父汗，我們格布不是有傳說，人快死的時候如果有心愛之人陪在身邊，可以喚醒他對生的渴望。」柔嘉指著床上的楚雲青。「他雖然不是快死了，可若是有心愛之人陪著，想必會好得快些，況且，他都昏迷了還念叨著她，肯定是想她了！」

柔嘉的話讓楚雲飛陷入了深思，子淵這情況時好時壞，若是有那女子陪在身邊，他或許能振作一點。可是……若是將那女子召進宮，不就意味著他默許了嗎？

「陛下，柔嘉公主所言極是，若是有王爺想見的人來陪他、刺激他，說不定王爺能早日醒過來。」御醫附和。

雖然他們知道陛下不願瑞王娶那女子，可他們知道，陛下更疼愛瑞王。現在瑞王昏迷不醒，只要是對瑞王醒來有幫助的事，陛下一般都不會拒絕。

果不其然，楚雲飛只沈思了片刻，便喚來了外間的元才。

「吩咐下去，讓雲崢、雲洌二人去涼淮縣接沐婉兒進宮，切記此事要秘密進行，不可聲張。」

雲洌二人來接沐婉兒的時候，沐婉兒正跟葉小玖在河邊撿石頭。

「你說什麼，子淵他受傷重病，昏迷不醒？」沐婉兒聽了這個消息，只覺得眼前一陣黑，要不是葉小玖扶著她，她幾乎要跌倒了。

「到底發生了何事？好好回去的人怎麼就受傷昏迷，不省人事了呢？」葉小玖將目光投向二人。

「葉姑娘，此事事關機密，我們不能說，只是還望沐姑娘能快點準備，好跟我們早點進宮見主子。」雲崢道。

沐封這幾日生意比較忙不在家，沐婉兒便跟才回來的沐陽打了聲招呼。在葉小玖的極力保證下，沐陽才勉強放她跟著雲崢他們離開。

沐婉兒到皇宮的時候已經是第二天中午了，趕了一晚上的路，她臉上已然疲態初顯，但她還是使勁拍了拍臉頰，讓自己紅潤有氣色一點，才推開含光殿的門走了進去。

雲崢知道她見了主子，必然有很多話要說，便使了眼色讓殿裡的宮婢都出來。

屋子很大，陳設很簡單卻處處透露著皇室的內斂奢華與精緻，矮几上的香爐還冒著裊裊青煙，聞這香甜的味道，就知這裡面的香料必定價值不菲，可這些完全吸引不到沐婉兒的注意，她一進門，就只看見屏風後床榻上躺著的人。

見往日那活蹦亂跳，時常一張嘴就惹她生氣的人，此時臉色蒼白地躺在床上，沐婉兒的眼淚一下便抑制不住地往外冒。

「子淵，你醒醒，我是婉兒。」她跪坐在地上，拉起他的手放到自己唇邊。「你感受到了嗎？是我啊！」

可任憑她說了許多話，床上的人也不見醒來，漸漸地，她也因為體力不支，不知是睡過去了還是暈過去了。

雕工精良的寬大木床上，男子臉色蒼白，雙眸緊閉。在他身邊，有一絕色女子緊緊握著他的手，趴在床上，頭靠在他的胳膊，臉上滿是淚痕。

楚雲青覺得自己作了一個很長很長的的夢，夢裡沐婉兒附在他耳邊，說了許多她從來說不出口的情話。而且，她還主動吻了自己，哭著說這是她的初吻，他卻就這麼睡著錯過了。

夢裡的一切美好到讓他不願醒來，可終究，他還是要努力醒來面對該面對的一切。

畢竟，婉兒還在等著他。

睜眼看了眼窗外的陽光，他剛想動動手腳，才發現自己的手被人緊緊地握住，讓他掙脫不開。轉頭一看，竟是沐婉兒趴在床上，兩隻小手緊緊地握著他的右手。

楚雲青心中一喜，看來他方才並不是作夢，可隨即再看見她臉上的淚痕和倦意之後，一股心疼便湧上心頭。

他本想起身把人抱上床，卻被後背那撕心裂肺般的痛意疼得倒抽了一口氣。

沐婉兒聽見喘息聲，抬眸就看見楚雲青正滿頭大汗地起身看著她，那美麗的眼中瞬間就溢滿了淚水。

「咕，搞什麼啊！」偏偏在自己最醜、最沒形象的時候她醒了！

沐婉兒手忙腳亂地想去擦眼淚，卻被楚雲青起身的動作給嚇了一跳，忙過去扶他。

「別哭，我會心疼。」楚雲青用指腹輕輕摩挲著她臉上的淚水。

「莫不是我現在很醜，所以把妳嚇哭了？」看她淚水還是不住地掉，楚雲青還故作苦惱地皺了皺眉。

「什麼啊？」沐婉兒被他逗笑了，卻還是仔細地看著他慘白的臉，以及那冒出來的黑色鬍鬚，然後笑著搖了搖頭。「沒有，依舊和之前一樣帥！」

「真的？」

「嗯。」沐婉兒用力點頭。「不騙你！」

「那就好。可是婉兒……」楚雲青開心得如同孩子，看著近在眼前的人兒滿眼都是他，視線挪到她那因為勞累而有些發白的唇瓣，低聲道：「我渴了。」

「渴了？我去給你倒水！」

沐婉兒說著便要起身，卻被他一把拉到懷中。

「可我不想喝那個。」說完，他便低頭覆上了她的唇瓣。

沐婉兒先是一驚，隨即便閉上了眼睛，用心感受著這個她放在心尖尖上的人。

雲崢作為暗衛，聽力自然是一流的，所以一聽到屋裡楚雲青的聲音，他就讓宮人去請了皇帝來。

楚雲飛聽見弟弟醒了，連使者都顧不上陪了便急急趕來，結果一推開門，就看見兩個人吻得難捨難分，連他進來都沒發現，頗有一種死生契闊之感。

嘆了口氣，他終是將踏進去的腳收了回來，然後輕輕關上了門。

「皇上，怎麼不進去？」皇后疑惑地問，她身後的雪貴妃也是同樣疑問的表情。

「罷了，由著他們去吧。」楚雲飛是真的無法了，他的弟弟為了這個女人，是真的可以連命都不要，他不是鐵石心腸，既然如此，那便由他去吧。

至於沐婉兒的身分，他想辦法還不行嗎？

葉小玖收到沐婉兒的信說楚雲青已經沒事了，和唐柒文都十分高興。她這一高興，便又在食樓裡推出了一道新菜品。

於是乎，在這深秋的大冷天裡，人都縮在屋裡不想出門的時候，一家食樓是人滿為患，吃飯的人都排到街那頭去了。

「華老爺，你也來吃飯啊？」朱老爺看了看四周，終是選擇了和熟悉的人併桌。

「可不是，這食樓生意好，我連個雅間都沒訂到，只能坐到下面了。」

他們是真沒想到，有一天，他們這些涼淮縣鼎鼎有名的人物會坐到樓下與一群平頭百姓同桌吃飯。

「沒辦法，誰讓人家生意好呢？你是不知道，就因為這菜，石頭都漲價了！」朱老爺語氣誇張地說。

「可不是。」他們旁桌的人也插話道：「我原本還想著趁著天還不是太冷，打算將家門前的那條路給鋪了，免得夏日一下雨便滿是泥濘，誰知找了工匠一問，居然要三十兩銀子。」

他喝了一口熱茶，接著道：「人家說了，一家食樓將好看的石頭都拿去做菜了，按照我的要求造石子路，三十兩都是低價了，可把我氣個半死。」

食樓裡的人聽了，一個個笑得前仰後合，就連在櫃檯邊幫呂樂算帳的唐昔言，都抿著嘴偷偷笑了。

「沒辦法，誰讓人家奇思妙想，想起用石頭來做菜呢？」有人高聲道。

「是這個理啊！」

「來來來，各位讓一讓，小心燙啊！」

眾人正打趣呢，二元提著一個木桶出來，他身後還跟著兩個小二，托盤上端著片成薄片的魚肉、高湯和各類調味香料。

一時間一群人都噤了口，靜靜地看著二元操作。

他們來這裡吃飯，不僅是因為這木桶石頭魚味美湯鮮，更是來觀看這奇特的現場烹飪方法的。

只見二元打開那木桶的蓋子，裡面立刻有一股熱氣撲面而來，木桶底部是滾燙的石頭，洗得十分乾淨。他熟練地將片得晶瑩剔透的魚片鋪到石頭上，魚片受熱立刻發出「滋滋」的聲響，聽著就十分誘人。

「咕嚕」，有人嚥了嚥口水。

等魚片全部鋪完，二元在裡面加入了配菜和調味料，隨即便將高湯倒了進去。

隨著熱石頭遇水升溫，整桶魚瞬間沸騰了起來。「咕嚕咕嚕」響個不停，在大冷天裡熱氣騰騰，看著就很舒服。

接著二元蓋上蓋子，對著那桌的客人道：「幾位稍等片刻便可食用了。」

隨即，又要店小二端來一盤剁椒魚頭放在桌上，這一魚兩吃，魚頭做菜，魚片燉湯，都不浪費。

待魚肉燜熟，幾人便迫不及待地打開蓋子，先舀了一碗湯來嚐，畢竟這一家食樓的高湯，可是連當今皇帝都讚不絕口的。

湯頭入嘴極其鮮美，既有魚肉的甘甜，又有高湯的鮮甜，魚肉鮮嫩爽口，口感新鮮，汁水十足，幾乎嚐不到刺。一口下去，味蕾似乎是受到了極大的挑逗，讓人欲罷不能。

旁觀眾人看這桌的人吃得這麼香，那享受的表情讓他們饑腸轆轆，口水直流，一個勁兒地催著後廚出菜快點。
唐柒文在雪松閣看著樓下的情景，再一瞅在旁邊自己搗鼓口脂的葉小玖，傻傻笑著。
「你傻笑啥呢？」葉小玖抬頭就看見他笑看著自己。
「娶了個寶啊，自己會賺錢還捨不得花錢，偏生要自己弄這危險的。」
葉小玖知他指得是她自製口脂的事，可她都已經說了好幾遍了，這真的不會中毒，他就是不信。
「哎呀！真的不會有事，我以前就自己弄，也沒見中毒。」她起身，走到他身邊，將口脂給他看。「再說，若真是有毒，那你應該擔心自己而不是擔心我。」
看著他疑惑的表情，葉小玖咧嘴一笑。「因為我只是外敷，你可是內服啊！」
唐柒文先是一愣，隨即似是明白了什麼，放下手中的書，起身將葉小玖手中的妝奩盒拿過放到桌上，抱著她的腰輕笑。「既如此，那我可得好好試試有沒有毒了。」
楚雲青的情況漸漸好轉，也許是有沐婉兒陪著心情舒暢，這傢伙不到三日時間便能下地亂跑。看這幾日楚雲飛一點都沒有將沐婉兒送回去的意思，他知皇兄已是默許了他們的關係，便帶著她滿皇宮亂轉。卻不想，正好碰上了來宮裡去太后那裡玩的柔嘉公主。
柔嘉對楚雲青這個心上人還是滿好奇的，於是便和沐婉兒聊了幾句。誰知一聊兩人還聊出姊妹情來了，甚至約好一起去宮外玩。於是，楚雲青便苦命地成了兩人遊玩時的侍從，不但得保護兩人的安全，還要負責掏錢，媳婦卻滿心都在別人身上。

「婉兒，妳怎麼會看上他啊？瘦巴巴的，跟個弱雞似的。」柔嘉對楚雲青十分嫌棄，瞅了他一眼接著道：「要不妳跟我回格布吧！我把我哥哥介紹給妳，他是我們格布第一勇士，人長得好看還有力量，比他不知好多少倍。」

二人後面，楚雲青一臉墨色，很想把那個霸占自己媳婦還光明正大撬他牆角的公主給踹回格布去。

不過也快了，畢竟這幾日，格布可汗已經打算要回去了，忍忍，且讓她再囂張兩天。

看著沐婉兒朝這邊看過來了，楚雲青忙掛上一個好看的笑容，露出八顆大白牙。

若說格布可汗要回去了，楚雲飛這邊也是愁啊！大鄴與格布乃是邦交兄弟，現在「弟」要回去了，他這個「兄」總要拿出來些東西當作禮物。

可大鄴地大物博，可以相送的東西實在太多，要從中挑選出適合的東西，這一時之間，他還真拿不定主意。

「陛下，微臣以為送瓷器最好。瓷器在大鄴有好兄弟之意，送格布正好。而且，格布游牧業發達，手工業卻相對水平較低，我們可以送一些日常用具，也算是解他們急中之急。」邵遠恭敬道。

「陛下，邵侍郎此言差矣，先不論大鄴官窯多製作瓷器擺件，就是日常用品，那也是皇家的私人訂製。格布雖與大鄴是邦交，可終究是大鄴的附屬國，如此高看是否不妥？」一個向來和邵遠政見不合的大臣急忙跳出來反駁。

「陛下。」邵遠再次舉著玉笏出來。「送官窯瓷器確實不妥，但可以從民窯中挑選。那涼淮縣唐記瓷窯燒出來的瓷器，質地緊密精美，十分耐用，正能代表我大鄴手工業的工藝與技巧。」

邵遠乘機推薦了唐堯文。

「陛下。」工部尚書接著出來道：「瓷器雖好，但格布乃游牧民族，傍水而居。每次遷移帶不走的東西都是摔碎了埋葬，若是昭示兩地邦交的瓷器碎了，豈非不祥？依微臣之見，不如送布疋，就如方才邵侍郎所言，大鄴手工業發達，布疋種類多、製作也精良，而且馬上就是深冬了，天氣寒冷，送布疋亦能表現出我大鄴朝的情意啊！」

一時間，朝堂上支持布疋與支持瓷器的分成兩派，吵成一團。

楚雲飛按了按發疼的額角，厲聲道：「此事容朕再想想，眾愛卿若是無事，便退朝吧！」

回到養心殿，楚雲飛好好思慮了一番，覺得還是送布疋比較穩妥，但他還是讓邵遠帶著他推薦的唐記當家人，以及工部尚書推舉之人一同前來上書房見他。

沐婉兒和柔嘉二人浪夠了，才依依不捨的分別，約好以後若是有機會，定要去格布一聚。不想在和楚雲青回宮的路上，他們竟然碰上了跟在工部尚書身後行色匆匆的沐封。

「爹？」沐婉兒驚訝。

「婉兒？」沐封上下打量了女兒一番。「妳怎麼在這兒？」

其實沐封在最開始知道女兒和楚雲青在一起，楚雲青又是皇室子弟後，便默默盤算著將沐家的產業再往前推一步，比如說——成為皇商。

成為皇商後，雖然本質還是商人，可至少沐婉兒作為皇商之女，與楚雲青這個王爺在身分上的差距就少了許多，所以這一次，就是個絕好的機會。

錦衣閣的生意遍布大鄴各地，有自己完整的產業鏈，之前他是覺得成為皇商後行事要畏首畏尾，一切要以皇家的利益與顏面為主，他不喜歡，可現在為了婉兒的幸福，那就什麼都不重要了。

楚雲飛原本就在想辦法如何將沐婉兒的身分提上一提，卻不想一打瞌睡就有人送枕頭，工部尚書推薦之人，居然就是沐婉兒她爹。

這不正好嗎？

於是，在了解了沐封和唐堯文二人的想法後，他大手一揮，將這機會給了沐封，反正瓷器易碎，他之前也覺得布疋比較穩妥。

唐堯文這次又失了機會，對沐封是恨得咬牙切齒，恨不得喝他的血、吃他的肉，那憤怒的眼神看在邵遠眼裡就是草包表現。

「成大事者必能沈得住氣，瞧你這個樣子，倒是我高看你了。」邵遠抿了口茶，看了唐堯文一眼，眼中精光一閃，隨即勾唇一笑。

「哼，你站著說話不腰疼，皇帝明顯就是偏向沐封，別當我看不出來。」唐堯文氣得鼻孔冒煙，顧不得邵遠的身分便對他大聲。

「是又如何？誰讓你家沒個女兒去勾搭人家的兄弟呢！」邵遠嗤笑。「不過失了一次機會便方寸大亂，賺錢的機會千千萬，不差這一次。」

「我這是為了錢嗎？」唐堯文坐下，倒了杯茶一飲而盡。

「呵。」邵遠輕笑。「知道你是為了皇商的身分，但你要知道，你若是應下了這份差事，最終的結果，無非就是皇上高興，給你些賞賜罷了，離成為皇商，還遠著呢！」

「你少在這兒說風涼話，那你說，現在怎麼辦？」唐堯文直勾勾地看著他。

「急什麼？你剛剛將唐記的產業轉到上京城，現在根基未穩，羽翼未豐，唯一能做的，就是在這裡老老實實地站住腳，至於其他的，慢慢來。」

第四十六章

邵遠摩挲著茶杯，思緒卻漸漸飄遠了。

他是真沒想到，他的小玖居然因為一手好廚藝被封了官，而且還能插手御膳房。將來若是她的姊妹再成了瑞王妃，那她……原來，小玖，才是他真正的賢內助啊！

因為這幾日朝中事務繁忙，邵遠已經好幾日沒回過家了。文潔沒想到，他這一次回來居然是先來找她。

文潔上前，替他脫下身上的披風，然後倒了一杯熱茶遞給他。

「睿兒呢？怎麼沒見他？」邵遠打量了一眼房內。

往日他回來，那小子不是總喜歡跑來抱著他的大腿嗎？

「你不是打算將他交給沈氏撫養嗎？我便不再拘著他，現在應該在沈氏院中。」文潔語氣毫無波瀾。

「胡鬧！」邵遠看了文潔一眼，然後對她身邊的秀兒道：「去把少爺接過來，若是沈氏阻攔，就說是我的命令。」

「是。」秀兒領命下去，屋子裡剩他們二人。

「小潔。」邵遠起身，將文潔攬進懷中。「那日是我喝多了酒昏了頭，才會那樣對妳，那不是我的本意，妳能原諒我嗎？」

說著，他還用下巴蹭了蹭文潔的頭頂，就如從前一般繾綣情深。熟悉的動作讓文潔想到了從前的恩愛，她一下心軟了，感覺鼻頭酸酸的，眼中含淚。

「你以後都不許這樣對我，也不許騙我！」她點點頭，嘴上強硬聲明。

「好，以後都不會了。」邵遠認真地說。

文潔覺得，可能邵遠就是犯了男人都會犯的錯，被那狐狸精一時迷了心智，只要他迷途知返，就還是她的好夫君。而且現在，相府只將她視為討好別人的工具，若是她再抓不住邵遠，那她就真的是完了。

吃完晚飯後，邵遠在文潔這裡歇下了。一番雲雨之後，他將文潔緊緊地擁在懷中，摩挲著她滑嫩的肌膚。

「小潔，我有事與妳商議。」

「何事？」文潔神情慵懶，如同一隻饜足的小貓，乖巧地窩在他的臂彎中。看邵遠那有些遲疑的表情，她抬頭吻了吻他的下巴。「到底何事？」

「我……我想娶小玖。」

「你說……什麼？」文潔覺得自己的心瞬間冷掉了，好半晌，她才再次找到自己的聲音。「什麼叫……娶？」

文潔覺得自己喉嚨發緊，連呼吸都覺得困難。「你想休了我？」

「不是小潔，妳聽我說。我不是這個意思，我只是想納她進府。」他頓了頓道：「不怕妳笑話，葉小玖她其實是我在鄉下時的未婚妻，雖然是父母決定的，可是她父母也養了我許久，我不能忘恩負義。」

這事文潔之前就已經查到了，她查到了邵遠與葉小玖的過去，也查到了葉小玖現在在涼淮縣的近況。「可是她現在過得很好，而且她已經有唐柒文了！」

「他唐柒文算什麼東西?!」邵遠忽然發怒，隨即他直勾勾地看著文潔。「妳怎麼知道這些的？妳去查她了？說，妳有沒有傷害她？妳有沒有在她那裡亂說話？妳說，妳說啊！」

邵遠眼睛赤紅地掐著文潔的脖子，眼中那明顯的殺意和癲狂看得文潔心驚。就在她覺得自己快要死了的時候，邵遠倏地鬆開手，將她抱在了懷裡。

「小潔、小潔妳原諒我，我只是一時頭昏，妳原諒我，好不好？」

邵遠終是冷靜了下來，但在昏黃的燈光下，他看著文潔那冰冷的眼神似乎看透了他所有的偽裝，讓他有些手足無措，想要逃離。

他起身穿好衣服道：「方才是我一時情急，是我不對，我知道妳現在不想看見我，我先出去了。」

屋裡剩下了她一個人，文潔看著地上燒得火紅的炭盆，忽然大笑了起來。

原來，今日對我的好不過都是計策，只是為了哄騙我達成目的罷了，虧我……還傻傻地相信！葉小玖，妳究竟是何方妖孽？居然讓我堂堂丞相之女敗在了妳的手上。

邵遠出去後便在書房歇下了，第二日一早，秀兒便來告訴他，說文潔去了左相府，要過兩日才回來。

知道自己昨晚確實過分了，再加上文潔那性子，邵遠也沒多想，只說讓她照顧好夫人。但其實，此時的文潔，正在去涼淮縣的路上。

「夫人，您披件衣服吧！天氣冷。」

綠袖將一件淡紫色的披風搭在文潔肩上，卻被文潔一把扯了下來。

「不用了。」天氣再冷，難道還能冷過她的心嗎？

「夫人，我們去涼淮縣幹麼？」綠袖不明白，涼淮縣沒有夫人的親戚啊？

「找人。」文潔的語氣冷到沒有一絲溫度。

綠袖很想再問去找誰，卻在看清文潔的臉色後，乖巧地閉上了嘴，只是再次將披風給她披上。

涼淮縣今年冷得早，才立冬不久，天氣就已經凍得厲害，昨日還下了初雪，氣溫更低了。

所以，葉小玖也提早在食樓推出新的火鍋，大冷天吃上一口，別提多暖和，多舒服了。

「姑娘。」二元走進雪松閣，看著將自己捂得像隻肥兔子似的東家，不由得笑出了聲。

「什麼事？」葉小玖從大氅中露出腦袋，卻將手中的暖爐又握緊了幾分。

「青荷居來了個女客，不點菜，問她想吃什麼，她也不說話，我們實在是沒辦法了。」二元為難地說。

看那女子的穿著就是大戶人家出來的，可她拉著一張臉坐在那兒，又不說話，看著著實像是來找麻煩的，很嚇人。

一旁的唐柒文聞言，放下手中的書對葉小玖道：「聽著來者不善，要不我去看看？」

「算了吧，既然是女客，你去多有不便。」將身上的大氅脫下來，唐柒文立刻拿來了夾襖給她套上。

「你乖乖待著，我等會兒就來。」葉小玖說完，還十分流氓地拍了拍他的臉頰，直讓唐柒文失笑。

推開青荷居的門，葉小玖一眼就看見坐在裡面的女子。

那是很標準的古典美人兒，柳葉彎眉，皮膚白皙，可能是因為沒抹口脂的原因，瞧著很是憔悴，一襲雪緞粉衣，上面套一同款夾襖，襯得她十分嬌豔。而且她身上有一股淡淡的書卷氣，看著十分吸引人。

文潔打量著踏進門的葉小玖。

她原本想著葉小玖能讓邵遠為之瘋狂，定是那種極其妖豔的女子，最不濟也是那種心機深沈的人。卻不想來人一頭長髮半挽，可能是因為屋裡較悶，臉蛋看起來紅通通的，而且雙眸清澈明朗，就如同那鄰家漂亮的小妹妹。

「妳是葉小玖？」文潔開口，雖是問句，但已心有定見。

「嗯，妳認識我？」葉小玖進門將門關好，又在一旁的炭盆裡添了些炭。

「不認識。」葉小玖等了良久，她才又道：「只是聽說過。」

「我說……」葉小玖輕笑，然後看了文潔身後的綠袖一眼。「妳似乎很恨我？」

綠袖的眼神似是要吃了她一般。

綠袖原本不清楚自家小姐為何要來這個地方，可方才一聽葉小玖的名字，她不由得想到之前小姐讓文輝去查的人，再一聯想小姐今早通紅的雙眼和脖子上的紅痕，頓時明白了一切。

綠袖狠狠地瞪了葉小玖一眼，然後轉過頭去不再看她。

葉小玖也懶得理她，轉頭問文潔。「介意我坐下嗎？」

文潔此時十分迷茫，她忽然不知道自己此行的目的到底是什麼了。是來警告葉小玖離她夫君遠一點？還是只是來瞧瞧這迷惑自己夫君的狐狸精到底長什麼樣？自己是不是應該像戲文裡的正室，先一個巴掌甩到她臉上？

可看著她那溫暖的笑容，文潔忽然充滿了無力感。

「妳隨意吧！」

葉小玖知道她一直在打量著自己，但也沒怎麼在意，反而是坐下倒了杯熱茶遞給她。

「看妳是從遠處來的，趕了一天的路想必凍壞了，喝口水暖暖身子吧！」

「妳怎麼知道我是趕路來的？」文潔驚訝。畢竟她在進食樓之前，仔細地捯飭過自己，再怎麼說也不能在外人面前丟了氣場，尤其這個人，還要強搶她的丈夫。

葉小玖一笑。「妳是打扮得十分精緻，可妳丫鬟眉宇間的倦意還是很明顯的。況且，華陽府這一帶都下雪了，看妳這身裝扮，一點兒都不像有備而來。舟車勞頓，想必妳也餓了，吃點什麼？就算有什麼事，總得吃飽了再說。」

見她又不說話，葉小玖道：「罷了，看妳是第一次來這裡，今日這飯不如我請，就當是交個朋友。」

葉小玖自然沒有忽略她白皙脖頸間的恐怖紅痕，更沒有忽略她微腫的雙眼。所以就算她是來找麻煩的，她也狠不下那個心去冷眼相待。

只是說完話，她頓時覺得有些好笑，人家來找麻煩，她卻跟人家好姊妹似的。

葉小玖點了禦寒滋補的羊蠍子火鍋，又讓二元去把她夏日泡的青梅酒拿來。

後廚的人動作還是挺快的，不一會兒，二元便端著鍋底走了上來。打開木頭桌子最中間的蓋子，裡面便露出了一個鐵製的小爐灶，二元再在桌子旁邊的那個凹槽裡卡進去一根鐵棒，那爐灶便「喀嚓」一聲升了上來。

「呀！」綠袖驚奇地叫了一聲，想起不合時宜，不好意思地默默低下了頭。

文潔也被這奇怪的設計給驚到了，但大家閨秀的規矩讓她並未表現出來。

桌上的火鍋「咕嚕咕嚕」的冒著熱氣，誘人的香味已然溢滿了整個房間。哪怕文潔之前多麼堅定地打算不吃這食樓的東西，此時也不由得噓了噓口水。

「好了，別拘著了，哪怕妳是來找我麻煩的，總得吃飽了才有力氣是吧？」葉小玖將筷子遞給她。

文潔接過筷子，復又放下。「妳知道我是來找麻煩的？」

「自我進門，妳就一個勁兒地打量我，眼中還對我滿是防備，而妳那個丫鬟更是瞪著我，如同我欠了她錢。在這種情況下，我總不會單純地相信，妳們是來吃飯的吧？我又不是傻子！」

葉小玖最後的語氣倒是逗笑了文潔，她看著眼前的女子，搖了搖頭。「不是。」不管之前是不是，現在都已經不是了。

而且她也看出來了，像葉小玖這樣明媚通透的女子，他卲遠配不上。

聽了她的話，葉小玖稍稍有些驚訝，隨即很是無所謂地道：「既然不是，那我便當妳是來吃飯的，來嚐嚐我們店裡新推出的火鍋，可好吃了。」

葉小玖說著，用公筷挾了一塊羊肉放到她碗裡。

「嚐嚐看，這羊蠍子燉了一個多時辰，鮮香酥爛，可好吃了。」

看著自己碗裡的肉，文潔忽然發現，這麼多年，好像從來沒有人給自己挾過菜。

在家的時候，母親倒是常常挾菜，可那不是給爹爹的、就是給大哥的，從來沒有給過她。而後來嫁給邵遠後，也一直是她給邵遠挾菜，所以有人給自己挾菜，倒是第一次。

挾起羊肉咬了一小口，那葷香味十足的味道一下竄入她的口腔，文潔頓時覺得鼻頭一酸。

「怎麼了，可是太辣了？」葉小玖見她瞬間紅了眼，忙倒了杯茶給她，又讓二元取一碗清水來，讓她涮過再吃。

「不用了，我沒事。」文潔擺了擺手。「只是忽然被嗆到，已經好了。」見她確實沒事，葉小玖才放下了心，二人靜靜地吃著火鍋，熱辣的滋味讓人渾身都暖了起來。

哎，果然只有火鍋，才和冬天最配！

葉小玖沒想到，眼前這一個嬌小姐居然這麼能吃辣，她吃了這麼久，都感覺嘴上火辣辣的，可看她除了一開始嗆到，之後竟然就跟沒事人一樣，連臉色都沒變過。

「妳吃不了辣？」文潔看著葉小玖紅通通的嘴，很是罕見地開口。

「怎麼可能！」葉小玖急忙反駁。作為一個無辣不歡的人，最聽不得的就是別人說自己吃不了辣了。「我就是中場休息。」

也不知她聽沒聽懂，葉小玖居然看見她笑了，櫻唇微微上翹，好看極了。

就在葉小玖準備乘機和她套近乎的時候，忽然傳來一陣敲門聲。

綠袖去開門，沒想到來人竟然是唐柒文。

「你怎麼來了？」葉小玖起身走到門口道。

「我見妳遲遲不回來，所以過來看看。」唐柒文往裡瞅了瞅，隨即又看了看葉小玖誘人的紅唇。

沒想到妳居然還和人家吃上了？害得我白擔心！

看著他那委屈兮兮的表情，葉小玖微微一笑。「哎呀，一時忘記讓二元去給你說一聲了。放心吧，我好著呢，你若是困了，就先去房裡睡一會兒，等我好了去找你。」

「那妳冷不冷？要不要我去將妳的披風拿來？」唐柒文看著她被熱氣蒸得紅通通的臉。

「不用了，一點也不冷。」葉小玖亮了亮她因為熱而出汗的手掌。

看著唐柒文走遠，葉小玖關上了門，轉身就看見文潔那羨慕的眼神。

回身坐下，葉小玖拿起筷子挾了片豆腐。「冒昧問一句，妳……成婚了嗎？」

「嗯。」文潔吃著自己碗裡的蘑菇，低低地應了聲。

「那……他對妳不好？」她小心翼翼地問。

文潔聞言，手中的筷子倏然滑落到地下，屋子裡，除了火鍋「咕嚕」冒泡的聲音，安靜得嚇人。

「對……對不起啊！我只是看妳脖子上有紅痕，以為是妳夫君弄的，對不起，對不起！」

葉小玖說著就要低頭去撿筷子，卻在手伸出去的瞬間，被文潔落下的眼淚砸了個正著。

「妳……」葉小玖遲疑地看著她。

「是，他對我不好，一點都不好……」文潔如同發洩般地嘶吼了出來。

她原本以為邵遠一直待她很好，至少在葉小玖出現在他們之間前，邵遠待她是極好的。所以縱使她覺得葉小玖不是她和邵遠之間的插足者，而是邵遠變了心，她都對葉小玖有些怨恨，覺得是她打破了自己平靜的生活。

可在方才看見唐柒文的種種，她忽然明白，一切，不過是她的自欺欺人罷了。

邵遠從來沒給自己挾過菜，也沒問過自己冷不冷，更沒有朝自己撒過嬌。

她原以為噓寒問暖、撒嬌都是女人該做的，可現在看來，哪有什麼男女義務？只不過是不夠愛，不在乎而已！

而她所謂的平靜生活，其實不過是披著繁華外衣的一潭死水，外表光鮮亮麗，其實內裡早已惡臭不堪。

靜靜落淚良久，文潔才收起情緒，用手帕擦了擦眼淚。「抱歉，讓妳見笑了。」

一來二去之間，文潔對葉小玖卸下了心房，而且她是真的需要一個好的傾聽者來聽她傾訴，所以不知不覺間，她將自己和邵遠的事告訴了葉小玖，而且為了怕葉小玖懷疑，她特意剔除了有葉小玖的那一部分。

所以，葉小玖只是覺得這故事越聽越熟悉，卻也沒多想，當她聽到那個男人為別的女人掐原配的脖子，她終是氣憤地開了口。

「呸，渣男！」她放下筷子。「哎，都這樣了，妳就沒想過和他離婚？」

「離婚？」文潔疑惑。「那是什麼？」

「嗯……」不想自己一激動居然又露了餡，葉小玖忙補充道：「就是和離，對，和離！」

「和離？」文潔面上帶了太多無奈。「我一個女人，若是離開了他，又該怎麼活呢？」

第四十七章

「怎麼不能活？」葉小玖一聽這話，想到之前比賽時曾受過的歧視，內心就來氣。「我們女人也是獨立的個體，又不是誰的附屬品，怎麼就非得靠他們男人活著？看妳這穿著，分明是個千金小姐，就算是和離之後，怎麼也不會缺吃少穿吧？別的不說，光是妳的嫁妝裡那些田產、脂粉鋪子啥的，也夠妳半輩子的吃穿了，何苦為了那渣男賠上一輩子？」葉小玖喝了口茶，又道：「女人嘛，要在經濟上獨立，經濟上獨立了妳才能挺起腰桿，在家裡有話語權。」

葉小玖給她灌雞湯，說完只靜靜地看著她，良久，文潔才抬起頭來。「也許……妳說得對！」

從小到大，她接受的就是最好的教育，三從四德，《女則》、《女訓》也不知看了多少遍。

葉小玖這些話，乍聽有些離經叛道，可仔細想來卻字字有理。憑什麼女人只能做個在家相夫教子，只能依附男人的菟絲花？還要每天仰他人鼻息地活著。

大鄴本就不反對夫妻和離，更何況她還是丞相之女，就算和離，她還有這一層身分加持，不愁以後日子難過。

而且她也看清楚了，邵遠之所以娶自己，是因為自己丞相之女的身分，現在他和相府擰成了一股繩，對她就漸漸露出了本來的面目。

她不過是以前傻，相信了他的花言巧語，相信他在外面養外室只是他一時糊塗。

「妳說得對，何苦為那渣男毀了自己的半輩子。」

葉小玖看她那堅定的樣子，笑著點了點頭。

「哦，還沒問妳的名字呢？」

「我叫文潔。」萬事都想通了，文潔覺得渾身輕鬆，說話也不那麼死氣沈沈，自是覺得沒必要瞞著葉小玖了。

文潔？那不就是男主邵遠的正妻？所以說，她真的是來找麻煩的？

葉小玖看著還在吃火鍋的人，一臉震驚。

在原著中，文潔最後只是邵遠後院中的一個平凡女子，雖然擁有正妻的身分，邵遠卻沒有將她放在眼裡，小妾是一個接一個的迎進來。而文潔乃是書香女子，心高氣傲，自是不屑與她們爭寵，最終便在後院鬱鬱寡歡，在冰冷中了卻殘生。

「妳是邵遠之妻文潔？」

葉小玖見文潔點頭，越發覺得自己方才勸她和離是對的，如此知書達禮的一個女子，怎能就這樣讓邵遠給糟蹋了！

格布可汗回去之後，楚雲飛在朝堂上大讚工部尚書，順其自然將沐家升為皇商，而沐婉兒和楚雲青的婚事也被提上了日程。

「馬上就到年節了，你二人的婚事不如等到來年開春再舉辦。」

現在舉辦婚禮剛好與年節相撞，禮部的人若是顧不過來，難免粗糙，倒不如提到年後，再好好操辦，畢竟這宮裡，好久沒有喜事了。

「臣弟謝皇上體恤！」楚雲青跪地叩謝，臉上盡是喜悅，只要能和婉兒光明正大地在一起，等幾個月又何妨？更何況，他也想給她一個盛大隆重的婚禮。

「眾愛卿可還有事？」楚雲飛問。

沒事的話，我可要回去陪我家箬箬吃早飯了。

「皇上！」邵遠突然舉著玉笏出來。「臣煩請皇上為微臣賜婚。」

「賜婚？」楚雲飛驚訝。「你不是已經有正妻了嗎？」

「皇上，微臣年幼之時曾受恩於人，現恩人去世，只留一獨女，微臣不忍她一人受苦，所以想娶她為平妻。」他俯身道：「還望皇上成全。」

他原本想著徵求文潔的同意，然後再將小玖娶進門，卻不想她反應居然那麼大，直接回娘家去了。昨日回來她也臭著一張臉，一句話都沒和他說，對他視若無睹，置之不理。

他想著，倒不如如沈氏所言，直接來皇上跟前請旨，到時候聖旨一到，文潔和文霆章願意便願意，不願意也得願意。而且這樣一來，小玖嫁進來也不會因為身分問題受人欺負，一舉兩得。
「你倒是懂得感恩，只是你想娶平妻，可曾取得正妻同意？如果我沒記錯，你的正妻，是文左相之女吧？」楚雲飛將目光投向文霆章。
「皇上睿智，只不過小女文潔身子不好一直沒有生養，若邵侍郎娶一平妻進門，倒是嫡子有望。」文霆章恭敬道。
呵，這老頭為了拉攏邵遠還真是捨得啊？楚雲飛眼露嘲諷，隨即輕輕一笑。
「既然左相也同意，我自然沒理由拒絕，只是不知邵侍郎求娶的，是何人？」他倒是好奇，什麼樣的女子，能讓邵遠給這麼大的面子前來請旨。
「回皇上，此女乃從六品呈飲膳使葉小玖。」邵遠說得鏗鏘有力。
「什麼？是葉神廚？」
「他居然要娶葉神廚？」
「那他怕是沒戲，這段時日葉神廚拒絕了不少前去求親的人，說自己立志做菜，對男女之事尚無打算。」
「我看葉神廚心氣高著呢，人家連傅尚書家的正妻之位都瞧不上，更何況是一個侍郎平妻？」
「那可不一定，你沒聽邵侍郎說嗎？他們兒時就相識，說不定，人家就是等著她的青梅竹馬來娶她呢！」

一時間，朝堂眾人吵成一團，紛紛說起這幾日為兒子求親，卻被葉飲膳強硬拒絕的心酸，和邵遠有幾分把握能抱得美人歸。

楚雲青瞇了瞇眼，他最初就覺得邵遠說的那個人是葉小玖，想不到他還真是厚臉皮，在明知葉小玖與唐兄兩情相悅的情況下，竟想著讓皇兄施壓讓她嫁給他。

只可惜，他的如意算盤打錯了！

果不其然，楚雲飛開口道：「雖然你有意報恩是好的，可是葉飲膳的婚事，我卻做不得主，朕早已答應過她，她的婚事，由她自己做主。」

邵遠頓感錯愕，他原本想的就是以聖旨來逼葉小玖就範，卻不想皇帝竟先給了她這樣的特權。

一群大臣聽了這話，對葉小玖更是高看了。畢竟婚姻大事向來是父母之命，媒妁之言，皇帝卻給了葉小玖一個女子如此大的特權，想必是真的看重她，若是能娶她進門，那不就等著平步青雲嗎？

所以說，這一家食樓還是要常去的，說不定葉飲膳看到他們的心意，便答應了呢？

邵遠沒想到，自己的請旨不了了之，還為自己多添了幾個競爭者。

葉小玖那日算是以很和平的方式與文潔化敵為友，但她知道，文潔畢竟受這時的教育影響頗深，雖然當時認同了她的想法，但若是文潔心中有邵遠，回去又被邵遠隨意糊弄誘哄幾句，最後反悔也是可能的。

不過對此她也不是很在意，畢竟這是邵遠和文潔兩人的家事。婚姻之事如人飲水，冷暖自知，她一個外人，不便攪和其中，只希望邵遠不要來叨擾她。

更何況，馬上就是小年了，她忙著製作小年那日的吃食，哪有時間去關注這些？

大鄴的小年跟現代一樣，也是在農曆二十三日這一天，家家戶戶都要祭灶神、吃餃子。當然，少不了這邊的特色，那就是吃麻糖。

麻糖是用糯米、白糖、白芝麻、麥芽糖以及桂花、金桔餅等製成的，口感香而不豔，甜而不膩，形似玉梳，白似牆壁，薄如蟬翼，酥脆可口，深得小孩子的喜愛，就連大人，都受不住它那香甜的味道，忍不住多吃兩片。

聽著外面村裡孩子們打雪仗嬉鬧的聲音，葉小玖勾了勾唇，和唐母一起做麻糖。

這幾日不知是怎麼了，忽然來了不少人找她，名頭上說是同僚前來探望，可她一去就頓時變成了相親大會，那些人一個勁兒地向她推銷他們兒子有多好，品貌好、才華高，她嫁了肯定吃不了虧、上不了當。

縱使她拒絕了不下十多次，表示自己暫時不考慮這些，可那些人依舊樂此不疲，甚至來得更勤了。為了躲避這些麻煩，索性她便不去食樓了，讓唐柒文在那邊坐鎮，也避免他老是吃醋，將自己都快醃入味了。

「小玖，將那邊的糯米遞給我。」唐母看著葉小玖，那是越看越歡喜。

往年過年，家裡總是緊巴巴的，所以麻糖一般都是田嬸子家給的，畢竟白糖價格不便宜，她家買不起。

卻不想只不過一年時間，家裡就變得殷厚富足，柒文也考上舉人，昔言也不似往日那般怯懦了，就連她自己都覺得日子越過越有滋味，而這一切，都歸功於小玖。

「小玖。」

「嗯？」葉小玖轉頭，就看見唐母一臉慈愛地看著她。

「沒事，就是想叫叫妳。」唐母終是沒有將那句感謝說出口，畢竟這句話，意義不大，分量太輕。

將淘洗乾淨的糯米在砂鍋裡炒成糯米花，唐母拿過一旁的鍋子熬糖。

白糖加水，再加麥芽糖，熬到一定程度拿出晾涼。

把熬好的糖拉白成糖胚是個力氣活，唐母終歸是上了年紀，不一會兒就覺得手痠，好在葉小玖曾拉過龍鬚糖，對這方面掌握得還可以，所以便由她接手。

將拉好的糖胚裡面放上之前炒好的芝麻、糯米花、桂花等拌勻，再放到洗乾淨的銅板上，讓其冷卻，自然成型。

因為使用的銅板略有弧度，所以定型後的麻糖也呈弧形，切片後呈現月牙形狀，拌著麥芽糖和芝麻，一片極薄，卻甜香可口，使人欲罷不能。

麻糖做好，唐母自是先送一點給田嬸子家，而葉小玖則在家裡收拾後續。

「玖兒，我回來了！」

清脆且俏皮的聲音從門外傳來，葉小玖探出頭看，就見沐婉兒一身紅衣似火，滿臉喜氣地走了進來。

「婉兒！」葉小玖有些驚喜，畢竟之前她來信說沐封在上京城生意繁忙，她也要在一旁學著。本以為她今年過年會留在上京城和楚雲青一起，不回來了。

「死丫頭，妳是不是有妳的柒文哥哥，就忘記我了？」沐婉兒說著，衝上前來給了葉小玖一個大大的擁抱表達心中的感激。

要不是之前她支持自己去爭取一把，說不定她和楚雲青的愛戀，早已經走到了盡頭。

「想，怎麼不想！」葉小玖將頭埋在她披風的白毛裡拱了拱。

「倒是妳，是不是被上京城的繁華給迷了眼，被楚雲青給勾了心？這麼久都不知道給我來封信。」葉小玖故意打趣她。

「說什麼呢？我這不是想給妳個驚喜嘛！虧我還給妳帶了禮物。」

「哎呀，還有禮物啊？」葉小玖看了看沐婉兒身後提著大包小包的流雲，笑著道：「那快，快屋裡請！」

沐婉兒被她這故作財迷的模樣給逗笑了，拿著自己冰涼的手就往葉小玖脖子放，被葉小玖笑著給躲過了。

兩人嬉鬧了一會兒，沐婉兒才聞見空氣中那淡淡的香甜味。「玖兒，妳這是又做了什麼好吃的？」

說著，她便吸著鼻子往廚房走。

唐母的手藝很好，做出來的麻糖比糕點鋪裡賣的有過之而無不及，沐婉兒一嚐到這味道便愛上了，撒著嬌纏著要唐母教她。

「妳這是想親自下廚，送去給妳家子淵吃的？」

葉小玖的打趣讓沐婉兒羞紅了臉，一雙美目怒瞪著葉小玖，看起來風情萬種。

唐母這幾日左右也閒著，便答應了。從熬糖到拉白再到拌麻，以及最後的切片、整形都細細地教給她，沐婉兒也是心靈手巧，不到兩日時間便將步驟學了個十成十，做出來的成品也得到了唐母的認可。

同時葉小玖也從她那裡知道，為何最近有那麼對權貴藉著吃飯、拜訪的名堂來向她提親，原來都是邵遠惹出的禍。

她都明顯拒絕他了，那渣男是否腦子有問題？所幸她老早就向皇上求了特權。

「妳在上京城可有見過邵遠的夫人？」葉小玖問。

「妳是說文潔嗎？」沐婉兒將自己做好的麻糖仔細地包好，打算讓沐陽託人送去上京城，給沐封和楚雲青一人一份。

「對。」

「我回來之前和子淵逛街的時候，看見她在和一群貴婦人喝茶。」沐婉兒看著葉小玖。

「怎麼，她來找妳麻煩了？」

「沒有。」葉小玖搖搖頭。「她是來找我了，卻不是來找麻煩的。我看邵遠似乎曾對她動手，所以便想打聽一下後續。」

「沒有啊，我瞧著挺好的，面色紅潤有光澤，一直笑盈盈的，一點都沒有夫妻不睦的樣子。」她頓了頓又道：「不過我聽子淵說，這個邵夫人往年除了皇宮的宴席，都是不大出門的，現在也不知怎麼了，居然還和人逛起街來了。」

聞言，葉小玖微微勾了勾唇。

看來那天的話，文潔還是聽進去了。

要過年了，葉小玖也加緊準備著，殺年豬、做年饃，村子裡熱熱鬧鬧，人人臉上都洋溢著喜氣，畢竟今年因著葉小玖，他們都能過個好年。

葉小玖很開心地參與在這年味十足的活動中，雖然除了做飯外都不擅長，但至少幫個小忙還是可以的。

因為現在食樓人多，唐柒文便決定今年在縣裡守歲，等大年初一再回俞竹村。

對此唐母也表示同意，反正回家守歲就他們四人，倒不如在食樓，人多也熱鬧。

金昭他們聽說葉小玖他們要在這邊過年，高興得不得了，一個個早早的抽著時間將後院給打掃乾淨，將邊邊角角都拾掇俐落，就等大年三十的到來。

只是還沒等到大年三十過年，邵遠竟在大年二十九上門來了。

「小玖。」邵遠來到食樓時，葉小玖正打算把醃好的鴨子放到烤爐裡去烤。

食樓裡的烤鴨算是出了名了，現在快到年節，不少人都跑來訂鴨子，準備過年走親訪友時當禮品拿著，方便又有面子。就算自家吃也容易，只須隔水一蒸，雖然味道與新鮮的略有差別，但還是美味異常。

這幾天，食樓的人都忙得昏天黑地，葉小玖正好閒著，便自己動手了，現在這一批，是今年的最後一批了。

「你來這裡做什麼？」葉小玖看著一身黑衣貂皮的邵遠立在院子中央，兩眼直勾勾地看著自己。她微微皺眉，繼續將下一隻鴨子塞進烤爐。

她都已經儘量不去招惹邵遠了，為何他要處處糾纏？難不成就是因為她沒跟原身一樣去找他，他反倒執著起來了？真是犯賤。

「小玖，我是來……」邵遠看葉小玖忙著不理自己，眼眸不由得暗了暗。「小玖，跟我回去吧！」

「回去？去哪兒？」葉小玖闔上烤爐的門，起身擦了擦手，將盆子裡的血水倒到旁邊的泔水桶裡。

邵遠見狀，立刻往旁邊移了移，生怕泔水濺出來弄髒他華麗昂貴的衣服，這讓葉小玖不由得抬頭看了他一眼。邵遠知自己反應有些大了，很是尷尬地抿了抿唇。

「回上京城，你的邵府？」葉小玖問。

「妳願意嗎？」邵遠往前一步。「我求聖上賜婚，聖上卻說妳的婚姻由妳自己做主。我知道我之前混蛋，騙了妳，娶了文潔為妻，可我都是有苦衷的。」

看葉小玖無動於衷，邵遠一把上前抓住她的胳膊。「當時我剛剛考中狀元，在上京城只有一個三品官的舅舅，我如何能與榜下捉婿的文丞相抵抗？小玖，妳我少時便相識，我的為人，妳該是最清楚的，妳會明白我的對嗎？」

第四十八章

邵遠說得情真意摯，好似自己娶文潔有多麼身不由己，葉小玖聽了只覺得諷刺。

「既然你是身不由己，那這麼多年來，你為何連一封信都沒有給過我們？」葉小玖笑問，卻將胳膊從他手中掙脫出來。

聽她這麼問，邵遠頓覺自己還有戲，之前在竹林宴上，葉小玖說的肯定都是氣話，肯定是氣他多年來毫無音訊，因此不在意葉小玖對他的抗拒。

「文潔是丞相之女，從小嬌生慣養，占有慾極強又心狠手辣，我若是聯繫妳，怕她發現妳後對妳不利，所以我才……可是我……」邵遠故作沈痛，有些哽咽。「可是我萬萬沒想到，葉叔居然那麼早就去了，而嬸子也……」

「之前怕，那現在呢？現在你就不怕她再威脅到我，對我不利嗎？」

葉小玖看著他的假惺惺，只覺得胃液翻湧。

「妳現在有從六品的官職，乃是朝廷命官，她就是想動手，也得好好掂量掂量；再說，我現在位居正二品，她不敢輕易出手的。」邵遠說完，又補了一句。「如果妳跟我回去，我一定好好待妳，就跟從前的我們一樣。」

說著，他便又去抓葉小玖的手。「阿玖，我想娶妳！」

「娶？」葉小玖不著痕跡地抬手躲過了邵遠伸過來的手，好整以暇地看著他。「你要娶我，可是要休了你的正妻？」

「這……」邵遠沒想到向來唯唯諾諾的葉小玖會問出這句話。但唐堯文和沈氏都說了，女人最喜歡聽的就是甜言蜜語，他眼帶遺憾地說：「雖然不能娶妳做正妻，可我會升妳為貴妾，等妳懷上孩子，生下長子，我便給妳平妻的位置，到時候，妳便是我府裡地位最高的女人了。」

末了，他又補了一句。「小玖，妳相信我，我會對妳好的。」

長子？

葉小玖冷笑，他是覺得自己沒去過上京城，不知道他的沈貴妾早已為他誕下了長子？果然，渣男的嘴，騙人的鬼！

不過大冷天的看一個渣男演戲，葉小玖覺得無聊，於是她決定速戰速決，不再與他兜圈子。「你願意娶我，可我卻不願嫁你，帶著你的什麼貴妾給老娘滾，老娘沒興趣！」

「小玖……」邵遠一下被噎住了。「我是為了妳好，妳看看妳，現在跟著唐柒文只能做這些下三濫的活，妳若是成了我邵府的貴妾，何至於受這樣的苦？」

「下三濫嗎？」葉小玖反問：「邵遠你別忘了，你之前也不過是個鄉下的泥腿子，你有什麼資格看不起我？看不起我做這些活？」

「小玖我不是這個意思。」邵遠解釋。「我只是想告訴妳現在我發達了，我可以信守承諾接妳去享福了，這也是葉叔希望的不是嗎？」
「我說了，我不在乎你的什麼貴妾，你趁早帶著你的貴妾滾，別在這裡礙眼。」葉小玖發了怒，這人油鹽不進也罷，還想洗腦她，給自己立什麼深情的好男人人設，著實噁心。
「小玖，妳變了。」邵遠很是心痛地說：「妳之前是最聽我的話的，也說過今生非我不嫁。」
邵遠露出了失望的眼神，可葉小玖看著只覺得諷刺，她反問：「沒按照你的想法做就是我變了？看透你的本質，想遠離你就是我變了？這是哪來的歪理！邵遠，你莫不是戲演多了，忘了自己之前做過的事了？」
她冷笑了聲，又道：「當年文丞相榜下捉婿，明明早前相中的是探花華君陵，怎麼最後變成你，你心裡真的沒數嗎？你有能力在外面養外室，卻沒有能力悄無聲息送封信？還有，我父母的死，你真的是現在才知道的嗎？」
邵遠被葉小玖逼問得一句話都接不上來，他只能怔怔地看著葉小玖，驚訝她為何會知道這些事。
「答不上來了？」葉小玖譏誚道：「那我來替你答，不過就是你當時急於攀上文丞相，所以設計引開了華君陵；你不送信，不過就是不想面對你那些自認為不堪的過往；而我父親會死，就是你造成的吧？你現在之所以想娶我，不過是因為皇上看重我，覺得我還有可以利用的價值，對吧？」

一想到葉父死後葉家的逐漸敗落，以及書中原身最終的慘狀，她瞬間有一種感同身受的憤怒，心中的惡魔也被放了出來。

「你說你身為一個男人，自己不思進取，卻總想著靠女人上位，對此，你不覺得羞恥嗎？」

葉小玖給了最後一擊。

被葉小玖點明了心中所想，邵遠頓時惱羞成怒，叫囂著就要去打葉小玖，卻被急急趕來的唐柒文一把給攔住。

自那次劫匪事件後，唐柒文便一直跟著楚雲青習武，這兩個月下來也是小有成就，雖不如楚雲青他們自幼訓練般強大，但至少對付一個手無縛雞之力的邵遠是綽綽有餘的。

一把將他的拳頭給擋住，唐柒文抬手就給了他一拳。

「阿玖，妳沒事吧？」

唐柒文急急地看著葉小玖，反覆確定她沒有被傷著。

邵遠被唐柒文打得一個趔趄，後退了幾步站定後，他摸了摸自己流血的嘴角，衝著朝唐柒文巧笑嫣然搖頭的葉小玖怒吼道：「葉小玖妳別忘了，妳我之間還有婚約在，我們是立了婚書的，妳若是想嫁他，也得與我解了婚約。」

「婚書？」葉小玖從唐柒文懷裡出來，冷笑道：「邵遠，你難道忘了，當年婚書一式兩份，你在娶丞相之女時，生怕我賴上你，派人將我的那份拿走了。」

想必那兩張婚書，早就被他毀屍滅跡，連渣渣都不剩了吧？

而葉父，也是發現自己最後竹籃打水一場空，才會一時激動，中風而死。

葉小玖慶幸葉父當年只是與邵母私自立了婚書，沒到官府去做公證，不然的話，她和邵遠就真的說不清了。而且以邵遠如今顯出的這種病態偏執，若有公證，他是一定不會放手的。

「妳、妳知道了？」邵遠倒退兩步。他以為這件事只有他自己清楚，畢竟當時這件事，他做得神不知、鬼不覺，沒有人會懷疑到他頭上。

「我不但知道這些，我還知道你為了掩飾自己的身分，刻意將痕跡都給抹去了，所以你我的婚約，早就做不得數了。就算現在去查，也查不到什麼了。」

「小玖，我是真心想娶妳為妻的！」邵遠覺得自己還能再努力一下。

「你回去吧，我已心有所屬，不想再與你糾纏不休。」

葉小玖說完，唐柒文接著道：「我們還有事要忙，邵大人慢走，恕不遠送了！」

既然人家都下了逐客令，邵遠自是沒有賴著不走的理由，只是走到門口，他回身看見不知道唐柒文說了什麼，葉小玖那笑靨如花的樣子，不禁勾唇一笑，眼中盡是志在必得。

小玖，妳這麼聰明又如此美麗，我怎捨得就此放手？再說了，妳本來就是我的，我為何要放手？

唐柒文現在一介白身，想與他鬥，不過是以卵擊石，自取滅亡。

思及此，邵遠心滿意足地走了。

反正他現在需要的，不過就是時間罷了！

文潔發現邵遠在休沐之日不在家，問了文輝才知道，他居然去了涼淮縣。

上次經葉小玖一提點，她就想通了，何苦奢望一個不愛自己的人的愛？所以這些日子以來，她和邵遠真的是相敬如「冰」，能不見就儘量不見，實在躲不過就打個招呼。

所以現在聽見邵遠去了涼淮縣，她第一反應不是吃醋，而是怕葉小玖有什麼危險，畢竟她發現，邵遠對葉小玖，有一種病態的偏執。

好在邵遠在大年三十中午便回來了，而且從他的神情來看，他在葉小玖那裡並沒有討到什麼好處。

但她還是想知道，他去涼淮縣到底做了什麼？

「你回來了？」文潔破天荒地迎了上去，柔柔地問了句。

「嗯。」邵遠點頭，然後習慣性地將披風解下來遞給文潔。文潔微微一愣，但還是接過掛到身後的架子上。

「聽說你去了涼淮縣，是去找她了嗎？」

「是。」邵遠看了她一眼。「妳不是不在意嗎？」

都說女人是賤胚子，越是哄她便越是胡鬧，這不晾了她幾天，自己消氣了，就來求和了嘛！」

文潔對邵遠語中的嘲諷毫不在意。「我只是覺得人家已經心有所屬，你不必去強拆了人家。」

「強拆？」邵遠坐在太師椅上蹺著二郎腿，等著文潔給他倒茶。「什麼叫強拆？小玖本來就是我的，他唐柒文想後來居上，也得看我答不答應。」

抖著腿等了半天也不見文潔有所動作，邵遠只得悻悻然地自己倒了杯熱茶暖身子。

「岳父可有說今年到哪邊去守歲？」邵遠換了話題。

「提了。你去嗎？」

「去，我與岳父還有要事要商議。」邵遠道。

「老爺。」沈氏聽到邵遠回來了忙來見他，卻不想一進門便聽到了這樣的消息。「你和姊姊去相府守歲，我和睿兒怎麼辦啊？」

她還準備了一桌好酒、好菜等他去吃呢，反正大夫人與老爺鬧脾氣，團圓飯是指定吃不安穩。

「往年怎麼著現在依舊，有什麼不好辦的？」邵遠摸了摸兒子的腦袋，看了下首坐著的文潔一眼，起身往外走。

「老爺！」沈貴妾氣得扭了扭身子，語帶撒嬌，卻也沒喚回邵遠。

「我乏了，先去睡會兒，此事就這麼決定，等到了時間，妳叫我一聲。」邵遠對文潔說完最後一句話後，便大步往外走。

沈氏看著邵遠走遠，那雙鳳眼裡盡是火氣，雙手捏得緊緊地，睿兒看見自己姨娘又露出了這樣的表情，嚇得往嬤嬤的懷裡縮了縮。

看兒子那孬樣，沈氏狠狠地瞪了他一眼，結果回頭卻看見文潔很是安穩地坐在椅子上喝茶。

「姊姊！」她扭著身子向前走了幾步。「老爺被那騷狐狸迷了心竅，妳也不管管。」

聽她說騷狐狸，文潔仔細打量了下她大冬天還穿著暴露，而且看臉上的妝容，明顯是來前才描畫過的樣子。

呵，還真是騷狐狸！

她挑了挑眉，摸了摸手中的暖爐，懶懶開口。「我為什麼要管？」

若是以前，她可能也氣壞了，可是現在……沈氏想拿她當出頭鳥，自己漁翁得利，著實是想多了。

「那騷狐狸還沒進門便把老爺迷得如此，若是進了門，還能把妳我放在眼裡嗎？」沈氏添油加醋道。

「為什麼要將妳放在眼裡？妳再怎麼說也只是個妾室，還想著讓別人把妳放在眼裡？」一個甘願給人做外室的女人，還妄想著得到別人的尊重？

她接著道：「再說，妳不是還給老爺出主意，教他怎麼把葉小玖拿下嗎？現在這是做什麼？反水？」

「這……」沈氏被文潔堵得回不了話，她原本是想幫邵遠出出主意，好討得他的歡心，讓他可以多疼愛自己一點，誰知他居然直接被那葉小玖迷了心，就連兒子都不怎麼搭理了。

文潔起身，看了她一眼。「別把別人都當傻子。沈氏，為了妳兒子，還是積點德吧！」

看著文潔緩緩離去，沈氏只覺得腿軟。

夫人不會是知道，她給後院那兩個女人的燕窩裡下藥的事了吧？

千盼萬盼，除夕夜總算是到了，葉小玖親自下廚，做了不少好吃的，看得金昭他們是目瞪口呆。倒不是說沒見過菜，而是從沒聽過這樣的說法。

「姑娘，這又是什麼說法？」呂欣指著那搭成小房子樣的菜問。

「這是金銀滿倉。」葉小玖笑了笑。

把提前醃過的魚肉和玉米炒過後裝在船形的白瓷盤裡，船尾用竹籤插著燙熟的白菜做成船帆的樣子，「金」玉米，「銀」魚肉，整盤菜看起來，可不就是金銀滿倉。

「那這個呢？」金昭笑嘻嘻地將葉小玖做好的，用兩片沒有切開的藕夾著肉餡的藕放進油鍋裡炸。

「這個是藕盒，今日就叫它笑口常開。」葉小玖為她們答疑解惑，順便揭開鍋瞅了一眼今天的重點——她的招財肘子。

用湯勺舀起紅亮亮的湯汁澆在豬肘子上，葉小玖用勺子輕輕拍了拍，很明顯感覺到豬肘已經軟爛了，於是在爐灶裡又添了把柴，準備大火收汁。

所謂招財肘子其實就是滷肘子，是粵菜的年菜裡必不可少的一道菜，不過，這菜聽著名字大氣，製作其實非常簡單。

將豬肘細細除了毛後冷水下鍋，燒開後稍稍煮一會兒去除裡面的血水，再將汆燙過的肘子放入砂鍋，放入鹽巴、八角、香葉、桂皮等等香料，加入冰糖、醬油，燉煮一個時辰左右。

趁著這個時間，葉小玖將提前準備好的小白菜和泡好的髮菜進行汆燙。這小白菜是沐婉兒送來的，聽說是沐陽從外邦帶來的，還很新鮮。

將小白菜和髮菜裝盤，擺成好看的樣子後，將肘子小心地滑入盤中，澆上濃稠紅亮的湯汁，再放上幾朵用胡蘿蔔和紅心蘿蔔雕成的小花，一道色香味俱全的招財肘子便算是做成了。

這是年菜的主菜，也是最後一道菜，唐柒文他們已經將前面收拾得煥然一新，桌上擺著瓜子、花生，還有糕點、飴糖，以及葉小玖早前泡的五味子酒。

唐母雖是大戶人家出身，但經過這麼些年來的辛苦勞作，心中早已對人沒有什麼三六九等之分，反倒是年紀越大越喜歡看小輩們在一起打打鬧鬧、嬉戲歡笑的熱鬧場景。

這會兒看唐柒文和金陽他們一邊準備東西、一邊打趣，高興得連眼睛都沒了。

食樓除了那些無家可歸被葉小玖收留的，再加上金昭他們幾個和唐母一家子共有十二人之多。一群人圍著一個桌子吃飯，場面十分熱鬧壯觀。

「來嘍！來嘍！」金昭端著兩盤菜放到桌上。「招財肘子，金銀滿倉！」

「鴻運當頭，笑口常開！」緊接著是呂欣。

「紫氣東來，年年有魚！」

「高升大吉如意湯，福氣滿滿八寶飯！」葉小玖接著道。

金陽、二元他們看著各類名堂的精緻菜餚，都是一臉崇拜地看著葉小玖，直誇她漂亮能幹。而唐柒文則是一副「我家阿玖真厲害」的表情，讓在場的眾人都覺得牙酸。

「還有我，還有我！」唐昔言紅通通的小臉上洋溢著喜氣，笑著將湯鍋放到桌子正中間的火爐上。「最後一道菜，好日子紅紅火火的火鍋。」

菜上完了，眾人都拉開椅子入座，而且很是默契地將唐柒文身邊的椅子拉開來讓葉小玖做。葉小玖也不矯情，在眾人那略顯曖昧的目光中徑直坐下。

唐柒文和葉小玖作為東家，這一年完了，自是要做一下一年的報告，感謝眾人的辛苦努力。看他一杯酒敬了四次，話還說得那麼漂亮，葉小玖不得不佩服唐柒文的社交能力。

準備了一下午都沒怎麼吃東西，葉小玖想著他們都餓了，正準備說開席呢，店門卻忽然響了起來。

「這個時間，誰啊？」二元嘟嘟囔囔地去開門，結果來人是沐婉兒。

「玖兒，我沒地方去了，妳能收留我嗎？」沐婉兒有些頹喪地說。「大過年的，潁州的生意出了問題，所以爹爹和陽叔已經趕過去了」

第四十九章

「快進來！」

葉小玖起身將沐婉兒迎了進來，拿撢子掃去她身上的細雪，然後將她的披風解下來讓呂欣拿到後院去。

「妳是一個人過來的？流雲她們人呢？」

「我給她們放假，都回家去了，我是讓門房駕著馬車送我過來的。」

她是著實沒想到沐封他們會在除夕夜離開，不然她也不會讓她院裡的丫鬟都回家，結果她自己大過年的冷冷清清一個人。

「好了，在他們回來之前，妳就先住在我們家。」葉小玖看著她那可憐兮兮的樣子，笑著道。

有葉小玖一行人的插科打諢，沐婉兒孤獨的情緒倒是去得很快，一下便和他們鬧成一團，十分開心。

飯到中間，眾人都鬧著要紅包，葉小玖和唐柒文作為東家，自然是提前準備了的，數量不多，也就是一兩的碎銀子，討個吉利的彩頭罷了。

金昭他們也不在意數量多少，一個個說著吉祥話，沐婉兒沒準備紅包，便直接拿出錢袋來散銀子，一開始每人都是五兩的銀子，到了葉小玖這裡，直接成五十兩的小銀票了，這讓葉小玖再次感嘆有錢人的大方。

「婉兒，有件事我一直都好奇，為啥妳爹總是穿得那麼……」葉小玖皺了皺眉，實在想不出一個詞來形容。她每次見沐封，他都穿得像個移動的錢袋子，金光閃閃的，看著就豪氣十足。

「妳是想說闊氣？」沐婉兒問。

「嗯……差不多吧！」葉小玖點頭，但她總覺得沐封的穿著，用闊氣來形容還是差了點味道，應該用「騷包」才對。

「那是因為我娘。」提起娘親，沐婉兒溫柔一笑。「我娘在時，就喜歡我爹這麼穿，她說這樣穿顯得人有精神。」

「妳娘？」葉小玖驚訝。沐婉兒的娘不是是種花世家出身嗎？怎麼會喜歡那樣的穿著打扮？

沐婉兒像是看出了葉小玖的疑惑，笑道：「因為我娘第一次在潁州見我爹時，他就是那樣一身著裝，雖然看起來像移動的金山，但人還是儒雅隨和，風度翩翩。」

葉小玖想了想，確實覺得那樣比較令人記憶深刻，隨即點頭道：「確實，那樣的形象比較讓人能夠刻在心裡。」

「妳喜歡那樣的嗎？」和金陽他們喝酒行酒令的唐柒文不知怎地忽然轉過頭來。「妳若是喜歡，我以後也那麼穿。」他臉色微紅，說得一臉認真。

葉小玖想了想唐柒文頂著這樣一張絕色的臉，穿著那樣的一身衣服，行走在大街上。

嗯……畫面太美，不敢想像。

「算了吧，你還是這樣穿最養眼。」葉小玖看著他一襲白衣道。

楚雲青是在正月初八這天到的，穿著一身騷包的衣服，提著大包小包，嘴角都快咧到耳根子邊了，整得跟新媳婦回娘家一般喜氣洋洋的。

「我去，你這穿的是啥？」葉小玖上前，一看他揭開黑色的披風，裡面是一件大紅色的錦袍，還繡著暗金色的祥雲。

「皇兄說了，今年是我的幸運年，所以我決定這一年都這麼穿了。」他看著剛下馬車，著紅色披風的沐婉兒，挑眉道：「況且，我和婉兒穿一樣的，不是正好？」

沐婉兒一下車就聽見楚雲青這句話，一張小臉頓時紅得跟猴子屁股似的，含情脈脈地看著他。

呿，秀什麼恩愛？搞得誰沒有愛人似的，葉小玖心裡想著便順勢往唐柒文身邊靠。

唐柒文看著她噘著嘴慢慢朝自己身邊移過來，寵溺地摸了摸她的腦袋。

沐封早在大年初五那日便趕回來了，潁州的事也查清楚了，是夥計裡面有人反水，在染布的顏料裡加了會致人渾身發癢的藥，而且還是要送進宮做春裝的那一批。若不是管事的發現得早，這料子若是進了宮裡製成衣服，那後果不堪設想。

這件事的背後主使之人，很有可能就是唐堯文，因為有夥計看見他接觸過下毒的王三。可這並不能說明什麼，王三在案發的當晚便上吊自盡了，所以他們縱使懷疑，沒有確鑿的證據就只能任由他逍遙法外。

楚雲青大過年過來，自然要先去拜訪未來岳父。可縱使之前他已經跟沐封打過照面，甚至是相互攀談過，這一次，他還是不由自主地緊張了。

「婉兒，要不我明日再來吧？」楚雲青感覺自己頓時孬了，尤其是感覺向來和和氣氣的沐府忽然嚴肅起來了，上到管家，下到奴僕都拉著一張臉，他著實心裡怵得慌。

「來都來了，你現在走，像什麼樣子？再說了，我爹又不是吃人的老虎，我還叫了玖兒和唐柒文給你鎮場子，怕什麼？」

楚雲青在凳子上正襟危坐，眼睛一直盯著門口，這種感覺，跟他幼時等著被父皇考校功課一般煎熬。

終於，沐封那高大的身影出現在了門口。

「瑞王殿下駕到，小人有失遠迎，失禮失禮。」沐封笑著拱手道。

楚雲青忙起身向他回禮。

「岳父……不是，伯父客氣了，您是長輩，該是我來拜訪您才對。」楚雲青看著沐封那似笑非笑的樣子，不由得頭皮發麻，翹首盼望地看著門外，等著唐柒文他們快來救場。

沐封看他那樣子就知道他在等誰，微微一笑。「玖丫頭和唐小子已經被我請到隔壁去了，不如瑞王殿下也移步？」

「好，伯父請！」

楚雲青本來下定決心就算今日是鴻門宴，自己也要冒死闖上一闖，可當他看見桌上擺著的一排排酒罈的時候，還是不由得嚥了嚥口水。

楚雲青低聲問道：「唐兄，這是什麼情況？」

唐柒文攤手。「我也不知道，可能是想和你一醉方休。」

楚雲青第一次羨慕唐柒文，以後娶葉小玖不用過岳父這一關。

「傻站著做什麼？快坐快坐。」沐封催促著他入座，然後和一旁的沐陽對了眼。

臭小子，想娶他女兒，不考驗考驗怎麼能行？

沐陽接到了視線，微微點頭。

楚雲青從來沒想過，有生之年，他能在一天之間，將大鄴四十多種名酒一口氣嚐了個遍。

「賢婿，感覺如何？」沐封明顯也有些上頭了，但和楚雲青相比，他算是好的了。

「此酒口感香醇濃厚，好酒。」楚雲青面色赤紅，雙眼迷濛，說完這句話便一下趴在桌子上，酣酣睡去。

「爹，你這是幹麼呀？」沐婉兒忙起身去看，面帶責備地看著沐封和沐陽。

「丫頭，我這是幫妳試試他的酒品啊。常言道，酒品如人品，妳和他認識時間並不長，為父也是不放心妳在不知道他人品的情況下嫁給他啊！」沐封醉醺醺地說：「我就妳這一個女兒，妳若是嫁不好，我怎麼下去跟妳娘交代啊？」

提起亡妻，沐封老淚縱橫。

他雖然努力經營成了皇商，就是為了讓沐婉兒可以嫁給楚雲青，可這並不代表，他就會為了權勢將女兒往火坑裡推。

「爹！」沐婉兒心中感動。「你放心吧，他很好，對我也很好。」

畢竟他為了我，可是差點丟了性命。

「岳父大人放心，我一定會對婉兒好的！」楚雲青忽然抬頭道：「我楚雲青在此發誓……若我將來對婉兒不好，就讓我一輩子餓肚子。」

他豎著五根指頭發誓，打了個酒嗝後，又昏昏睡過去。

這誓言對別人來說可能不算什麼，可對於楚雲青一個吃貨來說，可是天大地大吃飯最大，可想而知他對沐婉兒的真心。

沐封倒是不在意他發了什麼誓，只是看他喝醉酒後不瘋、不鬧、不亂說話，更不會動手，不由得點了點頭。

於是，楚雲青就這樣傻乎乎地通過了沐封的考驗，獲得了岳父的認可。

一家食樓自正月初十後便恢復了營業，由於還是過年期間，裡面客人很少，尤其到了下午，幾乎是連個人影都沒有。葉小玖便趁著這個空閒時間教他們做湯圓，畢竟，馬上就是正月十五上元節了。

因為不清楚眾人的口味如何，葉小玖便做了個試吃活動，凡在店裡消費滿一兩銀子的，送店裡的新品湯圓一碗。

這不，活動一出，來吃飯的人都樂意湊單，自己湊不夠的便和別人併單，畢竟一家食樓出的東西就沒有教人失望的，不得乘機嚐嚐看？

湯圓葉小玖只準備了鮮肉、黑芝麻和豆沙三種基本口味，多了她怕客人吃不慣賣不出去。

湯圓製作倒是不複雜，只須將糯米粉加水和成軟硬適中的麵團，搓條後後切成小一號的湯圓大小。

至於包餡，就跟包餃子有異曲同工之妙，只須最後再將其搓成圓形即可。

於是，得了贈品的人看見店小二端上來一碗跟湯餃一般的東西，看著圓圓乎乎、白白嫩嫩的，湯汁看上去也很是清亮，上面飄著幾顆枸杞，看著就令人食指大動。

撈起一顆湯圓入口，一股濃郁的豆香味瞬間席捲了口腔，雖然有些燙，可那香甜的滋味卻讓人不捨得吐掉，只能含在嘴裡哈著氣，讓它稍稍冷卻一下再嚥下去。

「這湯圓看著軟軟嫩嫩的，想不到還挺有嚼勁的嘛！」一個人誇讚道。

「這皮好像是用糯米做的，滑滑糯糯的，配上這香甜的黑芝麻，倒是另有一番風味。」另一個人說。

「芝麻？我的怎麼是紅豆的？」那人說著，又撈了一個出來，不過這次長了記性，他只咬了一小口。

芝麻的香味撲鼻而來，看那勺子裡面，黑芝麻餡像流沙一般順著開口處流出來，油黑發亮，與糯米皮的白形成強烈的對比，好看又好吃。

最後，這些人吃完，都問葉小玖這湯圓有沒有多餘的，直接打算買些帶回家給妻兒也嚐嚐。

湯圓自然有，只是葉小玖沒想到大家接受能力這麼強。她按照客人們的要求幫他們裝好，並告訴他們煮湯圓的技巧，只須水開後湯圓浮起便可出鍋。

楚雲青第一次吃湯圓也是讚不絕口，而且他尤其喜歡吃鮮肉餡的，這一點倒是與習慣食甜的沐婉兒不太一樣。

「小玖，妳這個能不能多做一點？我想送些回宮裡給皇兄和皇奶奶他們也嚐嚐。」

「這就不勞你操心了，我早把湯圓教給御膳房來學菜的人了。」而且為了顯得與眾不同，她教他們的是彩色湯圓，就是以菜汁或是水果汁和麵團，這樣做出來的湯圓五彩繽紛的，看著就很高級。

她之所以沒在食樓推出這一款湯圓，實在是因為這幾日的水果太貴，她是做生意的，成本還是要注意，實在禁不起她這麼糟蹋。

「哦，那就好！」楚雲青點頭，反正皇兄已經允許他不參加今年的合宮宴飲，其他的他管不著。

上元節的合宮宴飲，是要請朝中要臣以及他們的家眷，與皇帝、嬪妃們一同賞燈看煙火，君臣同樂。多年來從無意外也毫無新意，不過今年，葉小玖的五彩湯圓，贏得了滿堂彩。

尤其是太皇太后，也就是楚雲青嘴裡的皇奶奶，尤其喜歡。

「子筠啊，這湯圓是誰的想法？竟如此別致新穎。」她樂呵呵地問楚雲飛。

往日這合宮宴飲，她看著滿桌子的佳餚美食，就只有瞧瞧的分，畢竟年紀大了牙口不好，東西太硬咬不動不說，還容易鬧出笑話。可今日這湯圓深得她心，好吃、好看又方便。

「回皇奶奶的話，這湯圓乃葉飲膳的想法。」

「哦？是那個小姑娘。」她點頭。之前吃過那佛跳牆，著實令人記憶猶新。「還真是個心靈手巧的女子啊！」

太皇太后感嘆，同時也引得一眾上京城貴女對葉小玖更加好奇。聽說她今年不過十七歲，卻已經得了神廚的稱號和從六品的官職，還屢次被太皇太后和太后誇獎，風靡上京城的秋梨膏，聽說也是出自她手。

而且還有傳聞，年前上京城不少權貴前去求親，都被她給拒絕了。

「皇帝，你何不宣葉姑娘來宮中一見呢？她做呈飲膳使這麼久了，哀家都沒能見她一面。」

「母后，這事急不得，葉飲膳那邊有自己的事要忙，朕答應過她，不強行插手她的私事。不過兒子相信，等殿試結束後，您就能見到她了。」

「哦，此話怎講？」太后疑惑地問：「可是她家有誰要科考嗎？」

看皇帝那個表情，她知道自己猜得八九不離十，隨即道：「如此，那哀家便等著，左不過就個把月。」

眾人聞言，都在議論著葉飲膳來上京城會不會在這邊開食樓。早就聽說葉飲膳的食樓奇巧吃食極多，可因為路途遙遠，他們只是聽說從未吃過，若是能在這邊開食樓，倒是方便他們嚐鮮。

邵遠聽楚雲飛那麼說，手指死死地扣著手掌，捏得「咯吱」作響。

依他這意思，就是要等到唐柒文殿試結束後，便為他和小玖指婚？呵，考慮得倒是周全，可唐柒文能不能考中狀元還不一定呢！

文潔看著邵遠那陰鷙的眼神，十分肯定他又起壞心思了。

春節一過，天氣開始回暖，楚雲青和沐婉兒的婚事也提上了日程，據禮部算日子，三月十八是個好日子，宜大婚，且在這一日成婚，定能夫妻和睦，恩愛白頭。

於是，經過了納采、問名、納吉、納徵、請期等一系列程序後，楚雲青就等三月十八那日前來迎親。

因為涼淮縣離上京城太遠，沐封怕沐婉兒在迎親的路上吃不消，便直接在上京城買了個宅子，地方不大，甚至沒有原來沐府的一半大，但勝在離瑞王府近，以後沐封若是住這兒，沐婉兒來看他倒是十分方便。

「婉兒，這大雁該怎麼辦啊？」葉小玖來幫忙沐婉兒收拾東西，卻對著那四隻大雁發愁。

古人成親，三書六禮，鴻雁為信。楚雲青納采和請期的時候各送來兩隻大雁，被沐婉兒關在籠子裡，現在要去上京城了，總不能也帶著吧？

「就是，這個該怎麼辦？」沐婉兒也很苦惱。「玖兒，妳有什麼好辦法嗎？」

「我？」葉小玖看了看那籠裡肥碩的大雁，又看見楚雲青剛好走了進來，想他是個吃貨，眼睛一轉，挑眉笑道：「要不燉湯吧？我做的沈魚落雁羹還不錯！」

「什麼？妳居然要把小爺我辛辛苦苦親自抓來的大雁殺了吃?!」楚雲青本歡歡喜喜地進門，結果聽見葉小玖這話，瞬間炸毛。

「哎呀我知道，雖然是你送給婉兒的，但我一定會讓婉兒也送你一碗湯嚐嚐，不會忘了你的，放心吧！」

葉小玖看著誓死守在籠子前的楚雲青，繼續打趣他，說著還轉身往沐婉兒的小廚房走去，看著像是去拿菜刀。

「好了，玖兒別鬧了！」沐婉兒很是無奈地看著兩人嘆了口氣。「還是說說這大雁的去向吧！」

「還能怎麼辦，當然是放生。」葉小玖道。難不成還真殺了吃啊？

「不行，這是我對婉兒忠貞不渝、生死不離的承諾，不能放生。」楚雲青反對。「萬一放生了被別人抓走了怎麼辦？」

「那你說怎麼辦？」葉小玖看著那鐵籠子。「難道要送到上京城去？」

「當然。」楚雲青點頭勾唇一笑。

「我讓雲崢從雀鳥司找了個會馴養大雁的，找時間把大雁送回瑞王府去，他會幫我搞定的，到時候，這大雁就是我瑞王府的寵物了！」

「我說呢，原來你早有打算啊！」

「那可不？這是我對婉兒的心意，不能隨意糟蹋了！」楚雲青看著沐婉兒柔柔道。

想當初他為了尋這野生的活雁，可是特意跑了一回南方，荒郊野嶺的，尋個大雁不容易，要想不把大雁傷著就抓到手，那是更不容易。

看著兩人深情對望，又赤裸裸地秀恩愛，葉小玖很是識趣地轉身進了房，留下兩個越靠越近的人在突如其來的一聲雁鳴中心肝亂跳。

看著紅著臉跑走的沐婉兒，楚雲青氣惱，一腳踢在了鐵籠子上，惹得裡面的大雁縮在一起，尖叫不止。

第五十章

葉小玖本來打算等沐婉兒走後，再和唐柒文動身去上京城，但楚雲青覺得這樣過於麻煩，而且他們四人一同走還熱鬧些，所以縱然離會試還有十日，唐柒文還是答應和他們同行。

然而因為動身得較晚，一行人到達越州已是申時，若是再前行，等城門下鑰之時，定是趕不到下一個落腳點了，於是決定索性就在這兒住一晚，等第二日再動身。

楚雲青和唐柒文曾在越州進學，自然十分了解這裡，安排好了客棧，葉小玖和沐婉兒便在兩人的帶領下去了當地有名的客仙居飽餐一頓。

看著天色尚早，今日又正值博雅書院開學之際，在楚雲青的提議下，四人便又一同去了書院。

書院看門的門僮對楚雲青和唐柒文二人了解得不得了，前者是因為老給錢讓他幫忙買吃食，後者則是因為才華出眾，時常被書院的先生誇獎。看見二人來了，門僮很是開心地笑著行禮。

「朱剛，許久不見。先生今日在嗎？」唐柒文向門僮打招呼後問道。

「易先生出去了，顧先生要明日才能到，唐舉人找他有事嗎？」

「沒有，只是路過此地，特來拜見。」

「那真是不巧。」朱剛搖頭，隨即看二人都帶了一女子，相必是來此處遊玩的。「此時天色尚早，你們可要進去轉轉？」

「正有此意，多謝！」

書院葉小玖倒是路過不少次，但從來沒進去過，更何況，這是博雅書院，是整個華陽府最好的，而且還是唐柒文的唸過書的書院。

思及此，葉小玖頓時有了一種窺探別人隱私的刺激感，歡歡喜喜地在唐柒文的帶領下進了門。

博雅書院與現代的學校不同，採用的是園林式的設計，紅牆綠瓦，亭臺樓閣，疊山碧水，氣韻天成，再配上來來往往的年輕學子，就是一幅帶著淡淡書香氣的風景畫。

牽著唐柒文的手走在湖畔的小路上，葉小玖看著遠處打鬧的沐婉兒和楚雲青，頓時像自己回到了大學時期。夜幕低垂，她坐在操場的樹蔭下，看著來來往往的一對對小情侶嬉戲打鬧，是那樣的閒適安逸。

只是這一次，她瞅了一眼身邊之人……她不再是孤獨的一個人了！

「在看什麼？」唐柒文見她看著自己，眼中蘊滿溫柔，似是要融化了自己一般，不由得開口問道。

「沒什麼，只是覺得這樣的感覺真好。」

「傻丫頭！」

唐柒文沒有忽略她之前眼裡一閃而過的孤獨，摸了摸她的頭，順勢將她拉進懷中。「以後會越來越好的。」

四人趕在大門落鎖之前出來，楚雲青向門僮道了謝後，順勢從錢袋裡掏出了碎銀子遞給了門僮。

「楚公子，這次是買包子還是買燒餅？」朱剛習慣性的話語讓楚雲青不由失笑。「這次不買包子也不買燒餅，這是給你的。」

朱剛看著他離去的背影，忽然眼中帶淚地喊道：「楚公子，我娘的病已經好了！」

楚雲青聞言，稍稍停步，隨即頭也不回地走了。

「謝謝你。」朱剛低聲道。

他原本以為這楚公子是真的嘴饞，才會在明知違反院規的情況下，還讓自己跑腿給他買吃食。因為他每次買的吃食總共也要不了二錢銀子，他又十分大方，給錢都是一兩一兩地給，最後還不把零錢收回去，說是給他的跑腿費。

就是因為這一次一次的跑腿費，他娘的病才能徹底治好，這事他也是後來聽人說的，說院長每次不重罰楚雲青，只是做做樣子讓他抄書就是這個原因。

「子淵，那個門僮最後的話是什麼意思？他娘的病……」沐婉兒看楚雲青方才那一抹欣慰地笑，不由得問道。

葉小玖看楚雲青笑而不答，便將目光投向了唐柒文。

「子淵每次藉著買吃食為名給朱剛錢，讓他可以為他娘買藥。」

「你怎麼知道？」楚雲青震驚，他以為他做得足夠隱秘，就連書院的院長都被他瞞過去了。

「就你那小伎倆，瞞得過誰？」唐柒文搖頭。每次買回來的東西，他大都分給同學了，而且學子擅自託門僮買東西是違反院規的，是要被罰不許吃飯、面壁思過的，可楚雲青卻只是被罰抄書，而且那陣子朱剛愁眉苦臉地說自己娘病了，後腳他就要吃包子，哪有這麼巧的事？

看著唐柒文那欠揍的眼神，楚雲青頓時覺得好氣！

一夜無夢，第二日，四人再次動身。

這是葉小玖和唐柒文他們第一次來上京城，楚雲青不想讓唐柒文他們住客棧，說要讓二人去瑞王府住，可唐柒文畢竟是應考的舉子，與親王走得太近終究不好。而且楚雲青不久便要大婚，府裡人來人往過於嘈雜也不利於他溫習，所以最終他還是和葉小玖找了個離貢院近一點的客棧住下了。

「你說什麼？唐柒文他們來上京城了？」邵遠聽阿力和唐堯文稟告，略有些激動地問：

「那小玖呢？小玖是不是也到了？」

知邵遠身分高，阿力恭敬回道：「是。小人親眼看見他們和瑞王殿下一同進了城。」

「你可知他們住在何處？」唐堯文問。

「這……」阿力遲疑道：「小人不知。但小人知道他們沒住在瑞王府，也沒住沐府。」

「那還不快去查！」唐堯文面上不顯，可心裡早已經樂開了花，只要一想到唐柒文馬上就要和邵遠對上，他就高興得不行。

「不必。」邵遠擺手。「我讓羅宇去查。」

據上次見她，已經整整隔了一個月了，要不是因為瑞王的婚禮拖住了他的腳步讓他脫不得身，他早就到涼淮縣去了。

可羅宇帶回來的消息，讓他很是不快。

「你說什麼，你查不到？」邵遠暴怒，人明明來了上京城，難不成還能憑空消失？

「是，屬下查遍了上京城所有客棧，都沒有他們二人的入住紀錄。」

「大人，這事，會不會是瑞王殿下插手了？」唐堯文問，不然憑區區一個唐柒文，還做不到如此。

「不可能！」邵遠瞇著眼道：「此事只有你知我知，瑞王怎會提前知曉？何況還特地花費心思去隱藏他們的消息。」

「屬下再去查。」羅宇說著就要出去，卻被邵遠給攔住了。

「不必了，先由她去吧，反正遲早要再見的。」邵遠勾唇一笑。

既然到了上京城，他有的是時間與她周旋，再說了，貓戲老鼠的遊戲，何嘗不是小玖與他之間的一種情趣呢？

眼下的當務之急，該是對付唐柒文才對。

大鄴的會試分三場，分別在二月初九、十二、十五舉行，每場三天。

第一場考的是經義，這是唐柒文最拿手的。

初春天氣還很寒涼，號舍裡縱然有火爐，但考生還是凍得瑟瑟發抖，一個個都裹著被子，寫一會兒便得搓搓僵硬的手指，如此反覆。

唐柒文倒是還好，有葉小玖親手給他做的露五指的手套，書生袍下穿的也是她用鴨絨做的衣服，輕薄又保暖。

所以一場考試下來，並沒有覺得受多少罪。

到了第三日未時，考生便可交卷了，唐柒文第一個搖了鈴，由官差帶著他前往座師處交卷，放他出貢院。

「好，用詞精煉，詞約義豐，還寫得一手好字，果然是個不可多得的人才。」第一場的座主是翰林院學士溫席，看人十分精準，可以說是從不錯眼，能得到他誇獎的人，說明是真正有兩把刷子的。

因為暫時沒有交卷之人，溫席便又將唐柒文的考卷通讀了一遍，然後連連誇讚，一點都沒看見他身後之人，看著那卷子，眼神暗了暗。

第二場考官場應用文，這一科唐柒文是經過閻都督細心指點的，所以答得還算是比較滿意。只有最後一場也就是最難的策問，讓他覺得稍有些吃力。

一般策問，都是涉及具體的國計民生問題，需要考生給出相應的對策和解決的辦法。但因為人生閱歷，這一科幾乎是大多考生的弱項，唐柒文雖已把大鄴各律法背誦得滾瓜爛熟，還是覺得答得不夠詳盡，所以直到考官提醒剩下一刻鐘的時間，他才堪堪停下了筆。仔細檢查了一遍後等墨跡乾了，他才起身交卷。

長時間的蹲坐和大量的腦力激盪讓唐柒文起身後覺得有些頭腦發昏，眼前一陣發黑，但一想到葉小玖此時正在貢院外等他，他還是扶著牆搖了搖頭，稍微清醒後便搖鈴交卷。

科舉三場，考試內容不同，相應的座主也不同，這次的座主汪曰旦是一個年輕男子，據唐柒文看，也不過二十七、八歲左右。汪曰旦看見唐柒文居然能在別人寫不完的情況下提前一刻鐘交卷，神色微變，隨即又恢復了正常。

因為急著見葉小玖，唐柒文交卷後便行禮退下，看著他行色匆匆，汪曰旦面上倒是沒什麼變化，只是低頭看卷。

首先入眼的是唐柒文那龍飛鳳舞、狂放豪邁的字，等到他看見裡面的內容，明確精煉，條理清晰，而且提出的方法都十分具有可行性，且依卷面的整潔程度來看，這明顯是一氣呵成寫的東西。

想不到，今年的舉子裡居然還有這樣的人才?!

汪曰旦心中暗道，但他眼中卻沒有發現賢者、賢才的喜悅，而是充斥著一種類似於嫉妒和恐懼的東西，看起來很是陰鷙嚇人。不過翻過卷看見上面的名字後，他卻忽然抿唇一笑，然後不動聲色地將卷子丟到了旁邊的紙簍裡。

座主看見考生答得極差，氣到丟卷子是常有的事，所以在場眾人並未將此當回事，只遠遠看著那卷子上的字似乎寫得不錯，便沒了下文。

貢院是等考試時間截止才開門的，所以唐柒文出來後還稍稍等了一小會兒。

出了大門，他一眼就看見葉小玖站在不遠處馬車邊，一身粉色糯裙搭配著米色繡花披風，正神色焦急地往這邊望。

「阿玖。」唐柒文扯著嗓子喊了喊，可因為好幾天沒說話，他聲音已經沙啞到只有他自己能夠聽見。

葉小玖一直盯著大門，因此她很快便看見了人群中雖然面色蒼白、毫無血色可言，但依舊十分亮眼的唐柒文。

小跑著過去，她一把扶住因為她的衝擊而有些搖搖晃晃的唐柒文。

「柒哥哥！」葉小玖擔憂地喊了一聲。想到唐柒文待在那狹小的號舍裡這麼多天，吃不飽、穿不暖，還要進行腦力激盪，說不定連覺都沒怎麼睡，不禁心疼起來。

「我沒事。」唐柒文蒼白一笑，摸了摸她的頭表示安撫，轉頭看著一同過來的沐婉兒和楚雲青。「你們也來了？」

「當然。」楚雲青想像從前那樣捶他一拳，但看他這個樣子，還是轉手拍了拍他的肩膀。「怎麼樣，考得如何，沒發生什麼事吧？」

「挺好的。」唐柒文邊走邊道：「就是考第二場的時候，鑽進來一條蛇。」

看見眾人那擔憂的眼神，他急忙道：「不過沒事，我發現得早，沒咬到我。」

當時他有一個地方繞不過彎來，正思索著，卻聽見一陣窸窸窣窣的聲響，結果回頭就看見一條黑蛇爬在自己腿邊，幸好自己在村裡時跟獵戶學過如何捕蛇，也幸好發現得早，不然估計要被咬了。

看著葉小玖那驚愕恐懼的眼神，唐柒文忙轉了個身表示自己真的無事。

「這驚蟄未過，哪來的蛇？」楚雲青疑惑道，這同時也是葉小玖的疑問。

貢院今年剛翻新，絕對不可能有蛇出現，而且現在這個季節，也不是蛇該出現的季節。

唐柒文這才想起自己一直忽略的事，當時自己忙著答題，處理了蛇後雖感覺有些不對，卻沒時間去細想，現在楚雲青一提醒，他忽然明白了。

那蛇蛇頭是三角的，再從顏色看，明顯是有劇毒的。

將這件事說出來，四人面面相覷，心中只認定了一件事——有人不想讓唐柒文活著離開考場，而且很有可能，這個人是邵遠！

四人乘馬車到了楚雲青京郊的宅子。

葉小玖二人現在住在楚雲青的宅子裡，那日他剛回到王府，就有一個小廝找他，說是邵遠在打聽葉小玖的下落。為避免此時讓唐柒文分心影響考試，楚雲青寧可信其有，不可信其無，趕忙將二人安排住進自己京郊的私宅裡，還讓雲崢暗中保護二人的安全，引開調查之人的注意。

下了車，葉小玖先扶著唐柒文進門吃東西休息，楚雲青讓沐婉兒先進去，自己則是叫來了暗中隱藏的雲崢，與他低語了幾句。

「按我說的去查，一旦發現有問題，直接告訴皇兄。」

「那……」雲崢看了他一眼。「唐公子他們，可需要我再調人手過來？」

「不必了，邵遠既然已經對唐柒文下了毒手，想必也是猜到他們由我護著，所以一時半刻，他還不敢伸手到這兒。」在號舍那是他沒想到邵遠會用如此無恥的手段，沒有防備，可現在嘛……

看著雲崢消失在樹林中，楚雲青眼神暗了暗，隨即轉身進了門。

瘦肉粥是葉小玖一早就熬好的，一直在小火爐上溫著，唐柒文喝了一碗後，葉小玖已經為他燒好了洗澡水。

洗了個澡，唐柒文頓時覺得身上的疲憊消散了不少，人也精神許多。

套了底褲後，唐柒文拿起旁邊葉小玖做的繫帶式棉浴袍披在身上，正準備去倒水的時候，卻見葉小玖端著臉盆進來了。

「方才洗澡前忘記讓你擦把臉了，現在擦吧！」葉小玖將盆子放在架子上，讓開了身子。

看見唐柒文洗完了臉，她又把乾的擦臉布巾遞了過去。這一番動作自然又溫暖，就如同相處多年的夫妻一般默契十足。

想起「妻子」這個詞，唐柒文看葉小玖的眼神也柔了下來。

葉小玖見他拿布蒙著臉，只露出兩隻眼睛瞅著她傻笑，不由得嘴角也噙上了笑。

「傻笑什麼呢！」葉小玖奪過他手中的布巾，踮著腳替他擦拭著臉上那順著臉頰滑落至領口深處，誘人至深的調皮水珠。

唐柒文順勢擁著她的細腰，用腦袋拱著她轉頭，看一旁桌子上銅鏡裡那一對珠聯璧合的璧人。

兩人抱了一會兒，葉小玖才想起唐柒文只穿著浴袍，屋裡雖然燒了炭火，但她還是怕他著涼生病，便推開他，去屏風後面替他拿衣服。

在架子上找到了唐柒文常穿的那件白色錦袍，葉小玖抱著衣服過來，就看見唐柒文在擦頭髮。

他的頭髮很長，而且烏黑亮麗，摸上去如絲綢般絲滑。平日裡他高束著髮，葉小玖倒沒覺得有什麼，可此時他頭髮半乾，披散著堆在胸前，配上他那張如同明月清風般的臉龐，有一種說不出的禁慾感，讓她不禁看得兩眼發直。

她正大飽眼福，卻突然被他驚慌的一聲「小心」喚醒。

——未完，待續，請看文創風963《炊妞巧手改運》3（完）

2021年5月出版

逐香巧娘子

文創風 956~957

若是不值得的人，可不能輕易付出真心……
燒得一手好菜又會製香，還有神秘的泉水相助，
若只當她是不識好歹的臭丫頭，那可真是瞎了狗眼，大錯特錯！

溫馨氣氛營造高手／桃玖

沒了爹也沒了娘，竺珂知道自己的命好不到哪裡去，
不過無緣無故被自家舅母賣到青樓這種事，
她可是說什麼都不能忍！
拚著一口氣逃回家裡，整天面對酸言酸語就罷了，
誰知接下來竟是要被賣給別人當小妾？!
竺珂正難得有些氣餒，媒婆卻忽然找上門，
說是有人要明媒正娶帶她回家，
仔細一聽，乖乖，這不就是當初助她離開魔爪的男人嗎？
難道……他早就對她動了心？
看著他線條剛硬、平靜無波的側臉，
她決定當個巧娘子，賴在他身邊一輩子……

結髮為夫妻，恩愛兩不疑／灩灩清泉

2021年4月出版

大四喜

她將他當成了弟弟般照顧，甚至拿出稀世藥膏治他的臉傷，
一開始他也確實將她當成姊姊般，雖然兩人只差幾個月，
可聽見媒婆說了些條件差的男子給她時，他極憤怒，
得知外貌、才幹、家世都頗佳的人對她有意後，他仍是不悅，
思來想去，自己怕是對她情根深種了，才覺天下男子都不配啊！

文創風 949 1

許蘭因擁有能聽見別人「內心話」的特殊能力——聽心術，
由於這樣，她每次相親總因聽見了對方內心的差勁想法而從未成功過，
某日又相親失敗後，她走在路上，突然一腳踩空，再醒來竟然穿書了？!
這兒是大名朝，皇帝姓劉不姓朱，而她是僅剩一個多月生命可活的負評女配！
呵，老天爺是在整她吧？既然回不去原本的世界，那她當然得想辦法活下去，
根據她腦中接收到的資訊，這女配跟她同名同姓，家中有寡母及兩個弟弟，
重點來了，她還有個自小就訂下婚約、長相俊俏又有功名在身的古姓未婚夫，
但按原書設定，他中舉後不久她就要溺斃了，根本來不及當舉人娘子享福啊！

文創風 950 2

錯把古渣男當良人，原主許蘭因就是個愛到無藥可醫的傻棒槌無誤啊！
雖然她平時很勤奮工作又會做事，但攢下的錢全獻給了未來夫家，
這還不夠，古家母子倆甚至攛掇著她偷賣家中田地，拿錢供他們花用，
結果，不僅娘親氣得許久不跟她說話，就連兩個弟弟也煩她、厭她了，
如今她沒了利用價值，古家還打算暗地裡壞她名聲甚至害死她好另娶他人，
幸好自己不是原主那個癡情小傻瓜，早知他的真面目並成功退親保住小命，
當前最要緊的，就是趕快想辦法把之前被原主敗光的錢掙回來，
畢竟這個家窮得連頓像樣的飯都沒，娘親和幼弟還一身病，樣樣都要錢呀！

文創風 951 3

黑根草，簡單地說就是每六十年才會出現一次的神奇藥草，
原主因為鼻子特別好使，曾誤打誤撞地在山裡挖出了兩棵，
就這麼巧，聞名天下的老神醫遍尋不著它卻又急需它，
所以當場以僅有的一錠銀角子、一塊刻了字的神祕小木牌及一盒藥膏買走，
據老神醫說，藥膏既能讓皮膚又白又細還能治疤，省著用放二、三十年也不會壞，
偏偏原主不信這話，隨手丟在家中，幸好許蘭因翻箱倒櫃尋了出來，
都說老神醫有三寶，其中一寶就是這個能去疤生肌的如玉生肌膏，
但話說回來，當初老神醫跟她換還覺得她虧了，可見那黑根草更是珍寶吧？

文創風 952 4 完

尋覓黑根草期間，她先是跌落獵人設的陷阱中，命懸一線時被那個叫趙無的男子所救，
後來她又碰巧救了被親戚謀害推下崖的他，並在現場發現了心心念念的黑根草，
算他幸運，雖然那張俊臉摔出不少傷痕，還被老鷹啄出兩個洞，變得血肉模糊，
但不怕，她手裡有如玉生肌膏啊，保證還他一張比之前加倍俊美的臉！
傷癒後，這傢伙卻老愛在她耳邊唸叨著：若她因退親一事而嫁不出去，他願意娶她，
本來她是不當一回事的，可不知是否被他洗腦了，她竟也覺得嫁他似乎不賴，
而且，他還意外救了她「失蹤多年」的爹爹一命，是他們許家的恩人啊！
兩人互救相許、天價賣掉黑根草、父親生還大團圓，這許是她的人生四大喜吧？

2021年5月出版

小漁娘掌家記

文創風 953～955

逃難到這個陌生朝代的小漁村，姊弟三人開啟了新生活，
只是滿滿的海鮮漁獲雖然好吃，要怎麼利用來發家賺錢呢？
還好她這個現代小海女有各種新鮮主意，不怕古人不識貨！

海闊天空新生活，當個島主來玩玩／元喵

上一刻玉竹還在跟霸占她財產的二姊爭論，怎麼眼一閉就變成五歲女童?!
而且這是什麼處境——家鄉遇難，他們三姊弟一路跟著流亡成了難民，
自己面黃肌瘦、營養不良，要不是靠著長姊跟二哥一路細心照顧，
這小身板真不知怎麼撐得下去……
幸好老天有眼，姊弟三人終能不再流浪，暫居在靠海的上陽村中；
只是長姊跟二哥雖然懂農事，卻完全沒到過海邊，
沙灘上滿滿的海物看得她眼睛發亮，她這個現代小海女可有發揮的機會了！

2021年4月出版

農門第一剩女

文創風 947～948

誰說村姑注定平凡？她穿越到古代農村後的際遇就很、不、凡！
誰說生而家貧就會一輩子窮？她就證明了「我命由我不由天」！
誰說剋夫女嫁不出去？她就主動出擊找了自己中意的相公，
還是個了不得的大人物呢……

姑娘廢柴變天才，瀟灑抱得情郎歸！／藍夢寧

從現代外科醫師穿成了古代村姑喬喜兒，年紀變小還變美，應該算好事吧？
可她卻笑不出來，因為特立獨行的原主惹了不少爛攤子讓她正發愁！
原來這喬喜兒人品真夠糟的，毒舌利嘴成天得罪人，除此之外還有剋夫命，
深怕自己沒人要成了村中第一大齡剩女，竟使出絕招下藥「強娶美男」?!
如今在自家草屋裡面對著十分厭惡她的入門婿秦旭，她也不禁無語了……
雖說此男俊挺偉岸、秀色可餐，不同於一般鄉野村夫，但感情之事怎能強求？
幸好對姻緣她不執著，不合則分罷了，只不過不是現在！
眼下得想法子脫貧為先，畢竟喬家一貧如洗，尚需這「女婿」打獵貼補家用，
兩人仇視不如合作，她正亟思利用所長做生意多多進帳，一家才有翻身指望；
而他報恩養傷兩不誤，待喬家日子好過自可走人不送，豈不皆大歡喜？
達成共識攢錢為先，喬喜兒跟秦旭開始人前扮演夫妻、人後相敬如冰的日子，
雖說與他各懷心思，但背後有個男人就是穩當，擺攤也不怕人尋釁滋事。
只不過這女婿演得令人太滿意也有壞處——擋不住娘親催生催得凶！
她只得暫時以他「那個」不行帶過不提，黑鍋讓男人背總比自己背來得好吧？

風 文創

962

炊妞巧手改運 2

國家圖書館出版品預行編目資料

炊妞巧手改運 / 白折枝著. --
初版. -- 臺北市 : 狗屋出版社有限公司, 2021.06
冊 ; 公分. --（文創風 ; 961-963）
ISBN 978-986-509-219-1（第2冊 : 平裝）. --

857.7 110007281

著作者 白折枝
編輯 林俐君
校對 沈毓萍
發行所 狗屋出版社有限公司
地址 台北市104中山區龍江路71巷15號1樓
電話 02-2776-5889～0
發行字號 局版台業字845號
法律顧問 蕭雄淋律師
總經銷 知遠文化事業有限公司
電話 02-2664-8800
初版 2021年6月
國際書碼 ISBN-13 978-986-509-219-1

本著作物由北京晉江原創網絡科技有限公司授權出版

定價260元
狗屋劃撥帳號：19001626
網址：love.doghouse.com.tw E-mail：love@doghouse.com.tw
版權所有・翻印必究 倘有倒裝、缺頁、污損請寄回調換